Craciau

BET JONES

Cynllun y clawr: Sion Ilar

Rhif Llyfr Rhyngwladol: 978 1 84771 749 8

Dymuna'r cyhoeddwyr gydnabod cymorth ariannol
Cyngor Llyfrau Cymru

FSC

Cyhoeddwyd ac argraffwyd yng Nghymru
ar ran Llys Eisteddfod Genedlaethol Cymru
gan Y Lolfa Cyf., Talybont, Ceredigion SY24 5HE
e-bost ylolfa@ylolfa.com
gwefan www.ylolfa.com
ffôn 01970 832 304
ffacs 01970 832 782

1

Bore Sul
29 Mawrth

Ymledodd rhimyn arian main ar draws yr awyr dywyll gan erlid düwch y nos. Diflannodd y sêr heb i neb sylwi arnynt. Dilynwyd yr arian gan wawr goch a lifodd fel dyfrlliw mewn gwydraid o ddŵr. Yn araf, cododd yr haul fel petai'n chwarae mig dros gopaon Eryri gan godi'r tarth oddi ar wyneb Cors Ddyga a gweddill iseldir Môn.

6.50 a.m.
Edrychodd Idris ar y cloc. Doedd bosib ei fod wedi cysgu cyn hwyred! Yna, cofiodd ei fod wedi troi'r clociau awr ymlaen y noson cynt. Hynny oedd wedi drysu dyn yn lân. Cofiai'r cyfnod pan fyddai, fel pob ffarmwr gwerth ei halen, yn edrych ymlaen at yr amser hwn o'r flwyddyn, pan fyddai'r wawr yn torri'n gynharach bob bore a'r nosweithiau'n ymestyn tuag at hirddydd haf. Ond erbyn hyn, haf neu aeaf, doedd dim gwahaniaeth ganddo, doedd dim yn dibynnu arno bellach y tu allan i waliau'r ystafell wely.

Roedd pob cymal o'i gorff main wedi hen gyffio. Rhwbiodd waelod ei gefn a cheisio ymestyn ei freichiau a'i goesau anystwyth. Doedd cysgu mewn cadair freichiau bob nos yn gwneud dim lles i ddyn oedd yn dynesu at ei bedwar ugain. Ond ni fyddai'n peidio â gwneud hynny am bris yn y byd.

Cerddodd yn ofalus at erchwyn y gwely. Oedd, roedd hi'n

cysgu'n dawel. Y ddos o forffin a weinyddwyd gan y nyrs y noson cynt wedi gwneud ei gwaith ac wedi lleddfu ei phoen am sbel. Dotiodd, fel y gwnâi'n ddyddiol, at ei harddwch. Er ei bod bellach dros ei phymtheg a thrigain, a phoenau'r cancr yn dryllio'i chorff eiddil, drwy lygaid Idris edrychai Mair mor hardd ag erioed.

Ar ôl yfed paned o de, aeth allan i'r buarth gwag i gael smôc. Wrth rowlio'r papur Rizla o amgylch y baco cofiodd, fel y gwnâi bob tro, am deitl y llyfr hwnnw ddarllenodd o rywbryd – *Smôc Gron Bach*. Cyn darllen y llyfr, tybiai mai disgrifio siâp y sigarét roedd yr awdur. Ond yna deallodd arwyddocâd y teitl. Byth ers hynny, smôc ei dri Gronyn Bach yntau fu'r sigarét foreol.

Sawl gwaith yr ymbiliodd Mair arno i roi'r gorau i smocio?

"Idris bach," arferai ddweud, "ystyriwch y fath ddrwg rydach chi'n ei wneud i'ch corff efo'r hen faco 'na. Mi fasa'n dda gen i pe baech chi'n rhoi'r gora i'r smocio 'na wir. Be petasach chi'n colli'ch iechyd? Sut baswn i'n ymdopi ar y ffarm 'ma wedyn?"

Ond er iddi ymbilio'n daer arno, methodd Idris roi'r gorau i'r baco. Y gwir amdani oedd bod rhywbeth llawer gwaeth na nicotîn wedi bod yn niweidio'i gorff ers blynyddoedd.

Pwysodd ei freichiau ar giât y gadlas. O'i flaen roedd golygfa ysblennydd – draw o driban yr Eifl yn y pellter, safai mynyddoedd Eryri yn fur cadarn: yr Wyddfa, y Glyderau, Tryfan, y Carneddau, yr holl ffordd at y Gogarth. I weld copaon Eryri yn eu gogoniant rhaid edrych arnynt o Fôn. Ond, er holl ysblander y mynyddoedd, tynnwyd llygaid Idris at yr olygfa yn nes adref, at y caeau asgellog a'u tyrbinau gwynt. Fferm wynt oedd Plas Gronw bellach – heb yr un anifail yn pori na chnwd yn tyfu ar ei herwau. Teimlai ryw dinc o hiraeth wrth gofio mor wahanol yr arferai pethau fod, pan oedd buches Plas Gronw yn destun edmygedd a chenfigen holl ffermwyr yr ardal. Roedd y casgliad o rubanau a thystysgrifau yr arferai eu hennill yn y Primin yn dyst i'w lwyddiant fel ffarmwr. Ond ar ôl i Mair gael ei tharo'n wael, aethai'r cwbl yn ormod iddo a bu'n rhaid gwerthu'r stoc. Yn ystod y cyfnod hwnnw, daeth cynnig y cwmni ynni gwynt fel rhyw fanna o'r nefoedd. Cynigiai'r tyrbinau ateb parod i'w broblem ynglŷn â beth y dylai ei wneud â'i dir digynnyrch.

Do, cafodd arian da yn ei boced. Ond collodd rywbeth llawer mwy gwerthfawr. Oherwydd ei benderfyniad, roedd y rhan fwyaf o'i gymdogion wedi cefnu arno ar yr union adeg pan oedd arno fo a Mair angen eu cefnogaeth a'u cyfeillgarwch. Ond dyna fo, meddyliodd Idris, doedd ganddo neb i'w feio ond y fo ei hun. Dylai fod wedi sylwi gymaint roedd melinau gwynt yn codi gwrychyn pobl. Ni allai ef yn bersonol ddeall yr atgasedd tuag atynt – roedd rhywbeth yn hardd yn y llafnau gwynion wrth iddynt droi yn yr awel. Ond eto, roedd y gwrthwynebiad i'r rhain yn llawer cryfach nag i unrhyw un o'r prosiectau eraill a fabwysiadwyd ar Ynys Môn yn ystod y blynyddoedd diweddar.

Roedd gorsaf biomas wedi'i hadeiladu yng nghyffiniau Caergybi ac roedd y gwaith ar fin dechrau ar adeiladu ail atomfa yng ngogledd yr ynys, heb fawr o wrthwynebiad gan y bobl leol. A dyna'r cynllun ffracio bondigrybwyll yna yng nghanol Cors Ddyga. Ebill anferth yn tyllu i lawr i berfeddion y ddaear ddydd a nos gan wasgu dŵr a thywod i grombil y graig. Clywsai Idris sôn yn rhywle fod perygl i'r broses effeithio ar ansawdd y dŵr yfed. Cododd lleisiau yn erbyn y datblygiadau hyn i gyd, wrth gwrs, ond roedd y posibilrwydd o gael gwaith i'r ynys a chyflenwad newydd o ynni yn bwysicach na dim mewn cyfnod o gyni.

Edrychodd ar y tyrbinau unwaith eto. Casáu eu presenoldeb neu beidio, o leiaf roedden nhw'n cynhyrchu ynni glân a doedd dim perygl i bobl ddioddef effaith ymbelydredd na llygredd i'r aer nac i'r dŵr yfed. Roedd hi'n wir ei fod wedi cael pris da am eu gosod, fel yr edliwiodd mwy nag un o'i gymdogion iddo. Ond petaen nhw ddim ond yn gwybod, doedd pres yn y banc yn golygu dim iddo erbyn hyn. Yr unig beth pwysig bellach oedd gofalu am Mair a sicrhau bod ei dyddiau olaf mor gyfforddus â phosib. Ei dymuniad hi oedd cael marw yn ei gwely ei hun yn y ffermdy a fu'n gartref iddi hi a'i theulu ers canrifoedd.

"Daria!" Lluchiodd y stwmp ar lawr a'i sathru. Bu bron iddo anghofio. Roedd hi'n Sul y Blodau ac roedd o wedi addo y byddai'n gosod blodau ar fedd ei theulu. Lle câi bethau felly ar fore Sul? "'Rhen siop fawr 'na sy'n gwerthu pob dim yn Llangefni," meddai wrtho'i hun. "Ma honno'n 'gorad bob Sul, gŵyl a gwaith. Mi bicia i yno nes ymlaen, tra bydd y nyrs yn trin Mair."

Trodd yn ôl at y tŷ i weld a oedd hi wedi deffro ac angen rhywbeth.

9.30 a.m.

Saif tref Llangefni rhyw ddwy filltir i'r gogledd-orllewin o Benmynydd a fferm Plas Gronw. Tref farchnad lewyrchus yn ei dydd, lle'r arferai ffermwyr o bob cwr o'r ynys ymgasglu i brynu a gwerthu eu cynnyrch ar ddiwrnodau mart a marchnad. Tref lle gwneid busnes da yn y siopau a'r tai bwyta. Yn y cyfnod ar ôl yr Ail Ryfel Byd, daethai nifer o gwmnïau i agor eu ffatrïoedd yn y dref, gan gynnig digon o waith i'r trigolion. Tyfodd y boblogaeth ac adeiladodd y Cyngor stadau mawrion o dai i'w cartrefu. Yna, daeth tro ar fyd i Langefni, fel i fwyafrif y trefi bach eraill ar hyd a lled Cymru. Brathodd y dirwasgiad. Caewyd ffatrïoedd ar y stad ddiwydiannol gan adael llawer o'r trigolion ar y clwt. Gorfodwyd i lawer o'r siopau a'r caffis bach teuluol gau. Yn eu lle daeth archfarchnadoedd, siopau elusen a thai bwyta a gynigiai bob math o fwydydd egsotig o bedwar ban

byd. Roedd hi bellach yn llawer haws cael *vindaloo* na phaned o
de a theisennau Berffro ar y Stryd Fawr.

Mewn ystafell wely mewn cyn dŷ cyngor ar stad Maes y
Dref, canodd larwm ar ffôn symudol. Estynnodd Siôn un fraich
datŵog o gynhesrwydd y cwilt ac ymbalfalu am y teclyn swnllyd
wrth ochr ei wely. Yna, heb agor ei lygaid, taflodd y ffôn i ochr
arall yr ystafell. Fe gaen nhw fynd i grafu. Doedd o ddim am
godi i fynd i neud ei shifft yn Alda ben bora. Doedd 'na ddim
mwy na phedair awr ers iddo gyrraedd ei wely. Trodd drosodd
a mynd yn ôl i gysgu.

9.45 a.m.

Cerddai Eileen Smith, rheolwraig llawr yr archfarchnad, fel
rhyw gadfridog balch i fyny ac i lawr pob eil yn ei thro gan daro
golwg beirniadol ar bob silff ac arddangosfa. Roedd ei chyfle
mawr wedi cyrraedd o'r diwedd gan i'r rheolwr cyffredinol fynd
am bythefnos o wyliau i'r haul a gadael Alda yn gyfan gwbl yn
ei gofal hi. Roedd Eileen yn benderfynol o wneud yn fawr o'i
chyfle. Roedd am i benaethiaid y cwmni sylweddoli ei bod yn
hen ddigon tebol i redeg y lle'n ddidrafferth. Symudodd ambell
becyn a sythu ambell botel fan hyn a fan draw. Galwodd ar un
o'r gweithwyr i lanhau rhyw farc annelwig oddi ar gaead un o'r
rhewgelloedd. Yna, cerddodd i ben blaen y siop er mwyn taro
golwg ar weithwyr y tils. Eisteddai'r rheini yn eu safleoedd fel
ieir batri, gan glebar gyda'r naill a'r llall am hanesion y noson
cynt. Wedi'r cwbl, dyma eu hunig gyfle am sgwrs cyn i'r drysau
agor. Pwy oedd wedi bod allan efo pwy? Pa mor dda oedd hi
ym Mangor? Pa mor *dead* oedd hi yn Llangefni ar nos Sadwrn?
Beth a phwy aeth allan o *Britain's Got Talent…*?

Stopiodd o flaen un o'r genethod a dweud wrthi am fynd
i orchuddio'r cleisiau piws ar ei gwddw â phlasteri glas o'r
cwpwrdd cymorth cyntaf yn y swyddfa. Doedd y cwsmeriaid

ddim eisiau gweld tystiolaeth o fywyd carwriaethol y ferch wrth dalu am eu nwyddau. Ych a fi!

Gan ochneidio, cerddodd Eileen yn ei blaen. Nid gwaith hawdd oedd edrych ar ôl siop fwyaf Llangefni a chadw trefn ar y fath weithlu anwadal. Roedd ganddi ei safonau a doedd hi ddim yn bwriadu gadael iddynt ostwng. Yna, daeth gwên gynnil i'w hwyneb wrth iddi sylwi ar un o'r gweithwyr yn taro clwt dros ei chownter a'i thil. Cymerai Kelly Hughes falchder yn ei gwaith ac roedd hi bob amser yn siriol wrth ymdrin â'r cwsmeriaid. Petai'r gweithwyr eraill mor gydwybodol â hi, byddai bywyd y rheolwraig gryn dipyn yn haws. Roedd Eileen yn ffyddiog bod dyfodol disglair i'r ferch hon yn y cwmni – wedi'r cwbl, fel gweithiwr til y dechreuodd hithau ei gyrfa. Dim ond i'r hogan beidio â'i lluchio ei hun ar y Siôn Thomas 'na! Dim ond ei thynnu i lawr wnâi hwnnw.

Siôn Thomas?! Diflannodd y wên. Doedd o ddim yn ei safle wrth y til brys. Lle'r oedd y llipryn diog? Hwyr eto fyth, mae'n siŵr! Roedd o wedi cael ei rybuddio sawl gwaith. A dweud y gwir, byddai wedi cael ei gardiau ers tro heblaw am Kelly. Roedd hi bob amser yn cadw arno ac yn pledio ar Eileen i roi cyfle arall iddo.

Ar hynny daeth Kelly draw ati gan geisio achub cam Siôn unwaith eto.

"Wedi anghofio troi'r cloc mae o, siŵr i chi. A'i fam o wedi mynd ffwr' ar ei *holidays*. Bechod, ma hi mor hawdd, tydi? Mi decstia i o…"

"Os na fydd o yma erbyn chwarter wedi deg, gei di ddeud wrtho am beidio â thrafferthu. Dwi wedi cael llond bol arno fo. Dyma hi'n amsar agor a neb ar y til brys o bob man. Mi fydd yn rhaid i ti gymryd ei le fo am rŵan."

Taflodd gip sydyn ar ei horiawr. Deg o'r gloch ar ei ben. Arwyddodd ar un o fechgyn y trolïau i agor drysau'r siop.

Hen ŵr, ffarmwr yn ôl ei ymddangosiad, oedd un o'r cwsmeriaid cyntaf i gamu i mewn i Alda y bore hwnnw. Safodd yn lletchwith wrth y fynedfa am ennyd, gan edrych o'i gwmpas. Yna, brasgamodd fel petai'n crwydro'i gaeau at y cownter lle'r oedd y blodau'n cael eu harddangos. Pa rai fyddai'n gweddu, tybed? Cododd ymyl ei gap stabl a chrafu ei ben wrth edrych ar y pentyrrau o flodau o bob math yn eu gwisgoedd o bapur seloffên amryliw. Rhosod, lilis, tiwlips a llawer mwy nad oedd ganddo'r syniad lleiaf beth oedd eu henwau.

Estynnodd am dusw o rosod cochion. Yna, sylwodd ar eu pris. Chwibanodd dan ei wynt cyn eu rhoi'n ôl yn reit sydyn. Trawodd ei lygad ar fwced yn llawn o gennin Pedr ar y llawr o dan y blodau eraill. Mi wnâi'r rheini'r tro. O leiaf roedd pris mwy rhesymol arnynt. I beth fyddai rhywun yn talu crocbris am flodau fyddai'n cael eu gadael allan ar fedd ym mhob tywydd? Gafaelodd mewn tusw o'r blodau melyn a mynd at y til.

"Mae 'na rywun yn mynd i fod yn lwcus yn cael bwnsiad o ddaffodils, dwi'n gweld. 'Sa chi'n licio i mi 'u lapio nhw'n ddel i chi?"

Collodd calon Idris guriad wrth iddo syllu'n gegrwth ar yr eneth dlos y tu ôl i'r til. Yr un wyneb tlws a'r wên annwyl. Yr un gwallt gwinau a'r llygaid gwyrddion. Gallai daeru…

"'Sa chi'n licio i mi 'u lapio nhw?" Ailofynnodd Kelly y cwestiwn yn uwch y tro hwn gan gredu nad oedd yr hen ŵr wedi'i chlywed yn iawn y tro cyntaf.

"Ma'n ddrwg gen i? O… ym, na, dim diolch, mi 'nân nhw'n iawn fel'na," atebodd wrth ddod ato'i hun.

"Wel ia, chi sy'n iawn. Does dim isio rhyw bapur tishw i dynnu oddi ar waith natur, yn nac oes. I'ch gwraig ma nhw?"

"Ym, na. Dim ond isio'u rhoi ar fedd ydw i. Ma hi'n Sul y Blodau, yn tydi."

"O, sori, do'n i ddim yn meddwl busnesu."

"Does dim rhaid i chi ymddiheuro, yn tad... Ond 'rhoswch funud... Fedra i ada'l nhw yn fa'ma tra bydda i'n nôl rhosod i fy ngwraig hefyd?"

"Cewch siŵr, mi 'drycha i ar eu hôl nhw i chi."

Aeth Idris yn ôl at y blodau a gafael yn y tusw o rosod cochion, gan ddiolch yn ddistaw bach i'r ferch ar y til am roi'r syniad yn ei ben. Byddai Mair yn siŵr o werthfawrogi cael edrych ar y rhosod o'i gwely.

Ar ôl talu, rhuthrodd yn ôl am ei gar gan holi ei hun beth ddaeth dros ei ben yn dychmygu ei fod yn gweld tebygrwydd i Mair yn yr eneth wrth y til. Ysgydwodd ei ben. Dyna oedd yn dod o beidio â mynd allan a chymysgu hefo pobl. Roedd ei fywyd yn cylchdroi o gwmpas Mair a'i gwaeledd i'r fath raddau fel ei fod yn dychmygu ei fod yn ei gweld ym mhobman. Taniodd y car a gyrru o faes parcio'r archfarchnad. Doedd o ddim eisiau bod i ffwrdd oddi wrthi funud yn hirach nag oedd yn rhaid.

Roedd Eileen wedi bod yn gwylio Kelly a'r hen ŵr o'i safle y tu ôl i ffenest y swyddfa. Gwenodd yn fodlon. Roedd y ferch yn gwybod i'r dim sut i drin cwsmeriaid a gwneud iddyn nhw wario mwy.

Ond doedd dim byd pellach o feddwl Kelly, gan mai'r unig beth a'i cymhellai hi i fod yn siriol gyda chwsmeriaid oedd ei diddordeb mewn pobl. Edrychodd i gyfeiriad y drws. Doedd dim golwg o Siôn. Penderfynodd anfon neges destun arall ato cyn i'r cwsmer nesaf gyrraedd y til.

10.15 a.m.

"Ac roedd y tyrfaoedd ar y blaen iddo a rhai o'r tu ôl yn gweiddi: 'Hosanna i fab Dafydd! Bendigedig yw'r un sy'n dod yn enw'r Arglwydd. Hosanna yn y goruchaf...'"

Llifai llais y gweinidog dros ben y Cynghorydd Haydn Price.

Roedd y blaenor parchus wedi hen ddysgu'r grefft o gymryd arno ei fod yn gwrando'n ddwys, gan ystyried y pynciau ysbrydol mawr, tra oedd ei feddwl mewn gwirionedd ar bethau llawer mwy materol. Taflodd gipolwg ar un o'i gyd-flaenoriaid a eisteddai'n hunanfodlon y pen arall i'r sêt fawr: Edgar Morgan, rheolwr y banc. Sut roedd o, Haydn, am allu dwyn perswâd ar y diawl hunanbwysig i ymestyn ei fenthyciad? Roedd o wedi gorfod cael ail forgais ar ei gartref yn barod, ond doedd hynny ddim yn ddigon i blesio'r banc. Os na châi gelc reit dda o rywle'n o fuan, byddai'n cael ei bardduo fel methdalwr. Byddai goblygiadau hynny yn amhosib. Byddai'n rhaid iddo ildio'i sêt ar y Cyngor, a hynny gwta fis cyn dechrau ar ei gyfnod fel maer y dref. Sut yn y byd y gallai dorri'r fath newydd i Catherine, ei wraig? Byddai'n ddigon amdani. Roedd o eisoes wedi ceisio ei pharatoi wrth sôn am roi'r siop ar werth, ond doedd hi ddim am ystyried y fath beth. Roedd y siop lestri wedi bod yn ei theulu ers blynyddoedd – busnes ei thad, a'i thaid cyn hynny. Ond roedd y siop yn gwneud colledion anferthol ers blynyddoedd. Doedd neb erbyn hyn am wario eu harian prin ar lestri a thlysau drud.

"A bwriodd allan bawb oedd yn prynu a gwerthu yn y deml; taflodd i lawr fyrddau'r cyfnewidwyr arian a chadeiriau'r rhai oedd yn gwerthu colomennod…"

Treiddiodd geiriau'r gweinidog i'w isymwybod. Biti garw na fasa rhywun yn dymchwel y pethau yn y siop. Gallai wneud cais ar ei insiwrans pe bai hynny'n digwydd!

Eisteddai Catherine Price, ei wraig, yn gefnsyth yn sêt y teulu yng nghanol llawr y capel. Doedd hithau, fwy na'i gŵr, yn talu fawr o sylw i eiriau'r gweinidog. Ymhen mis byddai Haydn yn dechrau ar ei dymor fel maer ac mi fyddai disgwyl iddi hithau, ei gymar, ei helpu gyda'r gwaith. Golygai hynny y byddai'n rhaid i Catherine gael wardrob o ddillad newydd. O leiaf dair neu bedair ffrog laes ar gyfer derbyniadau gyda'r nos, dwy gostiwm neu dair at y dydd a…

"Gras ein Harglwydd Iesu Grist a chariad Duw a fyddo gyda ni oll o'r awr hon hyd byth. Amen."

"O'r diwedd," meddai Catherine wrthi ei hun pan ddaeth y gwasanaeth i ben. Roedd hi wedi archebu bwrdd yng ngwesty Trefonnen erbyn un o'r gloch. Gobeithio na châi Haydn mo'i ddal yn rhy hir gan y gweinidog a'i gyd-flaenoriaid yn y festri, wir. Ar y ffordd allan o'r capel, cynigiodd lifft adref i Laura Williams, hen wraig a arferai weithio yn y siop yng nghyfnod ei thad a'i thaid. Doedd mymryn o drugaredd yn costio dim, meddyliodd. Er, biti mai yn yr hen fflatiau blêr yna ym Maes y Dref roedd yr hen wraig yn byw. Doedd yna neb roedd angen iddi greu argraff arnynt yn byw yn y fan honno!

11.00 a.m.

Ychydig filltiroedd i'r dwyrain o Langefni safai gwesty a sba moethus Trefonnen, lle tyrrai pawb oedd yn 'rhywun' (â phres yn eu pocedi) i flasu'r bwydydd a'r gwinoedd hyfryd. Gellid hefyd sicrhau na fyddai bloneg yn cael amser i setlo ar gluniau na boliau wrth i'r caloriau gael eu llosgi yn y gampfa neu eu chwysu ymaith yn y *sauna*.

"Mae'n boeth yma, genod!" meddai Gwenda Morris wrth wneud lle i ddwy o'i chydnabod chwyslyd ar y fainc yn y *sauna*. "Dach chi 'di cyfarfod Teleri'r ferch? Mae hi adra o'r coleg dros y Pasg. Dwi wedi dŵad â hi yma heddiw am drît bach. Mae hi'n gweithio mor galed tuag Oxford 'na. Yn dwyt, cariad? Dydw i ddim yn siŵr ydw i 'di deud wrthoch chi o'r blaen, ond mae hi'n gwneud ei *doctorate* mewn… *nuclear phys*… ym… rwbath." Trodd y fam falch at ei merch. "Deud ti wrthyn nhw, Tel. Fedri di egluro'n well na fi."

"Mae'n llawar rhy boeth i siarad yn fa'ma," atebodd Teleri

dan ei gwynt, gan geisio rhoi taw ar ei mam. "A beth bynnag, dwi'n siŵr nad oes gan y merched ddim diddordab."

"Fel hyn mae Tel, 'chi, genod – byth isio canmol ei hun. Ond mae 'i thad a finna'n falch iawn ohoni. A rŵan mai Simon ydi *top engineer* yr atomfa, mi fydd cyfle iddi ddŵad adra i weithio pan fydd yr orsaf newydd yn agor…"

"Esgusodwch fi," torrodd Teleri ar draws cleber ei mam. "Dwi am fynd i nofio."

Cododd oddi ar y fainc a mynd allan o'r ystafell ager poeth. Pam roedd yn rhaid i'w mam godi'r fath gywilydd arni? Brolio, brolio bob munud. Roedd hi'n embaras llwyr!

Ar ôl cyrraedd y pwll, tynnodd ei gŵn *towelling* gwyn a chydag ochenaid o ryddhad plymiodd i'r dŵr. Yna nofiodd yn egnïol ar hyd y pwll 'nôl ac ymlaen sawl gwaith gan geisio ymwared â'i rhwystredigaeth. Pam roedd yn rhaid i'w rhieni gymryd yn ganiataol ei bod am ddŵad adra i weithio ar ôl gorffen ei hymchwil? Doedd ganddi ddim bwriad gwneud y fath beth, swydd dda yn yr atomfa newydd neu beidio! Roedd ganddi hi gynlluniau i deithio'r byd, ond doedd hi ddim am ddatgelu hynny i'w rhieni eto. Wedi'r cwbl, nhw oedd yn talu ei ffioedd!

"O, dyma ti, Tel, cariad! 'Nes di fwynhau dy *swim*?" Eisteddai Gwenda ar lan y pwll yn gwylio'i merch. "Rŵan, mae gen i syrpréis bach iti. Dwi 'di bwcio triniaeth sbesial i ni'n dwy. Y Madagascar Red Island Ritual. Mae o'n ffantastig, a'r union beth ti angan i ymlacio, 'sti. Maen nhw'n polisho dy groen di ac yn mysajio dy gorff di i gyd efo'r prenia 'ma, wedyn…"

"Na, dim i mi," atebodd Teleri'n bendant cyn i'w mam orffen canmol yr artaith o Fadagascar. "Ga i fenthyg dy gar di? Dwi ffansi mynd adra."

"Ond, Tel, fedri di ddim mynd adra rŵan, cariad. Mae Dad yn ymuno hefo ni yma i gael cinio dydd Sul nes 'mlaen."

Roedd y siom i'w glywed yn llais Gwenda.

"Does gen i ddim awydd bwyd," meddai Teleri'n ddi-hid. "Dwi jyst isio mynd adra. Ga i oriad dy gar di? Fedri di ddŵad adra hefo Dad ar ôl i chi gael bwyd."

"Ti'n hel am rwbath, d'wad? Ti isio i mi ddreifio?"

"Na! Wir! Dwi'n iawn. Dos di am dy driniaeth Madagascar!"

Trodd Teleri drwyn y Peugeot coch i gyfeiriad Llangefni. Roedd ganddi dair wythnos cyn y byddai'n mynd 'nôl i'r coleg. Sut ar y ddaear roedd hi'n mynd i oddef cwmni ei rhieni heb golli ei limpin go iawn? Er ei bod yn dair ar hugain oed ac wedi gadael cartref i fynd i astudio yn Rhydychen ers yn agos i bum mlynedd, roedden nhw'n dal i'w thrin fel plentyn bach. Doedden nhw'n malio dim amdani hi fel person. Eiddo i'w brolio, dyna'r cwbl oedd hi! Gafaelodd yn y galon fach a grogai ar gadwyn am ei gwddw a theimlo siâp llythrennau ei henw oedd wedi'u hysgythru ar yr aur. Ond doedd yr ystum cyfarwydd hwn yn dod â dim tawelwch meddwl iddi. Gwthiodd y loced yn ôl dan ei siwmper, lle bu'n gorwedd yn yr hollt rhwng ei bronnau er pan oedd yn bymtheg oed.

"Dwi mor *stressed* bob tro dwi'n dŵad adra; 'swn i'n gneud rwbath am chydig o *coke* i ymlacio," meddai wrthi ei hun. "Mi a' i draw i Faes y Dre pnawn 'ma i weld pwy sy'n delio yn fan'no erbyn hyn."

11.45 a.m.

Rhyw filltir o fferm Plas Gronw, ym mynwent eglwys Penmynydd, penliniai Idris ger carreg fedd yn ceisio gwthio coesau'r cennin Pedr drwy'r tyllau crwn yn nhop y potyn blodau. Doedd o fawr o giamstar ar bethau fel hyn – ddim fel Mair. Er, fe gafodd y rhosod a ososod mewn fâs ar y bwrdd wrth waelod ei gwely groeso mawr ganddi. Diolch ei fod wedi gwrando ar y ferch glên wrth y til yn yr archfarchnad, meddyliodd. Estynnodd ffunen o boced ei grysbas a phoeri arni. Yna, rhwbiodd y cen a'r baw adar oddi ar y llechen cyn darllen y geiriau:

Yma y gorwedd
Arthur Hughes
Plas Gronw, Penmynydd
1930–1952

Siglodd ei ben wrth gofio mai dim ond dwy ar hugain oed oedd ei frawd yng nghyfraith pan laddwyd o mewn damwain beic modur. Roedd hynny wedi digwydd rai blynyddoedd cyn i Idris gyrraedd y fferm. Bu'n ceisio dyfalu sut un oedd Arthur sawl gwaith ond, am ryw reswm, doedd Mair byth yn fodlon siarad llawer am ei brawd. Mae'n debyg bod yr atgofion yn dal i fod yn rhy chwerw, rhesymodd. A chan na fynnai beri loes iddi, gadawodd yntau ei gwestiynau heb eu gofyn ar hyd y blynyddoedd.

Darllenodd weddill y geiriau oedd ar y garreg fedd:

Mary Hughes
1900–1968
Gwraig a mam gariadus

Hefyd ei phriod
William Hughes Ysw.
1898–1969
Amaethwr a phenteulu

Hedd, perffaith hedd

Roedd ei rieni yng nghyfraith wedi marw pan oedden nhw flynyddoedd yn iau nag oedd o a Mair erbyn hyn. Rhyfedd – roedd o bob amser wedi meddwl amdanynt fel hen bobl.

Cododd yn boenus oddi ar ei liniau a throi ei gefn ar y bedd. Yna, cerddodd draw at ddrws yr eglwys. Tybed oedd hi ar agor? Cofiai Idris gyfnod pan fyddai drysau eglwysi yn agored bob amser. Ond bellach, roedd yn rhaid cloi pobman rhag lladron a fandaliaid. Dim ond ychydig flynyddoedd ynghynt roedd rhyw daclau wedi bod yn eglwys Penmynydd o bob man ac wedi torri ffenest hynafol. Cofiai sut roedd yr helynt wedi achosi llawer o boen meddwl i Mair druan ar y pryd.

Gwasgodd y glicied ac, er syndod iddo, agorodd hen ddrws derw'r eglwys. Wedi'i ddatgloi'n barod ar gyfer gwasanaeth dau o'r gloch, meddyliodd. Tynnodd ei gap a chamu i mewn i'r tywyllwch. Yna, ar ôl i'w lygaid gynefino, eisteddodd ar un o'r meinciau caled. Caeodd ei lygaid a cheisio gweddïo, ond doedd y geiriau ddim am ddod. Ochneidiodd. Os oedd Duw yn gwrando arno, roedd O'n gwybod beth oedd ei ddyheadau.

Agorodd ei lygaid ac edrych draw at yr allor ym mhen blaen yr eglwys. Yno, union hanner cant a phump o flynyddoedd ynghynt, y priododd o a Mair. Lle'r aeth y blynyddoedd? Cofiai fel ddoe yr amser y daethai o'i gartref yn Arfon yn was fferm i Blas Gronw ar ôl cwblhau ei ddwy flynedd o Wasanaeth Cenedlaethol gyda'r fyddin.

Doedd ganddo'r un bwriad ar y pryd o aros ar y fferm yn hir. Gwaith tymor byr yn unig roedd o ei eisiau er mwyn cael rhywfaint o bres yn ei boced cyn symud i Derby, lle gobeithiai gael swydd gyda chwmni Rolls-Royce. Ond yna daeth Mair, unig ferch Plas Gronw, adref o'r coleg a newidiodd popeth.

Gwenodd Idris wrth gofio sut y gwelodd hi am y tro cyntaf erioed. Roedd hi'n bictiwr pan gamodd allan o gar ei thad yn ei *blazer* streipiog a'i chrafat Coleg Normal, Bangor. Syrthiodd y ddau mewn cariad yr haf hwnnw. Er i'w thad drio'i orau glas i'w darbwyllo, mynnodd Mair na fyddai byth yn cytuno i briodi 'run o feibion y ffermydd cyfagos. Idris oedd yr un iddi hi a neb arall. Druan fach â hi! Er syndod i Idris, roedd wedi cael cefnogaeth dawel Mary Hughes. Hi yn y diwedd oedd wedi darbwyllo ei gŵr ystyfnig i'w dderbyn yn fab yng nghyfraith.

Bu blynyddoedd cyntaf y briodas yn rhai anodd. Nid peth hawdd oedd cyd-fyw a chydweithio â thad yng nghyfraith, yn enwedig pan oedd hwnnw'n credu nad oedd Idris yn ddigon da i'w ferch. Ond mynnai Mair, oedd wedi etifeddu dogn o ystyfnigrwydd ei thad, na fyddai'n symud o Blas Gronw.

"Fan hyn y ces i 'ngeni a 'magu," fyddai ei hateb bob tro. "Fan hyn ma 'ngwreiddia i. Ydach chi'n sylweddoli y gall Tada olrhain ei achau yn ôl i Duduriaid Penmynydd?"

Doedd hyn yn ddim syndod yn y byd i Idris gan fod ei dad yng nghyfraith yn gymaint o deyrn â'r hen Harri'r Wythfed hwnnw bob tamaid! Ond dal ei dafod wnaeth o. Doedd o ddim am ei brifo.

Gyda threigl y blynyddoedd, daethai pethau'n haws. Wedi iddo ddioddef strôc, bu raid i William Hughes roi'r fferm yng ngofal Idris. Yna, bu farw Mary Hughes yn sydyn yn ei chwsg. Chwe mis yn ddiweddarach, claddwyd ei gŵr wrth ei hochr yn llain y teulu.

Trodd Idris i edrych ar feddrod alabastr Gronw ap Tudur Fychan a'i wraig yng nghefn yr eglwys. Roedd hwnnw'n dyddio'n ôl i'r bedwaredd ganrif ar ddeg. Sawl cenhedlaeth o'r teulu a orffwysai yma, tybed? Doedd dim posib gwybod. Ond gwyddai Idris i sicrwydd fod y llinach ar fin dod i ben ac mai arno fo roedd y bai am hynny.

Rhyw ddeunaw mis ar ôl y briodas, beichiogodd Mair. Daethai'r newyddion â gwên i wyneb William Hughes a bu'n gleniach wrth Idris am gyfnod. Ond ni pharodd yr hapusrwydd yn hir. Yn nhrydydd mis y beichiogrwydd, collodd Mair yr un bach. Eu Gronyn Bach cyntaf.

"Mae pethau fel hyn i'w disgwyl," oedd yr ymateb ar y pryd. "Bydd popeth yn iawn y tro nesaf, gewch chi weld."

Ond doedden nhw ddim yn iawn, ddim o bell ffordd. Ddwy flynedd yn ddiweddarach, beichiogodd Mair unwaith eto. Cariodd y plentyn yn ei chroth am chwe mis a hanner y tro hwn. Yna'n ddirybudd, ganol nos, collodd eu hail Ronyn Bach. Roedd popeth drosodd mor sydyn. Er i Idris ofyn am gael gweld corff yr un bach, ysgwyd ei phen wnaeth y fydwraig gan ddweud rhywbeth am drugaredd o dan ei gwynt.

Gadawodd yr ail golled hon ei hôl ar y ddau. Doedden nhw ddim yn barod i wynebu siom a cholled arall.

Ond, ddeng mlynedd yn ddiweddarach, yn gwbl annisgwyl, beichiogodd Mair am y trydydd tro. Roedd Idris yn benderfynol na fyddai dim yn mynd o'i le y tro hwn a bu'n gweini'n ddyfal ar ei wraig drwy gydol y naw mis. Pan ddaeth yr amser iddi eni'r plentyn, aethpwyd â hi i Ysbyty Dewi Sant ym Mangor.

Wedi oriau o gnoi ei ewinedd a cherdded 'nôl ac ymlaen yn yr ystafell aros, daeth y meddyg a oedd yn goruchwylio'r geni at Idris a gofyn iddo ddod i'w swyddfa.

"Mae eich gwraig wedi bod drwyddi ac mae hi bellach yn cysgu dan ddylanwad tawelydd." Pesychodd y meddyg yn ymddiheurol, cyn ychwanegu, "Mae'n ddrwg gennyf orfod dweud wrthych iddi roi genedigaeth i blentyn marw."

Aeth geiriau'r meddyg fel cyllell drwy galon Idris. Plentyn marw? Ond roedd Mair wedi bod yn holliach drwy gydol y naw mis. Roedd o wedi cymryd pob gofal ohoni. Beth oedd wedi mynd o'i le?

Cymerodd y meddyg arno ei fod yn pori drwy ei nodiadau er mwyn rhoi amser i Idris ddod ato'i hun. Yna, ar ôl clirio'i wddw, meddai, "O edrych ar nodiadau eich gwraig, gwelaf iddi golli plentyn ddwywaith o'r blaen."

Cododd ei lygaid o'r papurau ac edrych i fyw llygaid Idris cyn gofyn iddo a oedd o wedi bod yn agos at darddiad ymbelydredd yn ystod ei fywyd. Daeth atgof o Christmas Island yn syth i feddwl Idris. Cofiodd fel roedd o a'r bechgyn eraill wedi treulio rhan o'u cyfnod o Wasanaeth Cenedlaethol ar yr ynys bellennig honno yn arbrofi â bomiau niwclear. Cofiodd fel y crynai'r ddaear o dan eu traed wrth i'r bomiau ffrwydro, ac fel y codai'r mwg yn fadarch dieflig dros yr ynys. Cofiai fel y disgynnai'r llwch o'r cwmwl hwnnw yn ôl i'r ddaear a'u…

"Mae gennyf ofn eich bod wedi'ch gwenwyno gan ymbelydredd," meddai'r meddyg. "Credaf i'r ymbelydredd hwnnw niweidio eich had. Dyna, yn fy marn i, sydd i gyfri am gyflwr difrifol y baban. Cofiwch chi, does dim i brofi mai effaith yr arbrofi ar Christmas Island sydd i gyfri am hyn. Gall fod rheswm arall."

Doedd y meddyg ddim am gael ei weld yn beio'r awdurdodau. Doedd o ddim am gael ei dynnu i mewn i achos llys a chais am iawndal ac ati. Roedd ganddo'i ddyfodol i'w ystyried. Ond nid oedd angen i'r meddyg boeni, doedd gan Idris ddim diddordeb mewn iawndal. Y cwbl roedd o ei eisiau'r funud honno oedd cael gweld y corff bychan a'i ddal yn ei freichiau. Doedd y meddyg ddim yn awyddus i roi ei ganiatâd, ond ildiodd yn y diwedd i ymbil taer Idris. Er bod deugain mlynedd ers y cyfnod ofnadwy hwnnw, nid aethai diwrnod heibio heb i Idris ail-fyw'r hunllef o edrych ar gamffurfiad corff ei drydydd Gronyn Bach.

Mair druan – buasai'n well iddi petasai wedi gwrando ar ei thad. Fo oedd yn iawn. Doedd gan Idris ddim i'w gynnig iddi. O'i herwydd o, roedd yr hen, hen linach ar fin dod i ben. Roedd sylweddoli hyn yn faich trwm ar ei ysgwyddau. Trodd a cherdded allan o'r eglwys, heibio i fedd ei deulu yng nghyfraith. Petai Arthur wedi cael byw, meddyliodd, byddai pethau wedi bod mor wahanol.

Ag ochenaid ddofn, cerddodd yn ôl at y car. Roedd hi bellach yn ddeg munud wedi hanner dydd ac yn amser iddo baratoi rhywbeth bach i ginio i Mair, er nad oedd hi'n bwyta fawr mwy nag aderyn bach erbyn hyn.

2

Prynhawn Sul

1.00 p.m.

Yn ystafell fwyta foethus gwesty Trefonnen, chwiliai Haydn yn fanwl am yr eitem rataf ar y fwydlen tra dewisodd ei wraig y ddrutaf.

"Beth sy'n bod arnat ti, Haydn, cariad? Rwyt ti wrth dy fodd efo cimwch fel arfer ac mae'r *chef* yma'n ei baratoi'n wych, meddan nhw."

Teimlai Haydn fel tagu'r 'nhw' bondigrybwyll am roi syniadau costus ym mhen ei wraig. "Tydw i ddim yn llwglyd iawn. Mi gymra i'r cawl, dwi'n meddwl."

"Wel, plesia dy hun, 'ta. Rydw i am gymryd y *chicken liver parfait* i gychwyn ac yna'r *slow-roasted duck with pineapple and star anise sauce* fel prif gwrs. Roedd Dorothy, gwraig Edgar Morgan y banc, yn dweud wrtha i yn y WI y diwrnod o'r blaen fod y chwadan yn anfarwol. Be wyt ti am ddewis?"

"Fel ro'n i'n deud, Catherine, does gen i fawr o awydd bwyd."

"Be sy'n bod arnat ti, ddyn? Mae'n rhaid i ti gymryd rwbath."

"Wel, mi gymra i'r samon, 'ta."

Wedi iddynt archebu eu bwyd, eisteddodd Catherine yn ôl yn ei chadair gan daflu cipolwg o amgylch yr ystafell er mwyn nodi'n union pwy oedd yno. Gwenodd yn hunanfodlon wrth sylwi ar rai o wynebau amlwg bywyd cyhoeddus y sir. Roedd hi wedi gwneud y peth iawn yn dwyn perswâd ar Haydn i ddod i'r gwesty am ginio dydd Sul. Peth da oedd iddynt gael eu gweld mewn cwmni fel hyn.

Yna, trawodd ei llygaid ar Gwenda Morris a eisteddai ar ei phen ei hun wrth y bwrdd agosaf atynt yn prysur wagio potelaid o win coch.

"Hm! Digon hawdd gwybod o ba domen ddaeth honna," meddai Catherine dan ei gwynt, gan amneidio i gyfeiriad Gwenda. "Un o'r petha fagwyd yn Maes y Dre 'na, os cofia i'n iawn. Tybad be mae hi'n dda yn fa'ma?"

"Aros am rywun mae hi, ma'n debyg."

"Wel, dwi'n deud wrthat ti, Haydn, mi fydd honna'n feddw gaib cyn bo hir os bydd hi'n dal i lowcio'r gwin 'na ar ei thalcen!"

1.15 p.m.

Hanner agorodd Siôn ei lygaid. Estynnodd am ei ffôn.

"Lle ma…?"

Cododd yn araf. Blydi hel, roedd ei ben o'n hollti. Rhaid ei bod hi wedi bod yn noson fawr yn y Clwb Rygbi. Ond doedd ganddo ddim cof. Lle'r oedd ei fam o? Pam na fyddai hi wedi'i ddeffro? Yna, cofiodd ei bod wedi mynd ar ei gwyliau gyda rhai o ferched y ffatri cywion ieir.

Llusgodd ei gorff blinedig oddi ar y gwely a straffaglu ar draws yr ystafell flêr ar ei ffordd i'r ystafell ymolchi. Safodd ar rywbeth ar ganol y llawr. Damia! Ei ffôn!

Wedi gwagio'i bledren a lluchio mymryn o ddŵr oer dros ei wyneb, edrychodd ar sgrin y ffôn. *Four messages.* Wel, doedd y ffôn ddim wedi torri beth bynnag. Ond pwy fyddai'n anfon pedair neges ato ben bore fel hyn? *Ti'm 'di troi cloc chdi, naddo? Eileen massive blin! :(*

Edrychodd ar yr amser yng nghornel y sgrin. Damia! Roedd

Kelly, ei gyd-weithiwr ar y tils yn Alda, wedi anfon y neges destun ato ers deg o'r gloch. Roedd hi'n chwarter wedi un y pnawn erbyn hyn ac roedd o i fod yn ei waith ers tair awr a hanner!

Darllenodd ddwy neges destun arall a anfonwyd gan Kelly yn dweud ei bod yn trio achub ei gam. Erfyniai arno i ffonio'r rheolwraig a dweud ei fod wedi anghofio troi'r cloc neu ei fod o'n sâl, neu unrhyw esgus arall.

Roedd un neges ar ôl: y rheolwraig ei hun. *Don't bother coming in. You're fired!*

Pwy ddiawl oedd Eileen yn feddwl oedd hi? Alan Sugar? Hi a'i job geiniog a dimai! Ychydig flynyddoedd yn ôl ni fuasai wedi gwastraffu ei amser yn gweithio ar y tils mewn archfarchnad. Yr adeg honno roedd ganddo joban go iawn yn talu'n dda mewn ffatri ar y stad ddiwydiannol, cyn i'r lle gau.

Ar ôl gwisgo'r dillad a adawsai ar lawr yn un pentwr y noson cynt, aeth i lawr y grisiau i'r gegin i chwilio am rywbeth i'w fwyta. Roedd o wedi gorffen y cig moch a'r wyau y diwrnod cynt, felly roedd yn rhaid bodloni ar Weetabix. Ond ar ôl rhoi'r grawnfwyd yn y bowlen, sylwodd nad oedd yr un diferyn o lefrith ar ôl yn y tŷ.

"O wel, tost a choffi du amdani felly, 'de Jet. Mae hi'n hen bryd i Mam ddŵad adra i edrach ar ôl ni'n dau. Mi fydd yn rhaid i mi gofio dŵad â llefrith a bwyd ci o Alda ar ôl i mi orffan y shifft pnawn 'ma."

Yna, cofiodd am neges y rheolwraig.

"Be ddiawl dwi'n mynd i neud rŵan? Mi laddith Mam fi pan ddaw hi adra a hitha wedi gorfod crafu hefo Eileen i roi'r job i mi yn y lle cynta!"

Doedd hi ddim yn jôc bod yn ddi-waith yn Llangefni – ddim ers y dirwasgiad beth bynnag. Lle'r oedd yr holl swyddi a oedd i fod i ddod i'r ynys yn sgil y datblygiadau ynni? Dyna yr hoffai Siôn ei wybod. Yn sicr, doedd o na neb o'i ffrindiau wedi cael gwaith hefo'r cwmni ffracio oedd yn tyllu yn y gors. Angen gweithwyr profiadol – dyna oedd yr ateb bob tro yr ymgeisiai rhywun lleol am swydd. Wrth gwrs, golygai 'gweithwyr profiadol' weithwyr o ffwrdd.

Buasai yntau wedi mynd i ffwrdd i chwilio am waith ond byddai hynny wedi golygu gadael ei fam a'r Clwb Rygbi, dau angor ei fywyd. Ni allai ddychmygu bod heb y naill na'r llall. Roedd ei fam wedi bod yn fam a thad iddo erioed, ac er y byddai hi'n edliw iddo ambell waith ei fod yn treulio gormod o amser a phres yn y clwb, roedden nhw'n dallt ei gilydd yn y bôn.

"Ond ma rygbi yn 'y nghadw i'n ffit ac ma 'na siawns y ca i chwara i'r tîm cynta tymor nesa."

"Ffit, wir! Go brin, hefo'r holl gwrw 'na ti'n 'i yfad! Cael gafael mewn hogan iawn ac ailafael yn y cwrs 'na yn y coleg, dyna rwyt ti angan."

Gwyddai Siôn fod ei fam yn dweud y gwir, gan nad oedd cyfeiriad i'w fywyd bellach, a dyma fo rŵan wedi colli ei waith oherwydd yr yfed.

Ar ôl gorffen ei dost a'i goffi du, edrychodd ar y ci yn llyfu ei blât yntau'n lân. "Ty'd, boi, awn ni allan i mi gael clirio 'mhen a meddwl sut galla i ddod rownd Eileen i roi'r job yn ôl i mi cyn i Mam ddod adra."

1.35 p.m.

Bu Gwenda'n eistedd yn ystafell fwyta gwesty Trefonnen am dros hanner awr yn aros am ei gŵr. Archebodd botelaid o win coch St Emilion iddi ei hun, i'w helpu i ladd amser. Teimlai fod llygaid pawb arni, yn enwedig rhai gwraig Haydn Price wrth y bwrdd agosaf. Pwy oedd honno i edrych i lawr ei thrwyn ar neb? Roedd pawb yn gwybod bod yr hwch bron â mynd drwy'r siop ganddyn nhw. Yn y gorffennol, roedd Gwenda wedi gwario ffortiwn fach yn eu siop geiniog a dimai, pan oedd yn casglu llestri Aynsley.

Erbyn i Simon ymddangos roedd y botel bron yn wag ac roedd y gwin wedi rhoi min ar ei thafod.

"Ti'n hwyr. Lle ti 'di bod?" arthiodd dan ei gwynt. "Dwi wedi bod yn teimlo'n rêl ffŵl yn ista wrth y bwrdd yn fa'ma ar ben fy hun yn aros amdanat ti."

"Mi ges i 'nal yn y gwaith."

"Chdi a dy waith. Mae hwnnw'n golygu mwy i ti na dy deulu. Tydi Teleri ddim adra'n amal – mi fedrat ti fod wedi gneud dipyn bach mwy o ymdrach, am un diwrnod!"

"Lle mae Tel 'ta?"

"Mae hi 'di mynd adra. Doedd hi'm yn teimlo'n dda."

"Pam na fasat ti wedi tecstio i ddeud hynny wrtha i? Faswn i ddim wedi gorfod dreifio fel peth hurt ar draws yr ynys petaswn i'n gw'bod nad oedd hi am fod yma."

"Diolch yn fawr, Simon," cododd Gwenda ei llais. "Beth sy o'i le mewn treulio amsar hefo dy wraig? 'Drycha o dy gwmpas – cypla wela i ar y rhan fwya o'r byrdda 'ma."

"Cadwa dy lais i lawr, wir! Mae pawb yn sbio arnat ti'n gneud ffŵl ohonot dy hun. Pasia'r fwydlen 'na i mi, i ni gael byta'n reit handi… Dwi'n cymryd bod Teleri wedi mynd â dy gar di? Mi fydd yn rhaid i mi dy ddreifio di adra cyn mynd yn ôl i'r atomfa felly."

Ar ôl archebu'r bwyd a photelaid arall o win, treuliodd y ddau weddill y pryd mewn distawrwydd llethol.

2.30 p.m.

Llusgai Callum a Connor eu traed wrth gerdded yn ddibwrpas o amgylch y stad. Doedd dim byd i'w wneud yn y lle a doedd ganddyn nhw ddim arian i fynd i rywle arall gan fod eu budd-dâl wythnosol wedi'i hen wario cyn y Sul. Roedd pob diwrnod yr un fath ers iddynt adael yr ysgol ddwy flynedd ynghynt, heb unrhyw gymwysterau. Fel miloedd o'u cyfoedion, doedd ganddynt ddim gwaith nac unrhyw obaith am waith. Yr unig ddihangfa oedd ambell sbliff neu drip heroin pan allent ei fforddio. Ac, yn ddiweddar, roedd Callum wedi dechrau cael blas ar gymryd *miaow miaow*, a oedd yn ddigon rhad a rhwydd i'w gael ar gornel unrhyw stryd.

Roedd ambell un o hogiau'r dref wedi ymuno â'r fyddin, ond doedd gan Callum na Connor fawr o awydd llenwi ffurflenni a mynd am gyfweliadau a rhyw lol felly. Dim ond er mwyn cael eu chwythu i fyny yn Afghanistan, neu pa le bynnag roedden nhw'n cael eu hanfon i gwffio'r dyddiau hyn. Ond doedd hynny ddim yn golygu eu bod yn llwfr chwaith. Ddim o gwbl. Doedd dim yn fwy at fodd y bechgyn na ffeit dda – yn arbennig felly yn erbyn y cops neu hogiau Caergybi.

Roedd y ddau wedi bod ar brawf am gyfnodau pan oedden nhw'n iau – unwaith am gael eu dal yn gwerthu cyffuriau ac unwaith am dorri i mewn i *off-licence* ar y Stryd Fawr. Ond bellach roedden nhw'n ddeunaw oed ac yn oedolion yng ngolwg y gyfraith. Carchar go iawn fyddai hi y tro nesaf. Er, doedd gwybod hyn ddim am eu hatal rhag troseddu pan ddeuai cyfle. Wedi'r cwbl, roedd yn rhaid iddyn nhw gael arian o rywle a chael rhyw gynnwrf yn eu bywydau diflas. Roedd y syniad o garchar yn dod yn fwy atyniadol bob dydd. Ni allai bywyd dan glo fod ddim gwaeth na rhygnu byw a'u traed yn rhydd.

Dringodd y ddau i ben wal lawn graffiti ac eistedd yno'n cicio sodlau eu Pumas gwyn. Tynnodd Callum ei gwfl ymlaen gan guddio hanner uchaf ei wyneb cyn anfon sylw sarhaus, llawn atgasedd, at rywun ar ei Blackberry. Stwffiodd Connor glustffonau i'w glustiau a siglo i rythm y gerddoriaeth rap fyddarol a ddeuai o'i iPod.

2.35 p.m.

Ar ôl dychwelyd o westy Trefonnen bu Teleri yn trydar a phori ar wefannau rhwydweithiol a chymdeithasol. Roedd arni awydd gwybod beth oedd yn digwydd yn Rhydychen yn ei habsenoldeb, ond doedd hanesion ei ffrindiau coleg yn eu partïon y noson cynt yn gwneud dim i leddfu ei hawydd am ollyngdod o'i diflastod gartref gyda'i rhieni. Rhoddodd ei iPad o'r neilltu a sleifio i'w llofft i newid i'w jîns tyllog a'i hen gôt. Dyma ei chyfle i fynd allan o'r tŷ heb iddi gael ei holi'n dwll.

Ar ôl i'w thad ddanfon ei mam adref o Drefonnen, roedd o wedi troi ar ei sawdl gan sôn rhywbeth am ddychwelyd yn syth i'w waith wedi i Gwenda ddisgyn yn un swp diog ar y soffa yn yr ystafell haul. Effaith yfed potelaid neu ddwy o win coch gyda'i chinio. Cysgai'n drwm erbyn hyn.

Agorodd Teleri ddrôr wrth ochr ei gwely a chyfri cant a hanner o bunnoedd mewn arian parod. "Dylai hynna fod yn hen ddigon," meddai wrthi ei hun. Gallai gael gram o gocên am ugain punt yn Rhydychen, ond mae'n debyg y byddai'n rhaid iddi dalu dwbl hynny yn Llangefni. Os oedd y stwff yn dda, gallai gael tua deg llinell allan o bob gram ac roedd hynny'n fwy na digon i leddfu'r diflastod mwyaf. Stwffiodd yr arian i'w phoced a chychwyn am y drws.

"Reit 'ta, o'r diwadd," meddai wrth danio car ei mam. "Mi a' i draw am Faes y Dre i weld be fedra i ffeindio."

Pan gyrhaeddodd y stad dai, synnodd Teleri wrth weld faint roedd y lle wedi dirywio ers dyddiau ei phlentyndod. Yr adeg honno byddai'n talu ambell ymweliad prin â thŷ cyngor ei nain, ond roedd yr hen wraig wedi marw ers blynyddoedd bellach a doedd ei mam byth yn cyfaddef, iddi hi ei hun hyd yn oed, ei bod wedi'i magu ym Maes y Dref.

Wrth yrru'n bwyllog dros y ponciau arafu, taflodd Teleri gipolwg ar yr olygfa bob ochr i'r ffordd. Roedd rhai o'r tai wedi mynd â'u pennau iddynt – paent yn plicio, ffenestri a drysau wedi'u bordio, sbwriel ym mhobman. Powliai genod *chav*lyd yr olwg fygis ar hyd y pafin gan geisio osgoi'r baw cŵn a frithai'r lle. Eisteddai cwpwl o hwdis ar wal yn trio edrych yn ddidaro wrth i'r mamau ifainc fynd heibio. Ar ganol y ffordd chwaraeai criw o blant bêl-droed gan regi a chodi eu bysedd yn haerllug arni wrth i'w char darfu ar eu gêm.

O'i blaen safai bloc o fflatiau di-lun. Roedd yr adeilad hwn mewn gwaeth cyflwr na'r tai, â'i goed pydredig a'i goncrid brau. Tybed oedd yna rywun yn dal i fyw yn y fath le? Dylsai fod wedi'i gondemnio ers blynyddoedd.

Cofiodd Teleri iddi fynd yno un tro, pan oedd tua naw neu ddeg oed, heb ganiatâd, i chwarae ar ôl ysgol gyda geneth o'r un dosbarth â hi. Yr adeg honno meddyliai fod Kelly Hughes mor lwcus yn cael byw ar lawr uchaf y bloc fflatiau hwn, gyda lifft a phopeth. Bu'n swnian am hydoedd ar ôl hynny am gael mynd i chwarae yn fflat Kelly drachefn, ond gwrthod yn lân wnaeth ei mam gan ddweud wrthi y dylai chwarae gyda phlant bach tebycach iddi hi ei hun.

Gyrrodd ymhellach i ganol y stad cyn parcio'r car. Yna, cerddodd yn ôl heibio'r fflatiau ac at yr hwdis oedd yn dal i eistedd ar y wal. Ceisiodd eu holi ble y gallai ddod o hyd i stwff, ond chafodd hi fawr o groeso. Roedd yn amlwg eu bod yn ei hamau a doedden nhw ddim am gael eu hudo ar chwarae bach. Cynigiodd arian iddyn nhw, ond yr unig ymateb a gafodd oedd dweud wrthi am fynd i'r diawl.

"Ocê," atebodd gan godi ei hysgwyddau, "dim problem, os dach chi ddim isio pres, stwffiwch hi!"

Yna, gan drio edrych mor ddidaro ag y gallai, trodd ei chefn arnynt a dechrau cerdded yn ôl at y car.

Beth oedd hi am ei wneud rŵan? Roedd ei chorff yn ysu am *coke*! Edrychodd o'i chwmpas. Damia! Roedd y ddau hwdi yn ei dilyn. Gallai gicio'i hun am fod mor ddwl â chyfaddef bod ganddi arian. Mi fyddai'n ddigon hawdd iddyn nhw ymosod arni a gwagio pocedi ei jîns. Symudodd yn gyflymach. Trodd gornel a dechrau rhedeg nerth ei thraed, gan obeithio y gallai gyrraedd y car cyn iddynt ei dal... Yna'n sydyn, trawodd yn erbyn rhyw foi a'i gi.

"Sori, 'nes i ddim... Siôn? Siôn Thomas? Dyna pwy wyt ti 'de? Dwi 'di dy weld di ar Facebook. Er, 'nes di anwybyddu'n *request* i i fod yn ffrind."

"Pwy uffar wyt ti?"

"Ti ddim yn 'y nghofio i? Ro'n i yn yr un flwyddyn â chdi yn ysgol. Teleri Morris. A pwy wyt ti, *good boy*?" meddai gan blygu i fwytho pen y labrador. Tybiai y byddai ganddi well siawns o gael gwared â'r hwdis wrth aros gyda Siôn a'i gi.

Ar hynny, cerddodd Callum a Connor heibio gan daro golwg ffiaidd arni. Ond wnaethon nhw ddim meiddio dweud dim achos roedd hi'n amlwg fod yr ast wirion yn fêts hefo Siôn Thomas – a doedd hwnnw ddim yn un i'w groesi, os oedd y straeon amdano ar y cae rygbi yn wir.

"Diolch byth, ma nhw 'di pasio," meddai Teleri gan ddal i fwytho Jet. "Dwi mor falch 'mod i wedi dy weld di. Roedd y ddau yna'n fy nilyn i."

"Be ddudis di oedd dy enw di eto?"

"Teleri Morris. Ti ddim yn 'y nghofio i?"

"Dwi'n cofio rhyw hogan fach dew. Hen snoban. Roeddan ni'n ei galw hi'n Teleri Tubby. Dyna pwy wyt ti?"

Gwingodd Teleri wrth glywed yr hen lysenw atgas.

"Be ti'n da yn fa'ma? Tydi dy deip di ddim yn dŵad ffor'ma'n amal. A pham oedd yr hogia 'na'n dy ddilyn di?"

Ar ôl i Teleri ddweud wrtho ei bod hi wedi holi'r hwdis ble y câi gocên a chynnig arian iddynt, ysgydwodd Siôn ei ben gan edrych yn syn arni.

"Ti ddim yn gall! Ti ddim jyst yn mynd at rywun-rywun fel'na a deud bod gen ti bres, siŵr. Eniwe, pam ti isio stwff? 'Swn i ddim yn meddwl dy fod ti'r teip."

"Sut gwyddost ti pa deip ydw i?"

"O be dwi'n gofio, rhyw swot bach oeddat ti. Yn canu yn steddfoda'r Urdd a ballu. Sgen ti ddim syniad faint o'n i a'r hogia'n dy gasáu di a dy griw. Roeddan ni'n gorfod ista ar ein tina am oria ar lawr calad y neuadd yn gwrando arnoch chi yng nghôr 'rysgol!"

"Ti'n *sad*, Siôn Thomas, os ti'n dal i gofio petha fel'na! Dwi 'di newid lot ers amsar hynny 'sti. Ta waeth, wyt ti'n gwybod pwy sy'n delio ffor' hyn? Dwi rili isio *coke*."

"Ddudis i mai snoban o'ddat ti. Chdi a dy cocên. Dryg dosbarth canol 'ta be! Heroin ne' *mephedrone* ma hogia ffor' hyn yn iwsio. A beth bynnag, sut dwi'n gw'bod y medra i dy drystio di? Be sy yn'o fo i fi?"

"Yli, ma gen i ddigon o bres i rannu efo chdi os ti isio. Take it or leave it."

Meddyliodd Siôn am funud cyn ateb. Os oedd yr hogan hurt yn dweud y gwir fod ganddi ddigon o arian, efallai y gallai ei thwyllo hi i'w roi i gyd iddo. Duw a ŵyr, roedd arno angen pob ceiniog ac yntau wedi colli ei waith! A doedd ganddo fawr o ffydd yn ei allu i ddarbwyllo'r ddraig Eileen yna i roi un cyfle arall iddo yn Alda.

"Taswn i'n cael gafa'l mewn stwff i ti, be 'swn i'n ga'l am 'y nhraffath?"

Penderfynodd Teleri fod yn onest. Tynnodd y wad arian o'i phoced. "Yli, mi ro i ganpunt i ti rŵan ac os cei di afael mewn stwff reit dda mi gei di gadw unrhyw newid ac mi gei di hanner canpunt arall am dy draffath. Be ti'n ddeud?"

Roedd hyn yn rhy hawdd, meddyliodd Siôn. Roedd o fel dwyn dymi oddi ar fabi!

"O, gyda llaw, rhag ofn i ti gael syniada gwirion, mi wna i warchod y ci tra byddi di'n gneud y *deal*. Mi fydd o'n saff hefo fi," meddai gan wenu. "Dwi wedi ffansïo cael ci ers hydoedd. Felly, os ddoi di ddim yn ôl, wel… dim *coke*, dim ci!"

Teimlai Siôn nad oedd ganddo ddewis ond cytuno. Daliodd ei law allan am yr arian, yna tynnodd Teleri felt ei chôt a'i glymu fel tennyn i goler y ci.

"Mi ro i awr a hannar i ti. Mi fydda i'n gwitiad amdanat ti yn Nant y Pandy. Os fyddi di ddim 'di dŵad yn ôl, mi gei di ddeud ta-ta wrth hwn!"

Yna, trodd ar ei sawdl a brasgamu i gyfeiriad y car gan lusgo Jet ar ei hôl.

"Yr ast!" meddai Siôn wrtho'i hun. Hi a'i Nant y Pandy! Dim ond rhyw snobs fel hi oedd yn defnyddio'r fath enw. Dingle oedd y lle i bawb call. Edrychodd ar y canpunt yn ei law. Roedd 'na gymaint y gallai ei wneud hefo'r arian. Ond doedd Tubby ddim wedi rhoi fawr o ddewis iddo. Ni fedrai ddechrau dychmygu bywyd heb Jet.

Pwy oedd yn delio ym Maes y Dref, tybed? Ni fu ganddo fawr i'w ddweud wrth gyffuriau erioed. Boi cwrw oedd o ar ôl gêm galed o rygbi. Ond roedd un peth yn siŵr, doedd o ddim yn mynd i wario'r pres i gyd. Roedd 'na ddigon o stwff rhad yn dŵad draw o Lerpwl y dyddiau hyn, stwff wedi'i gymysgu â phob math o 'nialwch. Mi wnâi hwnnw'r tro i Tubby.

3.30 p.m.

Mae'n rhaid 'mod i wedi pendwmpian ar ôl y gwin 'na amser cinio, meddyliodd Gwenda wrth ddod ati ei hun yn yr ystafell haul. Lle'r oedd pawb, tybed?

"Simon? Teleri? Lle dach chi?"

Doedd dim ateb, felly aeth drwodd i'r gegin i wneud coffi iddi ei hun. Ar y cownter wrth ochr y peiriant coffi roedd ei ffôn symudol. Pwysodd y botwm a gweld bod ganddi ddwy neges destun. *Wedi mynd i'r gwaith.* Doedd ei gŵr ddim yn un am wastraffu geiriau! *Typical* Simon, meddyliodd. Roedd o'n llawer rhy brysur y dyddiau hyn. Rhy brysur i ystyried unrhyw beth heblaw ei waith. Mi fyddai rhywun yn meddwl y byddai'r atomfa'n dod i stop petai o ddim yno bron bob awr o'r dydd a'r nos. Dyna pam roedd Gwenda yn teimlo fel tagu Teleri am beidio ag aros i gael cinio gyda nhw yn Nhrefonnen. Petai'r gnawes fach ddim ond yn sylweddoli faint o drafferth gafodd hi i ddwyn perswâd ar Simon i ddod yno. Yna, pan sylwodd nad oedd ei ferch am ymuno â nhw, roedd o wedi rhoi'r bai arni *hi*, Gwenda! Wedyn, bu'r diawl yn ymddwyn fel bwbach drwy gydol y pryd bwyd. Dyna pam roedd hi wedi yfed llawer mwy na'i siâr o'r gwin a gwneud ffŵl ohoni ei hun o flaen yr Haydn Price 'na a'i snoban o wraig. Roedd pethau mor wahanol erstalwm. Yr adeg honno, Gwenda oedd yn gwisgo'r trowsus.

Pan ddaethai Simon i weithio i'r atomfa yn beiriannydd ifanc yn syth o'r coleg, roedd wedi colli ei ben yn lân pan welodd hi'n clercio yn y swyddfa. Bu'n swnian arni am fisoedd – heb fawr o lwyddiant gan ei bod hi wedi dyweddïo ar y pryd gyda bachgen arall o Langefni. Ond wrth i Simon ddechrau dringo'r ysgol yn y gwaith, sylweddolodd Gwenda y gallai fod yn fodd iddi ddianc o'i chynefin tlodaidd ym Maes y Dref. Gwta chwe mis yn ddiweddarach, priododd y ddau a rhoddodd Gwenda y gorau i'w swydd er mwyn bod yn wraig tŷ llawn amser. Roedd ei bywyd yn berffaith. Tŷ newydd sbon ar stad breifat newydd yn Llangefni. Dodrefn Habitat. Gŵr oedd yn gwneud yn dda iddo'i hun yn ei waith. Yna, flwyddyn yn ddiweddarach, yn goron ar y cwbl, babi perffaith – Teleri.

Gyda threigl y blynyddoedd, dyrchafwyd Simon dro ar ôl tro yn ei waith. Chwyddodd eu cyfrif banc ac aethant ati i adeiladu tŷ crand ar gyrion y dref. Roedd Gwenda ar ben ei digon. Cefnodd yn gyfan gwbl ar ei hen ffrindiau. Prin y cydnabyddai fodolaeth ei mam, a oedd yn dal i fyw yn y tŷ cyngor ym Maes y Dref. Roedd ei bywyd newydd yn llawn, a Teleri yn ganolbwynt iddo. Rhedeg honno yn ôl ac ymlaen o wersi telyn, bale, Glanaethwy… Doedd dim amser i neb na dim arall.

Yna, pan adawodd Teleri am y coleg, sylweddolodd Gwenda am y tro cyntaf ei bod yn unig. Am y tro cyntaf hefyd, sylweddolodd fod Simon yn treulio mwyfwy o amser yn ei waith a llai o amser gartref yn ei chwmni hi.

Gydag ochenaid, gwasgodd fotwm y ffôn eto i weld yr ail neges. *'Di mynd i weld ffrindia. 'Di mynd â'r car. Fydda i'n hwyr. Paid aros fyny. Wela i chdi fory. T x.* Roedd hon cyn waethed â'i thad bob tamaid – yn ei chymryd hi'n ganiataol ac yn defnyddio'i chartref fel gwesty, gan fynd a dod fel y mynnai. Doedd yr un o'r ddau'n malio dim am ei theimladau hi.

Diffoddodd y peiriant coffi ac agor potelaid o win. Os nad oedd ar y diawliaid eisiau ei chwmni, fe fyddai Gwenda yn chwilio am fymryn o gysur ar ei phen ei hun. Aeth drwodd â'r botel a'r gwydryn i'r ystafell fyw. Gwasgodd fotwm y teledu. Yna, cyrliodd i fyny ar y soffa ledr i wylio omnibws *EastEnders*, er iddi weld pob pennod yn barod yn ystod yr wythnos flaenorol.

3

Yn Hwyrach Ddydd Sul

4.15 p.m.

Estynnodd Kelly ei chôt *fleece* a'i bag o'i locer yn ystafell staff yr archfarchnad. Roedd ei gwaith drosodd am ddiwrnod arall ac roedd ganddi weddill y Sul i wneud fel y mynnai. Yn ystod ei hawr ginio cawsai gyfle i fynd o amgylch y siop i ddewis tamaid o gig a llysiau a threiffl parod iddi hi ei hun. Cofiodd hefyd am y dorth roedd hi wedi'i haddo i'w chymydog, Laura Williams. Fe alwai i weld yr hen wraig ar ei ffordd adref, ac ni fyddai fawr o dro yn gwneud pryd bwyd ar ôl cyrraedd y fflat. Ochneidiodd yn dawel wrth gerdded allan o'r siop. Biti na fuasai ganddi rywun i rannu'r pryd gyda hi.

"Hai, Kells! Diolch i chdi am drio helpu bora 'ma," meddai Siôn gan redeg ati. "Dwi newydd fod yn yr offis yn gweld Eileen rŵan, ond mi ges i uffar o hasyl ganddi. Aeth hi 'mlaen a 'mlaen yn deud sut ro'n i 'di ei siomi hi, a hitha 'di rhoi job i fi fel ffafr i Mam, bod 'na ddigon allan o waith 'sa'n fwy na pharod i gymryd fy lle i."

Ysgydwodd Kelly ei phen; roedd hi wedi trio dwyn perswâd ar y rheolwraig drwy'r dydd i roi un cynnig arall i Siôn, ond doedd dim wedi tycio.

"Pam na ddoi di adra hefo fi?" cynigiodd yn obeithiol. "Mae gen i ddigon o fwyd yn fa'ma i wneud pryd i ni'n dau, 'sti. Ti'n edrach fel tasa ti heb gael bwyd iawn ers i dy fam fynd i ffwr'. Yli, mae gen i ddarn o borc lyfli a threiffl a..."

"Na, dim diolch, Kells. Dwi 'di gaddo cwarfod rhywun nes 'mlaen. Rywbryd eto, ia?"

Llyncodd Kelly ei phoer cyn ei gorfodi ei hun i wenu. "Ia, iawn. Wela i chdi o gwmpas." Trodd ei chefn a cherdded yn gyflym i gyfeiriad ei chartref, cyn i'r dagrau ei bradychu.

Roedd hi wedi bod mewn cariad â Siôn ers blynyddoedd. Ers eu dyddiau yn yr ysgol fach, roedd wedi gwirioni'n lân arno. Bob tro y câi gyfle, byddai'n mynd i'w weld yn chwarae rygbi i ail dîm y dref, gan gymryd arni ei bod yn gefnogwr brwd. Yna, ar ôl y gêm, byddai'n ei ddilyn i'r clwb. Roedd hi wedi dysgu trafod y ceisiau a'r sgôr fel petai'n un o'r hogiau, cyn dychwelyd adref ddiwedd y nos ar ei phen ei hun bob tro. Dim ond ffrind fu hi iddo fo erioed. Hen hogan iawn. Dim mwy.

Pan gafodd Siôn waith ar y tils yn Alda, roedd Kelly ar ben ei digon. Cael bod yn ei gwmni drwy'r dydd, bob dydd, a chymryd cipolwg slei arno bob hyn a hyn rhwng serfio cwsmeriaid. Roedd hi wedi gobeithio y byddai'r gusan a gawsai o dan yr uchelwydd ym mharti Nadolig y staff wedi bod yn gychwyn ar bethau. Ond doedd Siôn yn cofio dim am y peth y diwrnod wedyn – roedd o'n rhy brysur yn mwytho'i ben mawr!

Ar ôl cyrraedd y bloc o fflatiau lle bu'n byw ar hyd ei hoes, safodd yn y cyntedd am eiliad cyn agor drws ar y llawr isaf, yn ôl ei harfer, i weld a oedd yr hen Laura Williams yn iawn.

"Helô, Mrs Wilias! Fi sy 'ma. Dach chi'n iawn? Dwi 'di dŵad â thorth i chi."

"Diolch i ti, Kelly bach. Dwi'n o lew 'sti, heblaw am yr hen goesa 'ma, 'te. Er, cofia di, mi gerddis i i capal bora 'ma. Ma hi'n Sul y Bloda, 'sti."

"Ia, roedd 'na gwsmar yn sôn rwbath am hynny yn siop bora 'ma. Isio bloda i roi ar fedd, medda fo."

"'Sa'n dda gen i petaswn i'n gallu cerddad i'r fynwant i roi bloda ar fedd nacw hefyd. Ond mae o'n ormod o waith i mi erbyn hyn."

"Pam na fasach chi 'di deud? Mi 'swn i wedi mynd yn eich lle chi."

"Ti'n gneud digon yn barod, fy nghariad gwyn i. Ti'n werth y byd ac mi fasa dy nain wedi bod yn falch iawn ohonat ti, 'sti. Un dda oedd Katie. Mi fagodd hi dy dad ar ben ei hun bach ar ôl i'r hen dacla yng nghyfrath 'na oedd ganddi ym Mhenmynydd droi cefn arni. Dwi'n cofio fel…"

Hanner awr yn ddiweddarach, ar ôl gwrando'n amyneddgar ar Mrs Williams yn ailadrodd storïau amdani hi a Katie, ei nain – storïau a glywsai Kelly ganwaith o'r blaen – gadawodd fflat yr hen wraig a chamu'n ôl i'r cyntedd blêr. Tybed oedd y lifft wedi'i drwsio? Ond na, wrth gwrs. Roedd yr arwydd â'r geiriau 'Out of order' yn dal i grogi uwchben y drws. Beth ddaeth dros ei phen hi i feddwl y byddai'r Gymdeithas Tai wedi anfon rhywun i'w drwsio ar benwythnos? A'r adeilad ar fin cael ei gondemnio a mwy a mwy o'r tenantiaid yn gadael bob dydd, go brin y byddent yn gwario ceiniog ar adfer y lifft bellach.

Gydag ochenaid, croesodd y cyntedd di-raen at y rhes gyntaf o risiau concrid â phyllau drewllyd o biso'r noson cynt yn dal i orchuddio ambell ris. Roedd ganddi saith rhes fel hyn i'w dringo cyn cyrraedd ei fflat ar lawr uchaf yr adeilad. Saith rhes â deuddeg gris i bob un.

"Un, dau, tri…" cyfrodd yn ei phen wrth ddringo, "pum deg naw, chwe deg."

Erbyn cyrraedd y pumed llawr roedd hi'n dechrau mynd yn fyr o wynt a theimlai'r cyhyrau yng nghefn ei choesau'n tynhau. Doedd dim angen mynd i'r *gym* ar Kelly! Arhosodd funud i gael ei gwynt ati. Edrychodd o'i chwmpas ond roedd ei llygaid wedi hen ymgyfarwyddo â'r graffiti a'r budreddi. Bron nad oedd yn ymwybodol ohonynt bellach. Clywai sŵn ffraeo a rhegi yn dod o fflat 5A. Connor a'i fam yng ngyddfau ei gilydd unwaith eto, mae'n debyg. Bechod hefyd, arferai fod yn beth bach mor annwyl erstalwm. Ond dyna fo, dyna ddigwyddai i lawer o blant y stad wrth iddynt dyfu. Roedd tlodi ac anobaith yn eu llethu ac yn gwneud iddynt droi'n greaduriaid ffiaidd heb barch at neb na dim.

Camodd Kelly ar y gris nesaf. Dim ond dwy res eto. "Chwe deg un, chwe deg dau…"

Roedd cyflwr y grisiau yn gwaethygu fel y dringai'n uwch. Roedd ambell gornel wedi gwisgo ac roedd craciau dyfnion i'w gweld yn y concrid. Yr adeiladwyr wedi laru neu wedi ymlâdd erbyn cyrraedd cyn uched, meddyliodd. Roedd ei thad druan wedi ysgrifennu at y Cyngor sawl gwaith i gwyno am gyflwr y grisiau, ond wnaeth y rheini fawr mwy na phatsio ambell ris. Ond wedi i'r Gymdeithas Tai gymryd perchnogaeth o'r adeilad, aeth pethau o ddrwg i waeth. Yn ôl yr hyn a ddeallai Kelly, roedden nhw ar fin anfon rhybudd at yr holl denantiaid oedd yn dal yn y fflatiau i ddweud wrthynt bod yn rhaid iddynt adael gan eu bod yn bwriadu dymchwel y bloc cyfan cyn bo hir. Pan ddigwyddai hynny, ni wyddai beth fyddai'n dod ohoni. Roedd yr awdurdodau wedi cynnig ei hailgartrefu mewn fflat yng Nghaergybi, ond doedd arni ddim awydd symud i'r fan honno. Hogan o Langefni oedd hi. Yno roedd ei gwaith. Yno hefyd roedd Siôn, petai hi haws â hel meddyliau am hwnnw! Wel, doedd dim pwynt mynd o flaen gofid.

"Wyth deg tri, wyth deg pedwar… O'r diwedd!"

Ar ôl cyrraedd ei fflat, doedd gan Kelly fawr o awydd mynd ati i baratoi cinio dydd Sul iddi hi ei hun. Tynnodd bryd parod o'r rhewgell a rhoi'r porc roedd hi wedi'i brynu yn Alda yn ei le.

Tra oedd y pryd yn cynhesu yn y meicrodon, aeth allan ar y

balconi. Efallai ei bod yn byw mewn hofel, ond hofel neu beidio, ganddi hi roedd yr olygfa orau yn y dref.

Edrychodd i lawr ar doeau tai Maes y Dref. O'r fan hyn gallai weld bod ffurf a phatrwm trefnus i'r stad. Dyma, mae'n siŵr, oedd gan y pensaer dan sylw pan aeth ati i gynllunio ar bapur, ond ar lefel y ddaear edrychai'r lle fel jwngl concrid heb fath o sylwedd na rhinwedd esthetig iddo.

Yn y pellter gallai glywed sŵn y ffracio yng Nghors Ddyga wrth iddynt dyllu i grombil y ddaear. Druan o'r bobl oedd yn byw yn agosach at y lle, meddyliodd. Roedd y sŵn yn mynd drwy ddannedd rhywun.

Pwysodd dros y parapet gan geisio anwybyddu'r sŵn erchyll. Wrth wneud hynny, gallai weld yr hen felin ar y graig lle'r arferai chwarae gyda phlant y stad erstalwm. Tu ôl i'r graig gallai weld canghennau uchaf Coed y Plas a thŵr yr eglwys yn codi uwch eu pennau. Yn y fynwent yno y claddwyd ei thad gyda'i fam yntau. Dechreuodd y dagrau gronni yng nghornel llygaid Kelly wrth i'r hen hiraeth ddod yn don drosti. Er bod tair blynedd wedi mynd heibio ers iddi golli ei thad, roedd yn dal i hiraethu amdano.

Ping! Ping! Canodd y popty meicrodon i ddynodi bod ei *chicken korma* yn barod.

Trodd ei chefn ar yr olygfa o'r balconi a mynd i'r gegin at ei phryd bwyd plastig.

4.45 p.m.

Roedd y gwanwyn wedi cyrraedd yn gynnar yng ngwarchodfa natur Nant y Pandy. Llifai afon Cefni yn fywiog ar ei thaith drwy'r coed. Ar lan yr afon roedd iâr ddŵr yn prysur adeiladu ei nyth heb gymryd unrhyw sylw o'r titw a'r siglen lwyd a sbonciai o frigyn i frigyn gerllaw. Uwchben roedd y coed ceirios gwyllt yn gymylau o flodau gwyn a'r coed eraill yn feichiog o flagur a dail newydd. Tyfai clystyrau o friallu melyn tlws rhwng y rhedyn bob ochr i'r llwybr pren.

Doedd Teleri ddim yn ymwybodol o'r prydferthwch a'i hamgylchynai. Bu'n eistedd ar fainc wrth ymyl y llwybr yn trydar ar ei iPhone ers dwyawr. Cwynai wrth ei ffrindiau coleg soffistigedig am ddiflastod bywyd yn nhwll din byd. Am faint ddylai hi aros eto? Oedd y diawl Siôn 'na wedi'i heglu hi hefo'i phres a'i gadael hi hefo'r ci? Teimlodd ias a chaeodd ei chôt yn dynnach amdani. Roedd hi'n oeri wrth i gysgodion y coed ymledu ac i'r haul gwan lithro'n is yn yr awyr.

Ar hynny, cododd Jet ei glustiau, rhoi cyfarthiad byr a dechrau tynnu yn erbyn ei dennyn gwneud. Roedd rhywun yn dynesu ar hyd y llwybr pren.

"Gymrist di dy amsar! Ro'n i'n dechra ama dy fod di wedi anghofio amdanon ni."

"Faswn i byth yn dy anghofio di, naf'swn boi?" meddai Siôn gan fwytho Jet.

"Gest ti'r stwff?"

"Do, yn diwadd. Roedd 'na ddigon o heroin ar gael ar stad 'cw, ond gan dy fod ti'n mynnu cael cocên roedd yn rhaid i mi fynd i ochr arall y dre."

"Ty'd â fo i mi 'ta."

Tynnodd Siôn becyn o'r bag a gariai a'i roi iddi. "Ma 'na bedair gram yn fan'na. Stwff da, medda'r boi."

Cododd Teleri'r pecyn at ei thrwyn a nodio cyn rhoi'r hanner canpunt roedd hi wedi'i addo iddo.

"Be 'nei di rŵan? Mynd adra i gymryd y stwff?"

"Na, neith fa'ma'n iawn."

Eisteddodd Siôn ar y fainc wrth ei hochr.

"Dos! Dwi ddim isio i ti aros."

"Fedra i ddim dy ada'l di'n fa'ma, siŵr. Mae'r Dingle 'ma'n llawn jyncis."

Chwarddodd Teleri. "Wel, mi fydda i mewn cwmni da 'ta, bydda?"

"Dwyt ti ddim yn jynci. Hen hogan bach wirion sy'n licio chwara efo tân wyt ti. Cael cic o fod yn rebal cyn mynd adra i dy dŷ crand a chael mwytha gan dy rieni. Dwi'n nabod jyncis go iawn – gormod ohonyn nhw. Roeddan *nhw*'n meddwl y bysan nhw'n gallu handlo'r stwff hefyd, fatha chdi. Ond gei di weld, mi fyddi di'n deffro rhyw fora a'r cocên fydd yn dy handlo di!"

"Paid â thrio 'nysgu i. Sgen ti ddim syniad am 'y mywyd i. Ti 'rioed 'di bod o Langefni 'ma! Sgen ti ddim syniad be 'di hiraeth. Gorfod byw yn Oxford efo pobl o gefndiroedd gwahanol a smalio bod 'run fath â nhw. Dŵad adra wedyn at dad sy'n rhy brysur i falio dim amdana i a mam sy'n yfad gwin fel tasa 'na ddim fory… Dwi ond isio *break* bach am chydig oria."

"Dwi'n dallt hynna. Mi faswn i'n gallu gneud efo anghofio heddiw hefyd. Dwi ddim 'di cael diwrnod rhy grêt chwaith, 'sti. Deffro bora 'ma i decsts yn deud 'mod i wedi colli fy job. Dyna pam ro'n i'n hwyr yn dŵad 'nôl rŵan. Mi fuo'n rhaid i mi fynd i Alda i fegio am fy job yn ôl. Ond heb lwc – mi ges i wybod gan y diawliaid lle i fynd. Duw a ŵyr lle ga i job arall. Ma 'na gymaint o hogia'r lle 'ma ar y dôl."

"Pam na chymri di ryw lein fach hefo fi 'ta? Be sgen ti i golli?"

Cododd Siôn ei ysgwyddau. "Ia, pam lai?" Doedd ganddo ddim gwell i'w wneud.

Chwiliodd yn y bag unwaith eto a thynnu tun o Pedigree Chum allan. Roedd yn rhaid bwydo Jet yn gyntaf.

Tra llowciai'r ci ei fwyd yn eiddgar, estynnodd Siôn far o siocled a photelaid o lefrith allan o'r bag a chynnig eu rhannu â Teleri.

"Na, dwi'm yn byta sothach a dim ond llefrith organig fydda

i'n yfad. Sgen ti ddŵr yn y bag 'na? Mi fyddi di angan peth ar ôl cymryd y *coke*."

"Dwi ddim yn hollol *thick*, 'sti," atebodd gan dynnu potelaid o ddŵr o'i fag. "Mi ddois i â hwn i ti."

Yna, cododd oddi ar y fainc a dechrau cerdded ymlaen ar hyd y llwybr pren a arweiniai drwy Nant y Pandy. "Ty'd," meddai dros ei ysgwydd, "awn ni 'mhellach i mewn i'r Dingle 'ma. Wn i am le da wrth ymyl Llyn Pwmp. Gawn ni lonydd yn fan'no."

7.45 p.m.

Teithiodd y morffin drwy ei gwythiennau brau nes merwino'i nerfau a chaniatáu ysbaid iddi o'r boen arteithiol.

"Idris?"

"Dwi yma, 'nghariad i." Estynnodd ei gŵr am ei llaw denau a'i gwasgu'n dyner cyn iddi syrthio i gwsg esmwyth. Rhoddodd yntau ochenaid o ryddhad. Roedd yn gymaint o gysur gwybod ei bod allan o'i phoen am sbel. Eisteddodd ar y gadair freichiau wrth droed y gwely yn barod am wylnos arall.

8.00 p.m.

"Haydn, cariad, tyrd i lawr o'r stydi 'na wir. Rwyt ti wedi bod yn pori yn yr hen ffigyrau yna ers oriau. Mae *Dechrau Canu, Dechrau Canmol* ar fin cychwyn," galwodd Catherine o droed y grisiau.

"Dechrau canu, wir!" meddai ei gŵr dan ei wynt. "Mi fydd hi wedi canu arnon *ni* cyn diwedd yr wythnos." Sut roedd o am dorri'r newyddion i Catherine eu bod ar fin bod yn fethdalwyr? Mi fyddai'n ddigon i dorri ei chalon. Fe adawai iddi freuddwydio yn ei hanwybodaeth am un noson arall. Yna, drannoeth, mi fyddai'n rhaid iddo egluro'r cyfan iddi.

Caeodd ei lyfr cyfrifon yn glep a mynd i lawr y grisiau yn araf.

10.00 p.m.
Trawodd Big Ben ei nodau cyfarwydd.

– Good evening, this is the *Ten o'clock News* on Sunday, the 29th of March. Here are the headlines. After a weekend of intense discussions on the economy at Chequers, the Prime Minister…

Atseiniodd llais y cyflwynydd newyddion drwy'r ystafell fyw, gan ei hanner deffro o'i chwsg meddw ar y soffa. Agorodd un llygad, ond gan nad Huw Edwards oedd yn darllen y newyddion ar nos Sul trodd ei chefn at y teledu. Doedd hi ddim eisiau neb arall. Huw Edwards neu ddim!

Cyn i'r cyflwynydd orffen darllen y penawdau, roedd Gwenda'n cysgu'n drwm unwaith eto. Ar y llawr wrth droed y soffa gorweddai gwydryn a photel wag.

10.30 p.m.
Mewn tŷ modern ar stad breifat ar gyrion tref Amlwch gorweddai Simon yn noeth rhwng cynfasau sidan du. Teimlai'n fodlon ei fyd, ac yntau'n gallu perfformio'n rhyfeddol o ystyried ei fod dros ei hanner cant. Roedd ganddo ddigon o egni i gadw'r ferch a orweddai wrth ei ochr yn hapus. Merch bron hanner ei oed, a dim ond rhyw flwyddyn neu ddwy yn hŷn na Teleri.

Bu'n ffyddlon i Gwenda ar hyd y blynyddoedd tra oedd Teleri'n blentyn, er na chymerai ei wraig fawr o sylw ohono gan ei bod wedi ymgolli'n llwyr ym mywyd eu merch. Rhywun i arwyddo sieciau gwag i'r ddwy, dyna'n unig oedd Simon. Yna, pan adawodd Teleri am y coleg, disgwyliai Gwenda iddo ailafael yn eu perthynas fel pe na bai dim o'i le. Ond erbyn hynny roedd hi'n rhy hwyr oherwydd roedd Alys, ei ysgrifenyddes, wedi cyrraedd i lenwi ei fywyd a'i chwantau. O'r diwrnod cyntaf y cyrhaeddodd ei swyddfa yn yr atomfa, edrychai arno ag edmygedd a diddordeb. Doedd dim y gofynnai iddi ei wneud yn ormod ganddi. Ym mhresenoldeb Alys, teimlai Simon fel dyn unwaith eto. Datblygodd eu perthynas yn gyflym, a chyn pen dim roedd wedi prynu tŷ y gallai ei rannu â hi. Dihangfa oddi wrth holl bwysau gwaith a phriodas wag.

Roedd hi mor hawdd twyllo Gwenda. Doedd honno ddim yn ddigon sobr i sylwi ar ei habsenoldeb hanner yr amser. Heblaw am y ffaith fod Teleri wedi penderfynu dod adref o Rydychen dros wyliau'r Pasg, ni fuasai wedi trafferthu mynd adref o gwbl y penwythnos hwnnw. Roedd hi mor rhwydd aros yn ei hafan glyd gydag Alys.

Gwyddai y gallai droi'r ferch rownd ei fys bach a dyna'n union y penderfynodd ei wneud y funud honno. Cododd ar un benelin ac edrych i fyw ei llygaid.

"Oes raid i ti fynd i Gaerdydd fory a 'ngadael i ar ben fy hun bach?"

"O, Simon, fan hyn 'da ti finne ishe bod ond ma Mami a Dadi wedi bod yn dishgwl mla'n shwd gymint achos dwi heb fod gatre ers ache."

"O wel, biti hefyd, achos roeddwn i wedi trefnu syrpréis bach i ti ar gyfer wythnos nesa 'ma. Ond dyna fo, os ydi'n well gen ti deithio i lawr yr A470 a 'ngadael i ar ben fy hun…"

"Pa syrpréis? Dwêd!"

"Na, na. Faswn i byth isio bod yn gyfrifol am i ti siomi dy deulu. Mi ffonia i i ganslo'r gwesty."

"Gwesty?"

"Wel, roeddwn i wedi meddwl y buasai'n braf i ti gael treulio dy wythnos wyliau yn y lle 'ma yn Neganwy. Mae 'na ystafelloedd ffantastig a sba moethus lle gallet ti gael dy bampro trwy'r dydd," meddai, gan estyn am yr iPad yr oedd wedi'i adael yn gyfleus wrth ochr y gwely â lluniau o'r gwesty moethus a'i olygfeydd godidog dros aber afon Conwy. "Roeddwn i wedi bwriadu ymuno â ti bob nos ar ôl gwaith. Ond os wyt ti'n benderfynol o fynd adra, paid â gadael i mi dy rwystro di."

"O, beth alla i weud? Rwyt ti mor dda 'da fi. Mi ffonia i Mami bore fory a gweud bod y trefniade wedi newid ac nad yw hi'n bosib i fi gael amser bant o'r gwaith."

"Wel, os wyt ti'n siŵr, 'y nghariad bach i," meddai gan symud ei law dros gorff sidanaidd y ferch. Ymatebodd hithau ar ei hunion. Roedd bywyd yn braf gydag Alys, meddyliodd wrth ymroi i garu unwaith eto.

11.57 p.m.

Gorweddai'r ci â'i ben ar ei bawennau gan warchod Siôn. Roedd yn hen gyfarwydd â gweld hwnnw'n rowlio adref yn chwil feddw gaib o'r Clwb Rygbi neu'r dafarn. Yn wir, mae'n debyg na fyddai ei berchennog byth yn cyrraedd y tŷ ar ei liwt ei hun ambell noson oni bai fod Jet yn ei arwain adref. Ond heno, doedd y labrador ddim yn hapus â'r ffordd ryfedd roedd ei feistr wedi bod yn ymddwyn gyda'r ferch a orweddai'n llipa wrth ei ochr ar y fainc erbyn hyn.

Ar ôl cyrraedd Llyn Pwmp yn gynharach, roedd Teleri wedi dangos i Siôn sut i osod y cocên yn llinell fain ar wyneb ei drych. Rholiodd bapur ugain punt, a gadwai at y pwrpas, i greu tiwbyn main. Yna, gosododd un pen o'r tiwbyn yn ei ffroen ac anadlu'r powdr gwyn i mewn.

Roedd Siôn wedi mwynhau ei brofiad cyntaf o'r cyffur, a wnaeth iddo deimlo'n fwy hyderus ac effro nag erioed o'r blaen. Edrychai popeth o'i gwmpas yn harddach – gallai weld pob manylyn ar ddail a rhisgl y coed ac roedd y blodau gwyllt yn batrymau rhyfeddol wrth ei draed. Roedd rhyw swyn arbennig i gân yr adar ac roedd dŵr Llyn Pwmp yn loyw fel grisial.

"Be 'di dy hanas di ers i ti ada'l 'rysgol? Ti 'di bod yn

gweithio ar y tils ers hynny?" holodd Teleri wrth iddi ymlacio ar y fainc wrth ochr Siôn.

"Na, 'nes i ddechra ar gwrs mecanic yng Ngholeg Menai ond mi rois y gora i hwnnw a mynd i weithio i un o'r ffatrïoedd ar y stad ddiwydiannol. Roedd y cyflog yn dda ar y pryd ond mi gaeodd y lle ryw chydig flynyddoedd yn ôl. Mae Mam yn trio fy mherswadio i fynd yn ôl i orffan y cwrs. Ond dwn i ddim…"

"Ti'n dal i fyw hefo dy fam?"

"Yndw. Fedra i ddim fforddio rhentu rwla arall ar y cyflog dwi'n gael yn Alda. A rŵan 'mod i 'di cael sac, dwi'm yn gw'bod be 'na i."

"Pam nad ei di ffwrdd?"

"Na, fedra i ddim. Mae gen i ormod o gyfrifoldeba – y Clwb Rygbi a Mam a ballu."

"Sgen ti fawr o gyts, yn nag oes?"

"Pwy uffar ti'n feddwl wyt ti? Jyst am dy fod ti wedi mynd ffwrdd i goleg, dydi o ddim yn deud dy fod ti fymryn gwell na fi."

"Profa fo 'ta," meddai hithau, gan godi'n sydyn oddi ar y fainc, tynnu pob cerpyn o'i dillad oddi amdani a phlymio i mewn i ddŵr oer Llyn Pwmp. "Sgen ti ddigon o gyts i neud hyn?"

Edrychai Teleri fel rhyw dduwies hardd yn nŵr y llyn a'i chorff lluniaidd gwyn yn amneidio arno'n bryfoclyd. Ni allai Siôn rwystro ei hun rhag rhwygo'i ddillad yntau oddi amdano a neidio i mewn ati.

"Blydi hel, ti ddim yn gall! Mae'r dŵr 'ma'n rhewi!" gwaeddodd wrth i ddylanwad y cyffur ddiflannu'n sydyn gyda chyffyrddiad rhewllyd y dŵr. "Ty'd allan, wir, cyn i ni fferru!"

"Ddudis i mai cachwr oeddat ti, yn do?" chwarddodd Teleri. "Dim ond gobeithio dy fod ti'n ddigon o ddyn i 'nghnesu i rŵan."

"Pwy ti'n ei alw'n gachwr? Mi ddangosa i iti sut i gnesu," atebodd Siôn gan afael yn ei chorff gwlyb a'i thynnu i lawr ar y glaswellt ar lan y llyn.

Wedi'r caru gwyllt, gwisgodd y ddau eu dillad ac eistedd unwaith eto ar y fainc i ffroeni'r naill linell ar ôl y llall o'r cocên, cyn syrthio i gwsg trwm a diofal.

Trawodd yr hen gloc a safai yn sgwâr Llangefni hanner nos. Daethai awel ysgafn i glirio'r cymylau a fu'n cuddio'r sêr a dringodd y lleuad dros gopaon Eryri gan daflu ei golau gwan dros y dref fechan gysglyd. Ond parhau i dyrchu'n ddi-baid i berfeddion y ddaear a wnâi'r ebill anferth yng nghanol Cors Ddyga.

4

Bore Llun

Wrth i lafn yr ebill dyrchu o dan y gors gan wthio dŵr a thywod i grombil y ddaear, craciodd y graig dan y pwysau a threiddiodd y dŵr i'r ffawt a orweddai'n ddyfn o dan Gors Ddyga – un o'r amryw ffawtiau a geir o dan wyneb Ynys Môn.

4.35 a.m.

Ychydig iawn o bobl oedd yn effro yng nghyffiniau Llangefni yr adeg honno o'r bore, ar wahân i ambell yrrwr lori ar yr A55 ar ei ffordd i borthladd Caergybi, ambell fabi oedd yn torri dannedd ac ambell riant cysglyd a ddeffrowyd oherwydd y dannedd hynny, ambell ffarmwr a wyliai ei fuwch yn gollwng llo, ambell bostmon, ambell ddyn llefrith ac ambell weithiwr a edrychai ymlaen at orffen ei shifft nos yn y gweithfeydd prin hynny oedd yn dal i rygnu 'mlaen yn y cyfnod wedi'r dirwasgiad.

Cysgai'r rhan fwyaf o boblogaeth y dref a'r ardal gyfagos gwsg diofal yn eu gwlâu – oddeutu chwe mil ohonynt, yn ddynion, merched a phlant.

Yng nghanol Cors Ddyga roedd gweithwyr y shifft nos ar y safle ffracio yn ddiwyd wrth eu gwaith, tra tyrchai'r ebill yn ddi-baid.

Yn ddirybudd, daeth ochenaid ddofn o grombil y ddaear. Siglwyd ac ysgytiwyd popeth am funud a hanner gyfan. Torrwyd blaen yr ebill a daeth y ffracio i ben.

Cafwyd peth difrod ar draws y sir, ond canol yr ynys a ddioddefodd waethaf. Dyma ganolbwynt y daeargryn.

* * *

Crynodd llawr a waliau'r hen ffermdy ym Mhenmynydd. Siglodd llun priodas William a Mary Hughes, Plas Gronw, ar ei fachyn uwchben gwely eu merch. Disgynnodd y fâs flodau â'r rhosod cochion oddi ar y bwrdd a thorri'n deilchion ar y llawr.

Neidiodd Idris o'i drwmgwsg ar y gadair wrth droed y gwely. Beth aflwydd oedd yn digwydd? Lle'r oedd botwm y lamp? Pam nad oedd 'na ddim tryd…?

"Idris? Ydach chi yna?"

"Dwi yma, 'nghariad i. Peidiwch â phoeni. Mae popeth yn ia…"

Ni chafodd gyfle i ddweud rhagor gan i'r holl dŷ grynu i'w seiliau. Disgynnodd yn swp wrth ochr ei wraig a gafael yn dynn yn ei chorff eiddil, rhag iddi ddisgyn dros erchwyn y gwely, a siglai fel popeth arall yn yr ystafell.

Unwaith yn ei fywyd y profasai rywbeth tebyg i hyn o'r blaen. Cofiodd fel y crynodd y ddaear o dan ei draed wrth i'r bomiau niwclear ffrwydro ar Christmas Island.

Dim ond am ryw funud a hanner y parhaodd y crynu cyn i'r hen ffermdy sefyll yn llonydd ar ei sylfeini unwaith eto. Cymerodd dipyn mwy o amser i guriad calon yr hen ŵr ddod yn ôl i drefn.

* * *

Disgynnodd Gwenda oddi ar y soffa lle bu'n cysgu ei chwsg meddw, a glanio ar ben y botel win wag.

"Be ddiaw…?"

Diffoddodd y trydan gan dawelu'r newyddion oedd wedi bod ymlaen drwy'r nos, a'i gadael mewn tywyllwch. Crynodd yr ystafell fyw. Disgynnodd y platiau Aynsley oddi ar y silffoedd a malu'n deilchion ar y llawr pren. Clywodd sŵn gwydrau'r ffenestri yn yr ystafell haul yn cracio. Cyrliodd yn belen o flaen y soffa gan ddal ei phen yn ei dwylo. Simon? Teleri? Lle'r oedden nhw pan oedd arni hi eu hangen? Oedd hi am farw yn y fan hyn ar ei phen ei hun bach?

* * *

"Haydn! Haydn! Be sy'n digwydd? Mae'r tŷ 'ma'n ysgwyd i gyd!"

Safai Catherine yn ei choban a'i chyrlyrs wrth ddrws ei hystafell wely. Roedd y ddau wedi bod yn cysgu ar wahân ers blynyddoedd, am fod Catherine yn cwyno bod chwyrnu Haydn yn ei chadw'n effro. Credai Haydn nad oedd y cyhuddiad hwn yn un teg, gan y gallai Catherine hithau chwyrnu lawn cymaint ei hun. Ond chwynodd o ddim, gan mai'r ffaith amdani oedd bod yr ystafelloedd ar wahân yn ei siwtio yntau i'r dim, yn enwedig ers iddo ddechrau troi a throsi yn ei wely bob nos yn poeni am y busnes.

Clywai Haydn sŵn pethau'n disgyn a malu'n deilchion i lawr y grisiau.

"O! Fy Wedgwoods i… a'r Royal Doulton! Gwna rywbeth, Haydn, er mwyn dyn!"

Ar ôl i'r cryndod ddod i ben, aeth Haydn i lawr i weld y difrod. Ymbalfalodd drwy'r tywyllwch i geisio dod o hyd i'r fflachlamp a gadwai yng nghwpwrdd y cyntedd. Yng ngolau gwan honno gallai weld bod llawer o lestri drudfawr ei wraig yn deilchion. Trawodd y golau ar y wal uwchben y lle tân. Diolch byth – roedd y Kyffin yn gyfan, er ei fod yn crogi'n gam ar ei fachyn. Estynnodd am y llun a'i dynnu i lawr yn ofalus. Doedd o ddim am i unrhyw niwed ddigwydd i hwnnw ac yntau newydd ddod o hyd i gwsmer a oedd yn barod i dalu ffortiwn fach amdano.

* * *

"Cau dy geg, ne' mi stida i di!" gwaeddodd Connor ar ei frawd bach, a sgrechiai yn nhwll ei glust ar ôl disgyn yn swp o'r bync uchaf.

Roedd muriau'r fflat yn crynu a chlywai sŵn pethau'n disgyn o'i gwmpas yn y tywyllwch. Beth oedd yn digwydd? Ffrwydrad nwy? Bom? Doedd ganddo ddim syniad. Roedd arno ofn drwy'i din ac allan, ond ni fyddai'n cyfaddef hynny am bris yn y byd. Ar ôl i bethau sadio aeth â'r bychan i lofft ei fam a'i adael yno gyda hi a'r dyn diweddaraf i rannu ei gwely.

"'Drycha di ar ôl hwn. Chdi 'di fam o, yr hwran uffar!"

"Connor! Paid â siarad fel…"

Ond doedd o ddim yn mynd i sefyll yn gwrando ar bregeth gan ryw fochyn o ddyn nad oedd yn perthyn dim iddyn nhw. Gallai alw ei fam yn beth a fynnai. Trodd ar ei sawdl a mynd yn ôl i'w ystafell wely ei hun, gan gamu dros y trugareddau oedd yn gorchuddio'r llawr. O'r diwedd, daeth o hyd i'w dreinyrs, ei *tracky bottoms* a'i hwdi yn y tywyllwch. Cipiodd ei iPod, nad oedd byth ymhell o'i afael. Doedd o ddim am aros funud yn hirach ar bumed llawr y bloc o fflatiau. Caeodd ddrws y fflat yn glep a rhedeg nerth ei draed i lawr y pum rhes o risiau. Ar ei ffordd ar draws y cyntedd, gwthiodd heibio i'r hen wraig oedd yn byw ar y llawr isaf. Doedd ganddo ddim amser i aros am honno. Roedd yn rhaid iddo ddianc o'r adeilad cyn i bobman ddechrau crynu unwaith eto.

* * *

Ddau lawr yn uwch, deffrowyd Kelly gan riddfannau'r adeilad wrth iddo siglo fel cwch ar fôr tymhestlog. O'i chwmpas clywai sŵn ei chelfi'n disgyn a malu. Yna, ar ôl munud a hanner a deimlai fel oes iddi, stopiodd y cryndod a'r sŵn. Ond er i'r adeilad lonyddu, daliai ei chorff i grynu wrth iddi chwilio am gannwyll a matsien yn un o gypyrddau'r gegin.

Fel y cyfarwyddai ei llygaid â'r golau gwan, gallai weld maint y difrod o'i chwmpas. Gorweddai'r teledu ar ei wyneb yng nghanol siwrwd mân y sgrin. Wrth ei hochr roedd cwpwrdd cornel ei nain yn pwyso ar gefn y soffa a'i gynnwys yn deilchion ar lawr. Edrychodd i fyny a gweld bod darnau mawr o'r plaster wedi disgyn oddi ar y nenfwd gan ei gorchuddio hi a phob dim arall â haen drwchus o lwch.

Trawodd ei gŵn nos amdani a llithro'i thraed i'r pâr o esgidiau agosaf. Gafaelodd yn ei phwrs a'i chardiau banc cyn rhuthro am ddrws y fflat. Roedd yn rhaid iddi ddianc cyn i'r adeilad ddisgyn ar ei phen. Gwibiodd i lawr y rhesi cyntaf gan neidio dwy ris ar y tro. Doedd dim amser i gyfri ei chamau y tro hwn.

Ar y pumed llawr daeth ar draws mam Connor yn ceisio halio'i mab ieuengaf tuag at y grisiau.

"No wê ydw i'n mynd 'nôl i chwilio am ryw Ninja Turtles. Ma'n rhaid i ni fynd allan o'r lle 'ma cyn i'r blydi lot ddisgyn ar ein penna ni!"

"'Di o ddim yn ffêr – ti 'di dŵad â llunia chdi!"

"Ma hynna'n wahanol, siŵr. *Memories* teulu ni 'dyn nhw. Fedri di byth gael nhw'n ôl os ti'n colli nhw. Rŵan, ty'd…"

Arhosodd Kelly ar hanner cam wrth glywed hyn a sylweddoli ei bod wedi gadael llyfr lloffion ei thad ar ôl yn y fflat. Ni fuasai'n gallu maddau iddi hi ei hun petai'n ei golli. Roedd mam Connor yn dweud y gwir – nid oedd pris ar atgofion. Dringodd yn ôl i'r seithfed llawr ac, ar ôl cyrraedd y fflat, aeth i hen ystafell wely ei thad. Ymbalfalodd drwy'r llanast a'r tywyllwch cyn dod o hyd i'r llyfr. Wrth deimlo croen lledr meddal ei gloriau, gwyddai ei bod wedi gwneud y peth iawn. Wedi'r cyfan, roedd holl hanes ei theulu yn y llyfr. Gafaelodd yn dynn ynddo cyn anelu eilwaith at ddrws y fflat.

Wrth iddi ruthro i lawr y grisiau concrid disgynnai ychwaneg o blaster yn dalpiau, gan lenwi'r aer â llwch trwchus. Roedd yn rhaid iddi fod yn fwy gofalus y tro hwn, rhag ofn iddi faglu. Cyrhaeddodd y chweched llawr, yna'r pumed a'r pedwerydd. Doedd dim golwg o'r tenantiaid eraill. Mae'n rhaid eu bod nhw i gyd allan erbyn hyn. Ar y trydydd llawr trawodd ei throed yn erbyn rhywbeth a adawyd ar y grisiau a bu ond y dim iddi syrthio. Â'i llaw rydd, gafaelodd yn dynnach yn y canllaw a rhuthro ymlaen drwy'r tywyllwch gan ddiolch bod y lle mor gyfarwydd iddi. Cyrhaeddodd yr ail lawr ac yna'r llawr cyntaf heb unrhyw anffawd. Dim ond un rhes arall o risiau oedd ar ôl. Heb yn wybod iddi hi ei hun, dechreuodd gyfri yn ei phen – deuddeg, deg, wyth, chwech, pedwar, dau…

Fel y trawodd ei throed lawr y cyntedd, dechreuodd y ddaear grynu unwaith eto. Rhedodd i gyfeiriad yr allanfa. Agorodd y drws a brysio allan. Griddfanodd yr adeilad fel petai mewn gwewyr gan siglo ar ei seiliau bregus.

Taflwyd Kelly ar ei chefn a llanwyd ei chlustiau â synau dychrynllyd. Ceisiodd rowlio'n belen ond roedd hi'n rhy hwyr. Roedd popeth ar ben. Disgynnodd rhywbeth arni a'i tharo'n anymwybodol.

* * *

Wrth grwydro ar hyd strydoedd y stad daeth llygaid Connor i arfer â'r düwch. Arhosodd wrth safle'r wal lle bu'n eistedd y prynhawn cynt gyda Callum. Doedd dim wal yno bellach, dim ond pentwr o rwbel. Ar hynny, ysgydwodd y ddaear dan ei draed ag ôl-gryniad oedd bron mor nerthol â'r cryndod cyntaf.

Daeth sŵn chwalu anferth o gyfeiriad y bloc o fflatiau.

Sŵn adeiladwaith yn dymchwel. Llongyfarchodd ei hun ar ei ddihangfa lwcus. Fo a'r hen ddynas o'r fflat gwaelod oedd yr unig rai o drigolion y fflatiau oedd wedi bod yn ddigon call i'w harbed eu hunain. Eitha peth â'r diawliaid dwl, meddyliodd. Os nad oedd ganddyn nhw ddigon yn eu pennau i redeg allan fel y gwnaeth o, wel, roedden nhw'n gofyn amdani!

Gan fod yr awyr dywyll yn llawn llwch, ni allai weld yn iawn beth oedd wedi digwydd i ddechrau. Ond yn raddol, fel y cliriai'r llwch, sylweddolodd fod yr holl adeilad wedi dymchwel i'r llawr. Safodd mewn braw gan syllu ar yr olygfa arswydus. Bellach doedd dim ar ôl o'i gartref heblaw am bentwr anferth o rwbel. Wrth syllu ar y difrod, cofiodd am sgrechiadau ofnus ei frawd bach, ac am y tro cyntaf yn ei fywyd gwelodd Connor fai arno'i hun. Dylai fod wedi dod â'r bychan allan hefo fo yn lle ei adael gyda'i fam. Dyrnodd bostyn lamp cyfagos i geisio cael gwared o'i euogrwydd. Ond eto, ni fedrai fforddio dangos gwendid. Nid ei gyfrifoldeb o oedd y bychan. Teimlai fel rhedeg i ffwrdd cyn belled ag y medrai, ond roedd rhywbeth yn ei atal. Ni fedrai droi cefn. Rywle yng nghanol y rwbel roedd ei frawd a'i fam.

"Conn? Ti'n ocê, *mate*? Ro'n i'n meddwl dy fod di wedi'i chopio hi yn y fflatia 'na. Roedd 'na *massive explosion*. Mi ddylia nhw fod wedi tynnu'r blydi dymp lawr ers *ages*!"

"Cau dy geg, Callum. Dwi'm isio siarad am y peth, iawn!" gwaeddodd Connor gan droi ei gefn ar ei ffrind. Doedd o'n bendant ddim am i hwnnw weld y dagrau oedd yn cronni yng nghornel ei lygaid.

Cyn hir roedd hi fel diwrnod ffair ar y stad, a thrigolion Maes y Dref i gyd allan yn eu dillad nos. Safai'r tenantiaid yn ddiymadferth a mud o flaen gweddillion y fflatiau. Ceisiai rhai o'u cymdogion eu cysuro'n dawel, tra safai eraill yn swnllyd a llawn cyffro gan holi a dadlau am yr hyn oedd wedi digwydd

– pob un â'i ddehongliad ei hun, yn amrywio o ffrwydrad nwy i ymosodiad gan Al-Qaeda. Roedd ambell un mwy digywilydd wrthi'n tynnu lluniau o'r gweddillion ac un neu ddau o luniau slei o'r tenantiaid druan yn eu trallod.

Yng ngolau llachar fflach camera, cafodd Connor gip sydyn ar wyneb ei fam a'i frawd bach. Diolch byth, roeddan nhw wedi dianc mewn pryd! Damia, roedd y dagrau'n bygwth unwaith eto. Tynnodd ei iPod o'i boced, gwisgo'i glustffonau a llenwi ei ben â'r gerddoriaeth rap yr oedd mor hoff ohoni. Cyn hir roedd wedi ymgolli yn y rhythm a'r traw byddarol.

"Connor? Ti'n cl'wad fi?" pwniodd Callum o, cyn arwyddo iddo dynnu'r clustffonau. "Ty'd, does 'na ddim point aros yn fa'ma – awn ni i weld be sy'n digwydd rownd dre. Fyddi di isio bachu lot o stwff newydd rŵan bod chdi 'di colli petha chdi i gyd."

Cefnodd Connor ar y fflatiau a dilyn ei ffrind i gyfeiriad y Stryd Fawr.

* * *

Wrth i waliau ei thŷ ysgwyd, y peth cyntaf a ddaeth i feddwl Eileen oedd yr archfarchnad. Edrychodd o'i chwmpas. Câi ei chartref aros – roedd yn bwysicach iddi weld a oedd popeth yn iawn yn Alda. Hi oedd yn gyfrifol am y lle yn absenoldeb y rheolwr cyffredinol. Mi *fasa* rhywbeth fel hyn yn digwydd yn ystod ei chyfnod hi wrth y llyw – *typical*.

Gafaelodd mewn fflachlamp a rhedeg nerth ei thraed i gyfeiriad y siop, gan geisio osgoi'r difrod ar strydoedd y dref. Beth fyddai'n ei haros, tybed? Fyddai'r poteli gwirodydd a gwin wedi disgyn yn deilchion oddi ar y silffoedd? Beth am y llestri a'r offer trydanol? Beth am yr adeilad ei hun? Beth am…?

Cyrhaeddodd y maes parcio gwag. Roedd y siop mewn

tywyllwch gan fod y cyflenwad trydan wedi cael ei dorri, ac am ryw reswm doedd y generadur ddim wedi dod ymlaen yn awtomatig fel y dylsai. A'i fflachlamp yn un llaw a goriadau'r siop yn ei llaw arall, aeth i gefn yr adeilad at ddrws y gweithwyr.

Ni fu hi fawr o dro yn cynnau'r generadur a boddwyd y lle ar ei union â golau llachar.

Ar ôl diffodd y larwm, cerddodd yn frysiog i fyny ac i lawr pob eil gan nodi pa ddifrod a welai. Roedd llawer o duniau bwyd wedi disgyn a rowlio ar hyd y llawr. Cododd rai ohonynt gan sylwi'n ddiolchgar mai dim ond llond dwrn ohonynt oedd wedi'u tolcio. Roedd y pyramid uchel o bapur tŷ bach wedi syrthio a chwalu ar hyd y lle. Syniad gwirion *head office* oedd gwneud arddangosfa o bethau mor ddi-ddim, *special offer* neu beidio. Beth oedd pwynt gwerthu dau baced am bris un? Roedd papur tŷ bach yn rhywbeth roedd yn rhaid i bawb ei brynu beth bynnag. Os am gael *special offer*, byddai'n well cynnig rhywbeth nad oedd yn gwerthu'n dda, er mwyn cael gwared â'r stoc. Ond wnaeth y pethau 'na yn *head office* ddim gwrando arni hi, fel arfer. Beth oedd hi'n ei wybod, 'te? Dim ond rheolwraig llawr archfarchnad fach mewn rhyw dref fechan yng nghanol Sir Fôn oedd hi wedi'r cwbl. O wel, fyddai hi fawr o dro yn eu codi.

Yna, arhosodd i ystyried am funud. Pam mai dim ond hi oedd wedi dod i weld a oedd popeth yn iawn yn y siop? Lle'r oedd y gweithwyr eraill? Y criw llenwi silffoedd? Ysgydwodd Eileen ei phen. Hi oedd yr unig un oedd yn malio am y lle, dyna'r gwir amdani.

Er mawr ryddhad iddi, doedd dim difrod wedi'i wneud i'r offer trydanol ond roedd llawer o'r llestri a'r gwydrau yn deilchion ar lawr. "Mi ddudis i'n ddigon plaen na ddylen ni stocio petha fel hyn. Tydyn nhw ddim yn gwerthu'n dda beth bynnag. Gall pobl fynd i siop Haydn Price i brynu llestri – er bod hwnnw'n dal i gadw stoc *upmarket* ac yn codi crocbris am ei betha. Wedi'r cwbl, pwy sy'n iwsio cwpan a soser dyddia yma?"

Cefnodd ar weddillion y llestri ac anelu am gornel bella'r siop, lle'r oedd y gwirodydd a'r gwinoedd.

Trawodd yr oglau alcohol ei ffroenau ymhell cyn iddi gyrraedd yr eil, gan godi cyfog arni. Gorchuddiodd ei thrwyn â'i llaw cyn camu ymlaen. Faint o ddifrod oedd yno, tybed? Ni fu'n hir cyn cael ateb i'w chwestiwn. Roedd dwsinau o boteli gwin wedi'u torri'n deilchion. Ond yn waeth na hynny, roedd degau o boteli wisgi, brandi a phob math o wirodydd eraill yn un pwll mawr drewllyd ar y llawr hefyd. Arnofiai darnau o boteli drylliedig a darnau miniog o wydr yng nghanol yr hylif. Roedd yr oglau bron â'i llethu a chodai tarth cryf o'r alcohol i'w ffroenau gan beri iddi deimlo'n benysgafn. Sut ar wyneb daear oedd hi am glirio'r llanast yma cyn amser agor?

* * *

Cododd Jet ei glustiau. Trodd ei ben i un ochr a chwyrnu'n isel yn ei wddw. Roedd ei reddf yn dweud wrtho fod rhywbeth o'i le. Rhyw berygl. Aeth at ei feistr, a orweddai'n ddiymadferth ar y fainc wrth ochr Teleri. Llyfodd ei wyneb. Tynnodd ar ei siaced, gan geisio'i lusgo i ddiogelwch, ond roedd o'n rhy drwm a defnydd y siaced yn rhy frau. Cyfarthodd, ond ni chafodd ymateb.

Griddfanodd y ddaear. Sigodd y coed gan dynnu ar eu gwreiddiau. Llithrodd Siôn fel sach oddi ar y fainc. Daeth sŵn udo cyntefig o wddw'r ci, fel petai'n cofio'n ôl i'r amser pan oedd ei rywogaeth yn rhydd i grwydro'r ddaear heb ymyrraeth dyn. Rhaid oedd iddo ddianc os oedd am oroesi. Dechreuodd redeg nerth ei bawennau allan o'r goedwig, gan adael Siôn i'w dranc.

Cydwybod? Ffyddlondeb? Cariad? Beth, tybed, a ysgogodd Jet i droi'n ôl a lluchio'i hun ar ben ei feistr union eiliad cyn i'r goeden ddisgyn arnynt?

Cyfarthiad y ci a ddeffrodd Teleri. Ysgydwodd ei phen a cheisio cofio pam ei bod allan yng nghanol y nos. Ond cyn i'w synhwyrau ddadebru o effaith y cyffur ac i'w llygaid gael amser i gyfarwyddo â'r tywyllwch, daeth sŵn o grombil y ddaear. Sŵn fel trên yn agosáu at blatfform gorsaf danddaearol. Crynodd popeth o'i chwmpas. Troellai dŵr yr afon yn ei unfan, fel petai wedi anghofio i ba gyfeiriad y dylai lifo. Griddfanodd y coed wrth i'w gwreiddiau gael eu rhwygo o'r ddaear. Taflwyd Teleri'n un swp oddi ar y fainc.

Waw! Doedd hi erioed wedi profi rhith cocên fel hyn o'r blaen. Roedd o'n wefreiddiol! Yn hollol, hollol arallfydol!

Tawelodd y sŵn a pheidiodd y ddaear â chrynu. Sadiodd y coed a llifodd dŵr yr afon ar ei daith unwaith eto.

Daeth teimlad o siom a cholled yn gwmwl drosti. Rhaid oedd cael teimlo'r wefr eto. Ymbalfalodd drwy ei phocedi. Daeth o hyd i'r pecyn, gwasgu ei hwyneb i ganol y powdr a'i anadlu i mewn drwy ei thrwyn a'i cheg. Rhaid oedd ailbrofi'r wefr a'r rhith... y wefr a'r rhith... y wefr a'r rh...

Llanwyd ei phen â churiad drwm byddarol. Cododd ei dwylo at ei chlustiau i geisio atal y sŵn. Cyflymodd y curiad a chododd y sŵn yn uwch ac yn uwch. Roedd ei chalon yn dobio yn erbyn ei hasennau. Ceisiodd anadlu ond ni fedrai. Rhwygodd y gadwyn aur oddi am ei gwddw yn ei hymdrech i anadlu. Curodd ei chalon yn gyflymach fyth. Aeth poen arteithiol drwy ei gwythiennau. Collodd bob rheolaeth.

Peidiodd ei chalon â churo.

Ychydig lathenni i ffwrdd, gorweddai Siôn a Jet a'u cyrff yn gaeth o dan foncyff y goeden oedd wedi disgyn yn ystod y daeargryn.

Ugain milltir i ffwrdd, yng ngogledd yr ynys, cysgai Simon yn drwm yng ngwely ei gariad.

"Simon, dihuna! Ti'n gallu teimlo'r cryndod?"

"Be? Pa gry…?"

"Ma'r gwely 'ma'n shiglo!"

Rhwng cwsg ac effro, gwnaeth Simon ryw sylw awgrymog am ei allu i wneud i'r ddaear grynu hyd yn oed yn ei gwsg. Ond am unwaith, doedd Alys ddim yn gwerthfawrogi ei ffraethineb bachgennaidd felly pwniodd o'n eithaf egr yn ei ystlys a chan godi ei llais, pwysleisiodd ddifrifoldeb y sefyllfa. Wrth glywed y cyffro yn ei llais, deffrodd Simon drwyddo a sylweddoli bod Alys yn dweud y gwir. Roedd y lle'n ysgwyd.

"Beth ddiawl…?"

"Simon, ma ofon arna i. Ti'n credu taw ymosodiad ar yr atomfa yw e?"

"Naci, siŵr. Paid â phoeni dy ben bach del. Dwi yma i edrach ar dy ôl di," meddai gan roi ei fraich am ei chanol main.

Ar hynny, peidiodd y cryndod ac aeth pob man yn dawel.

"Ti'n gweld, mae o wedi stopio rŵan." Cusanodd y ferch cyn dweud wrthi am fynd yn ôl i gysgu.

Ond, mewn gwirionedd, doedd Simon ddim yn teimlo hanner mor hyderus ag y swniai. Gorweddodd ar ei gefn gan bendroni. Tybed beth oedd yn gyfrifol am y cryndod? A ddylai o gysylltu â'r gwaith i wneud yn siŵr fod popeth yn iawn? Ond cyn iddo benderfynu, canodd ei ffôn symudol, gan wneud y penderfyniad hwnnw drosto. Un o weithwyr nos yr atomfa oedd yno, yn gofyn i'r prif beiriannydd ddod draw i wneud yn siŵr fod popeth yn iawn gan fod daeargryn wedi taro ardal Llangefni.

Daeargryn yn ardal Llangefni? Pigwyd ei gydwybod am

eiliad. Fe ddylai fod adref gyda Teleri a Gwenda, ond doedd dim amser i boeni am hynny rŵan. Ei ddyletswydd oedd mynd i'r gwaith. Eglurodd y sefyllfa'n frysiog i Alys a chynigiodd hithau fynd i mewn i'r gwaith gydag o.

"Falle y byddi di fy angen i, i fod wrth fy nesg i dderbyn ac ateb galwade."

"Ond rwyt ti ar dy wyliau'r wythnos yma. Mi ffonia i i adael i ti wybod beth sy'n digwydd. Yna mi gei di fynd draw i Ddeganwy yn hwyrach 'mlaen."

"Ond so i ishe bod ar ben 'yn hunan rhag ofon bydd 'na ddaeargryn arall."

"Iawn, os wyt ti'n mynnu. Mi fedrwn i wneud hefo dy help di, mae'n siŵr. Ty'd ti yn dy gar dy hun ryw ddeng munud ar fy ôl i 'ta. 'Dan ni ddim isio rhoi lle i neb siarad. Yn nac 'dan?"

Ar hynny, dechreuodd y tŷ grynu unwaith eto gyda'r cyntaf o'r ôl-gryniadau grymus a fyddai'n ysgwyd yr ynys yn ystod yr oriau a'r dyddiau nesaf.

Gwisgodd Simon ar frys a chyn hir roedd yn gwibio ar hyd y ffordd o Amlwch i gyfeiriad yr atomfa. Drwy ryw drugaredd, meddyliodd wrth edrych ar yr ardal o'i gwmpas yn llewyrch golau ei gar, doedd dim difrod i'w weld yn y rhan hon o'r ynys. O leiaf roedd y tyrbinau gwynt a frithai'r ardal yn dal i sefyll yn unionsyth a'u hesgyll gwynion yn troi'n araf yn awel y nos. Os oedd canolbwynt y daeargryn yng nghyffiniau Llangefni, roedd hynny oddeutu ugain milltir o'r atomfa. Gyda lwc, mi ddylai popeth fod yn iawn. Dim ond gobeithio bod popeth yn iawn gartref hefyd. Fe ffoniai Gwenda cyn gynted ag y câi gyfle.

5

Cyn Toriad Gwawr
Dydd Llun

Ymledodd y llwch ar draws yr awyr yn yr oriau mân, gan grynhoi yn un flanced drwchus dros y dref a'r ardal gyfagos. Yna treiddiodd gwawr goch y tanau drwy'r llwch, gan daflu golau ar y difrod a achoswyd gan y daeargryn.

* * *

Hanner awr ar ôl y cryndod cyntaf, roedd Llangefni yn ferw gwyllt, a difrod i'w weld ar hyd a lled y dref. Roedd ambell hen wal, corn a tho bregus wedi dymchwel, a'r corn simnai wedi syrthio drwy do un tŷ.

Dadwreiddiwyd nifer o goed yng nghyffiniau Nant y Pandy – y rhai hynny oedd â'u gwreiddiau'n gorwedd yn agos i'r wyneb; rhwygwyd pibellau dŵr; torrwyd y cyflenwadau trydan a nwy; ac roedd wyneb yr A55 lle croesai Gors Ddyga wedi cracio gan beri i drafnidiaeth orfod teithio ar hyd rhan o'r hen A5 drwy Bentreberw a'r Gaerwen.

Ond ar stad Maes y Dref y cafwyd y difrod mwyaf. Yno, dymchwelwyd bloc o fflatiau i'r llawr.

Safai rhai o denantiaid y fflatiau yn syllu ar y pentwr rwbel, y cwbl oedd ar ôl o'u cartrefi. Daliai rhai eu pennau yn eu dwylo wrth restru eu colledion, tra diolchai eraill eu bod yn dal yn fyw. Yn ffodus, roedd hi'n ymddangos fel petai pawb wedi llwyddo i ddianc o'r adeilad mewn pryd. Ceisiodd yr heddlu lleol helpu â'r broses o adfer trefn a chefnogi'r degau o bobl a grwydrai'r strydoedd yn ddigyfeiriad.

Pan gyrhaeddodd y timau achub y safle, aethant ati i holi'r tenantiaid. Roedd gwybodaeth leol yn hanfodol er mwyn i'r gweithwyr wybod lle'n union i ddechrau chwilio. Faint o bobl oedd yn byw yn y fflatiau? Oedd pawb wedi dianc?

"Kelly? Kelly Hughes? Lle ma hi?" holodd hen wraig yn ffwndrus. "Dwi ddim wedi'i gweld hi!"

Ar ôl gwneud ychwaneg o ymholiadau, daeth yn amlwg nad oedd unrhyw un wedi gweld Kelly Hughes ers i'r fflatiau ddymchwel.

"Ydach chi'n siŵr ei bod hi adra neithiwr, Mrs Williams? Fedra hi fod wedi aros hefo ffrind neu fynd ar ei gwylia neu rywbeth?" holodd y swyddog.

"Na, na. Roedd hi yn y fflat, yn bendant i chi. Mi alwodd hi draw hefo torth i mi ar ei ffordd o'i gwaith yn hwyr bnawn ddoe. Plîs gwnewch rwbath. Ma meddwl amdani o dan y rwbal 'na…"

"Mi 'nes i weld Kelly pan o'n i'n trio llusgo'r hogyn 'ma i lawr grisia," torrodd mam Connor ar eu traws. "Ond mi nath hi droi'n ôl, fatha'i bod hi wedi cofio am rwbath."

Gyda'r wybodaeth hon, daeth yn amlwg i'r swyddogion fod achos i bryderu am Kelly Hughes. Aethant ati i holi mwy ar y tenantiaid. Ar ba lawr roedd Kelly'n byw? Faint oedd ei hoedran? Sut gyflwr oedd ar ei hiechyd?

Ar ôl casglu'r wybodaeth, ceisiodd y timau greu braslun o'r hyn oedd wedi digwydd i Kelly a lle'r oedd hi fwyaf tebygol o fod pan ddymchwelodd yr adeilad. Os oedd hi'n dal i fod yn ei fflat ar y pryd, neu hanner ffordd i lawr y grisiau, doedd fawr o obaith dod o hyd iddi'n fyw gan y byddai wedi'i chladdu dan dunelli o rwbel wrth i'r adeilad ddisgyn. Tybed pam nad oedd hi wedi dianc yn syth fel gweddill y tenantiaid? Beth oedd wedi achosi iddi oedi? Ai er mwyn ceisio dod â rhywbeth allan gyda hi y trodd hi'n ôl? Roedd hwnnw'n gamgymeriad sylfaenol a wnâi pobl yn aml cyn dianc rhag tân.

Ar ôl cytuno ar y lleoliad mwyaf tebygol, dechreuodd y gwaith araf o dyrchu'n ofalus. Safai'r offer tyrchu trwm ar un ochr i'r safle ond doedd dim defnydd i'r rhain cyn gwneud y gwaith manwl o chwilio am Kelly. Un symudiad trwsgl a gallai'r holl bentwr lithro. Roedd cŵn chwilio arbennig ar eu ffordd. Os oedd y ferch yn fyw, byddai'r rheini'n siŵr o ddod o hyd iddi.

Yn y cyfamser, agorwyd lloches yn Neuadd y Dref ar gyfer y rhai oedd wedi'u gadael yn ddigartref. Aeth y dynion tân ati i ddiffodd y tanau oedd wedi lledu wrth i nwy ddianc o'r pibellau a holltwyd. Cludodd y gwasanaeth ambiwlans y rhai a anafwyd oddi ar yr ynys i ysbytai ar y tir mawr. Ceisiodd gweithwyr Dŵr Cymru atgyweirio'r pibellau ac aeth gweithwyr Scottish Power a Nwy Prydain ati i adfer y cyflenwadau trydan a nwy. Cyrhaeddodd y wasg gyda'u meicroffonau, camerâu, iPads a Blackberries. Yna, glaniodd tîm o ddaearegwyr ym maes awyr Mona a mynd ati ar eu hunion i archwilio'r tir â'u hoffer soffistigedig.

5.20 a.m.

Anelodd Callum a Connor at ganol y dref. O'r diwedd, roedd rhywbeth cyffrous wedi digwydd i darfu ar eu bywydau diflas. Roedd yn gyfle rhy dda i'w golli, oherwydd byddai'r heddlu'n llawer rhy brysur i boeni am warchod eiddo mewn siopau y bore hwnnw.

Ond erbyn iddynt gyrraedd y Stryd Fawr, er mawr siom i'r ddau, gwelsant fod rhywrai wedi cyrraedd yno o'u blaenau. Y tu allan i'r *off-licence* lle cawsent eu dal yn dwyn rai blynyddoedd ynghynt roedd criw yn brysur yn llenwi cefn fan Transit ddu â photeli gwirodydd o bob math. Mentrodd y ddau yn nes gan feddwl ymuno yn y lladrad. Ond pan welodd un o'r gang beth oedd bwriad yr hogiau, trodd atynt yn fygythiol.

"Piss off, if you don't want a taste of this," meddai gan dynnu gwn o boced ei siaced. Diflannodd y ddau nerth eu traed i fyny'r stryd. Doedden nhw ddim am dynnu'r criw yna i'w pennau – rhyw gang fyddai'n dod draw o Lerpwl i gyflenwi drygs i *dealers* y dref. Criw peryg!

Ar ôl symud o olwg y gang, stopiodd Connor y tu allan i siop Haydn Price i gael ei wynt ato. Sylwodd fod ffenest y siop wedi torri. Mater bach fyddai mentro i mewn a helpu eu hunain i'r stoc. Dringodd y ddau drwy'r ffenest yn ofalus rhag iddynt frifo ar ddarnau o wydr miniog. Yna, taniodd Callum fatsien ac yng ngolau honno edrychodd y ddau o'u cwmpas.

"Dim ond llestri a blydi ornaments *useless* sy 'ma ac ma hannar rheini wedi torri'n barod," meddai Connor yn siomedig.

"Waeth i ni orffan y job ddim," atebodd Callum, gan osod y fatsien dan bentwr o bapur lapio ar y cownter. Cydiodd y tân yn gyflym ac yng ngolau'r fflamau aeth y ddau ati i falu gweddill y platiau a'r gwydrau'n deilchion. Cyn hir roedden nhw wedi llwyddo i ddinistrio holl stoc drudfawr y siop. Erbyn hynny, roedd y tân ar y cownter wedi dechrau ymledu i'r silffoedd cefn. Roedd hi'n amser i'r ddau ei heglu hi.

"Be 'nawn ni rŵan 'ta?" holodd Connor. "Er bod malu'r llestri 'na'n hwyl, 'dan ni'm gwell off. Be am drio'r siop lectric? Ella 'sa ni'n gallu bachu stwff da o fan'no."

Ond, yn anffodus i'r ddau, roedd y criw a fu'n helpu eu hunain yn yr *off-licence* wedi cyrraedd o'u blaenau eto. Ni allai'r ddau wneud dim ond edrych yn eiddigeddus arnynt yn cario setiau teledu, chwaraewyr DVD, iPads, cyfrifiaduron a phob math o geriach i'w fan.

"Be 'nawn ni rŵan 'ta?" gofynnodd Connor unwaith eto.

"Wn i. Awn ni i Alda," atebodd Callum ar ôl meddwl am funud. "Os gallwn ni dorri mewn i fan'no, gawn ni fachu rwbath 'dan ni isio."

"Ond ma 'na *alarms* a shytars *massive* ar y drysa. Mi fydd hi'n *impossible* torri i mewn."

"Awn ni rownd cefn i weld. Ti'm yn gw'bod, ella 'nawn ni ffeindio ffor' i mewn yn fan'no."

Yr ochr arall i'r stryd, safai Haydn Price yn y cysgodion yn gwylio'r ddau lanc yn malurio'i siop. Lledodd gwên dros ei wyneb. Diolch i'r ddau yna, byddai'n siŵr o gael arian gan y cwmni yswiriant. Ni fyddai'n rhaid iddo gyhoeddi ei hun yn fethdalwr ac ni fyddai'n rhaid iddo ildio'i sêt ar y Cyngor. Teimlai Haydn fel croesi'r ffordd a chofleidio'r hwdis, fel yr oedd rhyw wleidydd wedi awgrymu rywdro. Ond, yn hytrach, trodd ei gefn ar y siop – a honno bellach yn wenfflam – a cherddded yn sionc i gyfeiriad sgwâr y dref.

5.30 a.m.

Wrth gerdded adref ar ôl bod yn dyst i ddinistr ei siop, sylwodd Haydn ar y gweithgarwch yn y neuadd. Pan ddeallodd fod y bloc fflatiau ym Maes y Dref wedi dymchwel yn llwyr a bod ystafell yn y neuadd wedi'i phenodi'n lloches i'r rhai hynny oedd yn ddigartref, penderfynodd mai da o beth fyddai iddo gael ei weld yn gwneud rhywbeth i helpu'r gymdeithas. Wedi'r cwbl, roedd ar fin cael ei benodi'n faer a byddai pobl yn cofio rhywbeth fel yna pan ddôi'n adeg etholiad unwaith eto. Golygai hefyd y gallai ohirio brysio adref i wynebu Catherine a'r storm a fyddai'n siŵr o godi pan fyddai'n rhaid iddo ddweud wrthi fod ei hannwyl siop wedi'i difetha'n llwyr.

Safodd yng nghanol yr ystafell am ychydig, heb fod yn siŵr beth y dylai ei wneud. O'i gwmpas gwelai nifer o bobl â blancedi cochion y gwasanaeth ambiwlans dros eu hysgwyddau. Eisteddai rhai'n fud, heb lawn ddirnad beth oedd wedi digwydd. Crynai nifer gan effaith y sioc, tra oedd eraill yn llawer uwch eu cloch.

"Cau dy geg, wir dduw!" gwaeddodd rhyw fam gan ysgwyd ei mab. "Ma gen i ddigon i boeni amdano fo heb i ti sgrechian yn 'y nhwll clust i!"

"Dwi ithio Connor!"

"Dwi 'di deud wrthat ti ganwaith – ma Connor yn iawn. Nath y cythral heglu hi allan ar ôl dy ddympio di hefo fi a Jim."

"Dwi'm yn licio Jim. Dwi ithio Connor!"

"Blydi hel, hogyn, faint o weithia sy isio imi ddeud wrthat ti – ma Connor yn iawn. Mi 'nes i weld o'n 'i heglu hi efo Callum. Ac eniwe, dwi'm yn licio'r uffar Jim 'na chwaith, achos achub ei groen 'i hun nath y diawl hwnnw hefyd a 'ngada'l i a chdi yn y fflat ar ben ein huna'n."

Wrth gael ei atgoffa am y fflat, dechreuodd y bychan sgrechian ar dop ei lais eto. "Dwi ithio mynd adra. Dwi'm yn licio fa'ma!"

Trodd y fam ei chefn arno, gan geisio'i anwybyddu. Stwffiodd ei dwylo i bocedi gwag ei gŵn nos i chwilio am ei sigaréts.

"Fasa chi'n licio paned arall? Neu efallai cymrith y bychan ddropyn o lefrith?" cynigiodd Haydn gan blygu drosti.

"Tydi o ddim yn yfad llefrith a ma te'n dŵad allan o 'nghlustia i. Sgen ti ffags? Dwi jyst â marw isio smôc."

"Na, mae'n ddrwg gen i, dydw i ddim yn smocio. A pheth arall, chaiff neb smocio yn fan hyn gan fod y neuadd yn adeilad cyhoeddus, wyddoch chi."

"Blydi hel, ddyn! Ma 'nghartra i wedi'i chwalu a dwi 'di colli pob dim. A dyma chdi'n fa'ma'n poeni am regiwlêshyns smocio!"

"Wel, ia, mae'n ddrwg gen i. Rydach chi yn llygad 'ych lle.

Dim rŵan ydi'r amsar i boeni am *passive smoking*, mae'n siŵr. Ond triwch beidio poeni am eich cartref – mi fyddwch yn siŵr o gael pres yswiriant."

"Pres inshiwrans o ddiawl! Sgen ti ddim blydi syniad!"

"Ia, wel, ym… mi a' i i holi rhai o'r gwirfoddolwyr eraill i weld oes ganddyn nhw sigaréts," meddai Haydn, gan fagio'n gyflym oddi wrth y ddynes goman a'i phlentyn swnllyd.

Wedi iddo ddianc i ben arall yr ystafell, sylwodd ar Laura Williams yn eistedd ac yn dal myg o de rhwng ei dwylo crynedig. Ag ochenaid o ryddhad, aeth ati i geisio'i chysuro. Wedi'r cwbl, meddyliodd, roedd yr hen wraig yn aelod yn y capel ac yn gwybod sut i ymddwyn. Dim fel y caridým arall yna a'i phlentyn.

"Helô, Mrs Williams. Sut ydach chi'n teimlo? Mi gawsoch dipyn o fraw, dwi'n siŵr."

"O, Mr Price, chi sy 'na. Dwi'n o lew, thanciw, a chysidro 'te. Cofiwch chi, rydw i'n lwcus iawn 'mod i'n fyw. Diolch byth 'mod i'n byw ar y llawr isaf, yn de. Dim fel Kelly druan."

"Kelly?"

"Ia, Kelly, merch Tony Hughes fydda'n arfar bod ar y môr. Ro'n i'n ffrindia mawr hefo'i nain hi, wyddoch chi. Hen hogan bach iawn ydi Kelly. Bob amsar yn picio draw i 'ngweld i ar 'i ffor' adra o'i gwaith. Roedd hi acw neithiwr ddwytha. Wedi dŵad â thorth i mi. Dim ond gobeithio y cân' nhw hyd iddi'n fyw, yn de."

"Triwch beidio poeni, Mrs Williams bach. Mi fydd y timau achub yn siŵr o ddod o hyd iddi, gewch chi weld. Mae ganddyn nhw bob math o offer y dyddia yma."

"Dim ond gobeithio 'ych bod chi'n iawn, 'te, Mr Price. Ma'r hogan bach 'na wedi mynd drwy betha mawr yn barod. Ei mam hi, Mandy, yn ei gadael hi a'i thad pan oedd y fechan ond yn dair oed, cofiwch. Wel, chwarae teg i Tony, mi nath o joban dda o'i magu hi ar ei ben ei hun. Yn union fel bu raid i'w fam ynta'i fagu o ar ôl i'w dad gael ei ladd mewn damwain pan oedd Tony ond yn dri mis oed."

"Tewch â deud. Tydi hi'n rhyfadd fel ma rhai teuluoedd yn diodda?"

"O, ma'r teulu yna wedi cael mwy na'u siâr, Mr Price bach. Ydyn wir. Dair blynadd yn ôl, mi fu Tony druan farw. Yr hen gansar 'na, 'chi. Does 'na gymaint yn yr ardal 'ma wedi diodda hefo'r sglyfath peth? Mae o'n neud i chi feddwl, yn tydi?"

Ar hynny, dechreuodd Neuadd y Dref siglo wrth i ôl-gryniad arall ysgwyd y lle i'w seiliau.

5.45 a.m.

Nid oedd Eileen yn ymwybodol fod dau bâr o lygaid yn ei gwylio o'r cysgodion wrth iddi gau caead y *wheelie bin* mawr a safai y tu allan i ddrws cefn y siop. "Dyna ddigon am rŵan," meddai wrthi ei hun, gan anadlu aer y bore. Er bod arogl mwg a nwy yn dal i hofran yn yr awyr, teimlai fel nefoedd i'w hysgyfaint wedi iddi fod yng ngwynt y gwirodydd a'r gwinoedd y tu fewn i'r siop cyhyd. "Mi a' i i neud panad bach i mi fy hun ar ôl mynd i mewn ac mi gymra i bacad o Jaffa Cakes oddi ar y silff hefyd. Rydw i'n haeddu rhyw drît bach erbyn hyn, goelia i byth!"

Safodd am rai munudau gan ddwyn i gof yr holl waith a gwblhaodd ar ei phen ei hun bach. Roedd hi wedi bod wrthi fel lladd nadroedd yn ceisio rhoi trefn ar y lle. Roedd wedi ysgubo'r llestri drylliedig a chodi'r tuniau a'r pacedi bwyd gan eu gosod yn ôl yn drefnus ar y silffoedd a phentyrru'r rholiau papur tŷ bach yn dwt. Er i ragor o bethau ddisgyn oddi ar y silffoedd yn ystod yr ôl-gryniadau, doedd dim llawer o ddifrod ychwanegol. Anadlodd awyr iach y bore i'w hysgyfaint unwaith eto cyn camu'n ôl i'r archfarchnad drwy'r drws cefn. "Reit 'ta, chwartar i chwech," meddai gan edrych ar ei watsh, "amser am y banad a'r Jaffa Cakes 'na cyn i'r fania *deliveries* a'r staff llenwi silffoedd gyrraedd. Mi geith rhai o'r rheini daclo eil yr alcohol… Be oedd y sŵn 'na? Rhywun wedi cyrraedd yn barod? Hen bryd hefyd."

Trodd ei phen i gyfeiriad y sŵn a gweld dau ffigwr yn dod tuag ati. Ni allai weld eu hwynebau'n glir gan eu bod yn gwisgo'u cwflau. Ond doedd dim angen i Eileen weld wynebau'r ddau yma; roedd hi'n adnabod eu hosgo a'u swagr. Dau o lafnau'r stad oedden nhw. Roedd hi wedi'u lluchio allan o'r siop ddegau o weithiau pan fyddent wedi ceisio llenwi eu pocedi â nwyddau nad oedd ganddynt unrhyw fwriad talu amdanynt. Sut aflwydd roedden nhw wedi dod i mewn a'r drysau'n dal dan glo a'r shytars i lawr? Yna cofiodd: yn ei hawydd i gael paned, roedd wedi gadael y drws cefn ar agor. Gallai gicio'i hun am fod mor flêr.

"Ewch o 'ma rŵan cyn i mi ffonio'r p…"

Ond chafodd hi ddim gorffen ei brawddeg gan i Callum neidio amdani a'i tharo i'r llawr. Yna plygodd drosti gan ddal cyllell at ei gwddw yn fygythiol.

"Tydi hynna ddim yn ffordd neis iawn o siarad efo *customers*, yn nac 'di, Musus? Mi ddylat ti ddangos mwy o *respect.*"

Ceisiodd Eileen wthio'i hymosodwr i ffwrdd, ond gwthiodd hwnnw'r gyllell yn ddyfnach i groen llac ei gwddw nes y gallai deimlo'i gwaed yn llifo'n gynnes i lawr at ei bronnau.

"Blydi hel, Callum, stopia ne' mi fyddi di 'di lladd hi!"

"Wel, mi fydd rhaid i ni gael gwared arni rŵan bo ti 'di gweiddi enw fi allan. Dy!"

"Ond 'di o'm yn werth o, *mate.* Dim ond hen ddynas ydi hi. Gad hi fynd."

Dechreuodd Eileen wingo. Gwthiodd Callum lafn ei gyllell yn ddyfnach i'w chnawd gan rwygo'i phibell wynt. Dechreuodd ei chorff grynu'n afreolus a daeth sŵn garglo rhyfedd o'i gwddw. Ffrydiai gwaed o'i cheg a llifo'n bwll ar y llawr.

Ymhen llai na hanner munud, peidiodd ei chorff â chrynu a gorweddai'r rheolwraig yn gelain ar lawr yr archfarchnad a fu'n bopeth iddi.

Tynnodd Callum y gyllell allan yn ddiseremoni a'i sychu ar lawes *overall* Eileen cyn llyncu ei ddwy bilsen *mephedrone* olaf. Yna, cerddodd gan grensian ei ddannedd at yr eil alcohol a gafael mewn dwy botelaid o fodca oddi ar y silff.

"Get a grip, man," galwodd ar Connor, a safai mewn sioc. "Yli'r holl *booze* sy 'ma. Mae o i gyd i ni. Ddaw 'na neb i fa'ma heddiw. Ma'r cops yn rhy brysur. Ty'd! Yfa hwn. Gawn ni *massive* parti!"

Trawodd Connor gipolwg sydyn ar gorff Eileen yn gorwedd yn ei gwaed cyn troi ei gefn ar yr olygfa frawychus. Yna, agorodd y botel fodca a dechrau llyncu'r hylif ar ei dalcen.

Ysgydwyd y ddaear gan ôl-gryniad arall a dechreuodd adeilad yr archfarchnad ochneidio a chrynu, fel petai'n galaru am ei reolwraig.

6.20 a.m.

Pan ddaeth Kelly ati ei hun ar ôl bod yn gorwedd yn anymwybodol ers y dinistr, syllodd i'r düwch a'i hamgylchynai. Caeodd ei llygaid yn dynn a'u hagor drachefn. Na, doedd yna ddim gwahaniaeth; roedd pobman yr un mor dywyll pan agorai ei llygaid.

Lle'r oedd hi?

Ni allai anadlu'n iawn gan fod ei ffroenau a'i gwddw'n llawn llwch. Pesychodd a phoeri. Gallai anadlu'n rhwyddach wedi hynny, dim ond iddi ofalu cadw'i cheg ynghau ac anadlu trwy ei thrwyn.

Pryd y byddai'n deffro o'i hunllef?

Ni allai symud ei choesau gan fod rhywbeth yn pwyso arnynt. Ceisiodd eu rhyddhau ond wrth iddi wneud hynny llithrodd y rwbel a'i hamgylchynai gan godi mwy o lwch i'w cheg a'i thagu. Ceisiodd ymestyn ei breichiau i deimlo beth oedd o'i chwmpas. Yn union uwch ei phen gorweddai rhywbeth soled a llyfn. Taenodd flaen ei bysedd drosto a chau ei llaw am siâp metel cyfarwydd. Bwlyn drws?

Yna, cofiodd am y cryndod, y sŵn, y…? Ond roedd hi wedi cyrraedd y tu allan. Pam felly ei bod hi'n gaeth? Daeth panig llwyr drosti pan sylweddolodd nad hunllef mo hyn a'i bod wedi'i chladdu dan rwbel y fflatiau. Beth allai hi ei wneud? Oedd rhywun yn sylweddoli ei bod hi yno? Beth pe na bai neb yn dod o hyd iddi? Beth petai hi'n marw ar ei phen ei hun yn y tywyllwch?

"Help! Plîs helpwch fi!" galwodd.

Allai rhywun ei chlywed? Na, dim ateb.

Clustfeiniodd.

Dim byd.

"Help!" galwodd eto.

Dim smic o hyd.

Na, gallai glywed rhywbeth. Ond beth?

Tic, tic, tic…

Curiad ei chalon? Na, roedd yn llawer rhy reolaidd. Eto, roedd o'n sŵn cyfarwydd. Roedd rhywbeth yn tician yn ysgafn, rywle yn y tywyllwch. Cododd ei llaw er mwyn ceisio clirio'r llwch o'i ffroenau a'i cheg.

Tic, tic, tic. Roedd y sŵn yn gliriach. Yna, sylweddolodd mai curiad ei watsh a glywai, yn dal i gadw amser nad oedd yn golygu dim iddi bellach. Pwysodd ei harddwrn yn erbyn ei chlust. Roedd y tician cyfarwydd yn rhoi rhywfaint o gysur iddi yn y tywyllwch. Pa mor hir oedd hi wedi bod yn gorwedd o dan y rwbel, tybed? Munudau? Oriau? Doedd ganddi ddim syniad. Dechreuodd gyfrif ticiadau ei watsh. Chwe deg tic – munud. Chwe deg o chwe degau – awr…

6.45 a.m.

Er mawr ryddhad i Simon, doedd y daeargryn ddim wedi niweidio'r atomfa. Roedd yr adeilad wedi'i gynllunio i wrthsefyll daeargrynfeydd, a dyna'n union a wnaethai.

Ychydig fisoedd ynghynt, cafwyd caniatâd gan yr awdurdodau i gadw'r orsaf ar agor ag un adweithydd yn weithredol tan y byddai'r atomfa newydd yn barod. Ar un llaw, credai Simon fod hynny'n gwneud synnwyr, gan y byddai'r gwaith yn cael ei ddiogelu ac y byddai'n golygu dilyniant a pharhad di-dor. Ond, ar y llaw arall, fel peiriannydd, roedd ganddo ei bryderon. Roedd yr orsaf bresennol wedi bod yn weithredol ers dechrau'r saithdegau ac wedi hen oroesi'r amser pan ddylid bod wedi ei dadgomisiynu. Ond, diolch i'r nefoedd, doedd dim angen iddo boeni – roedd popeth yn iawn ac yn dal i weithio fel watsh.

Mi ddylai hyn roi taw ar y bobl hynny oedd yn protestio'n ddragywydd am beryglon yr orsaf. Bu protestiadau croch, yn enwedig ar ôl helyntion Fukushima. Er i Simon ddadlau nad oedd daeareg Ynys Môn yn ddim byd tebyg i un Japan, doedd dim darbwyllo ar rai pobl a fynnai godi helynt byth a hefyd. Os na fyddent yn protestio am ynni niwclear, byddent yn dod o hyd i rywbeth arall i gwyno amdano, mae'n siŵr.

"Mi ddylwn ffonio Gwenda i weld ydi hi a Teleri yn iawn," meddai wrtho'i hun. Ond cyn iddo godi'r ffôn daeth Alys ato i ddweud bod angen iddo fynd i swyddfa'r prif weithredwr ar ei union.

Pan gyrhaeddodd, gallai weld ar wyneb hwnnw nad oedd y newyddion yn dda. Amneidiodd ar Simon i eistedd yr ochr arall i'w ddesg, yna dechreuodd sôn am yr adroddiad yr oedd newydd ei dderbyn gan y tîm o ddaearegwyr oedd wedi cyrraedd yr ynys y bore hwnnw. Roedd canlyniadau eu harbrofion cyntaf yn dangos bod posibilrwydd cryf y gallai mwy o ddaeargrynfeydd ddigwydd ar hyd a lled yr ynys.

Roedd y daeargryn cyntaf wedi ansefydlogi'r ardal gan achosi i bwysedd uchel gronni dan gramen y ddaear. Yn ôl y daearegwyr, gallai hyn arwain at gyfres o ddaeargrynfeydd pwerus a fyddai'n cynyddu yn eu momentwm. Gallai rhai ohonynt gyrraedd pwynt llawer uwch ar raddfa Richter nag a welwyd yn hemisffer y gogledd o'r blaen a gallai hynny, wrth gwrs, arwain at ddinistr eithafol a'r posibilrwydd o tswnami anferth fel yr un a gafwyd yn Japan yn 2011.

"Felly, ti'n gweld, Simon, mae'n rhaid i ni wneud popeth o fewn ein gallu i amddiffyn y safle yma. Fel rwyt ti'n gwybod, rydan ni wedi cael caniatâd i ymestyn oes yr orsaf bresennol fel y gallwn bontio'n ddi-dor â'r orsaf newydd pan fydd honno'n barod. Fedrwn ni ddim fforddio cael Fukushima arall yma ar Ynys Môn. Mi fydda i'n ymuno efo panel o arbenigwyr i drafod y sefyllfa. Mae'n edrych yn debyg y bydd cynllun gwacáu'r ynys yn cael ei roi ar waith heno, neu ben bore fory fan bellaf. Ond, cofia, mae'n rhaid i ni gadw hyn yn gwbl gyfrinachol ar hyn o bryd. Y peth dwytha rydan ni isio ydi panic. Dychmyga beth fasa'n digwydd tasa'r wasg yn cael gafael ar y stori – mi fasa nhw'n cyrraedd yma fel pla ac yn gwneud ein gwaith yn anoddach fyth."

Wrth adael swyddfa'r prif weithredwr, teimlai Simon ei goesau'n gwegian oddi tano. Roedd cymaint o waith i'w wneud. Lle'r oedd dechrau?

Mi ddylai rybuddio Gwenda a Teleri i adael ar unwaith, cyn i bawb ddod i wybod am y cynllun gwacáu. Doedd o ddim eisiau gorfod poeni am y ddwy yn sownd mewn ciwiau ac yn methu croesi'r bont, ar ben pob dim arall. A phetai ofnau'r daearegwyr yn ddi-sail wedi'r cwbl, byddai cael gwared o'r ddwy yn hwyluso pethau iddo yntau a'i gynlluniau i ymuno ag Alys yn Neganwy bob nos.

6

Yn Gynnar Fore Llun

Chwythodd gwynt y bore waddol y cwmwl llwch o'r neilltu. Yn araf, unwaith eto, dringodd yr haul dros gopaon Eryri gan godi'r llen ar y difrod a wnaethpwyd i galon y Fam Ynys.

6.50 a.m.

Bu Idris yn gorwedd wrth ochr ei wraig heb symud ers yr ysgytwad cyntaf hwnnw rywbryd yng nghanol y nos. Bu sawl ôl-gryniad nerthol arall wedi hynny. Ond er mor frawychus oedd y cryniadau, roedd griddfannau Mair wedi'i ysgwyd yn llawer dyfnach.

Yn y tawelwch llethol a ddilynodd y cryniadau cyntaf hynny, gwasgai hi ei law yn y tywyllwch.

"Idris?"

"Ia, 'nghariad i?"

"Mae… mae gen i ofn marw."

"Peidiwch â deud petha fel'na, Mair bach. Mi wnewch chi wella eto gyda hyn."

"Na, Idris, does gen i ddim llawer o amser ar ôl. Mae 'na rywbeth… dwi isio… isio'i ddeud wrthoch chi… am Arthur fy mrawd."

"Peidiwch â blino'ch hun, cariad. Gewch chi ddeud wrtha i pan fyddwch wedi gwella."

"Na, Idris… dach chi'n gweld, roedd gan Ar…"

Ond cyn iddi allu dweud rhagor, crynodd yr ystafell wely o ganlyniad i ôl-gryniad arall. Griddfanodd Mair ac fe'i llethwyd gan don o boen annioddefol. Aeth yr hyn yr oedd mor daer i'w ddweud yn angof wrth i'w chorff eiddil gael ei arteithio oddi mewn.

Cododd Idris oddi ar y gwely a chwilio am y ganhwyllbren a gadwai wrth gefn ar y cwpwrdd wrth ochr y gwely. Wrth danio'r fatsien, diolchodd i'r drefn ei fod wedi paratoi mor drylwyr.

Yng ngolau gwan y gannwyll, estynnodd am wydriad o ddŵr. Yn ofalus a thyner, cododd ben Mair oddi ar y gobennydd a rhoi'r gwydr wrth ei gwefusau sych. "Triwch yfed fymryn bach o hwn, fy nghariad i."

"Peidiwch ag aros ar yr hen gadair 'na, Idris," meddai hithau wrth i'r boen ostegu rhywfaint. "Rydw isio i chi ddod yn ôl i orwedd wrth fy ochr a gafael amdana i'n dynn."

Dringodd Idris yn ofalus i ochr arall y gwely a dal ei wraig yn dyner yn ei freichiau drwy gydol yr oriau hir, gan wrando ar ei griddfannau a'i hanadlu anwastad.

Gyda thoriad y wawr, llithrodd yn araf oddi ar y gwely rhag iddo'i deffro. Cododd y rhosod cochion oddi ar y llawr, casglu darnau o'r fâs wydr a rhoi'r cwbl yn y bin. Sythodd lun ei rieni yng nghyfraith a grogai'n gam ar y wal uwchben y gwely. Edrychodd ar yr wyneb gwelw a orweddai ar y gobennydd. Tybed beth oedd arni eisiau ei ddweud wrtho yn ystod y nos?

Gwisgodd yn frysiog cyn mynd allan i weld maint y difrod.

Roedd llechi wedi disgyn oddi ar do'r beudy, a'r hen sied sinc wedi dymchwel yn un swp rhydlyd. Fel arall, edrychai popeth yn iawn. Roedd angen mwy na daeargryn i ddifrodi Plas Gronw. Wedi'r cwbl, roedd yr hen ffermdy wedi gwrthsefyll pob math o stormydd ar hyd y canrifoedd.

6.55 a.m.

Rhuthrodd Gwenda i ateb ei ffôn symudol.

"Gwenda? Wyt ti a Teleri yn iawn? Yli, dwi isio…"

"Lle uffar ti 'di bod, Simon? 'Y ngada'l i yn fa'ma ar ben fy hun. Ro'n i jyst â marw o ofn. Does 'na'm letric na…"

"Cau dy geg am funud a gwranda! Roedd 'na ddaeargryn. Ma 'na ddifrod go ddrwg mewn rhannau o Langefni, o be dwi'n ddallt…"

"Ti'n deud wrtha i! Ma 'na ddifrod yn y tŷ 'ma hefyd. Ma rhai o ffenestri'r ystafell haul wedi malu'n deilchion a does 'na'm let…"

"Dwi'm yn siarad am fymryn o ffenestri, ddynas! Dwi'n siarad am drychineb! Yli, ti'n gwrando? Dwi isio i ti a Teleri fynd â'r car a dreifio oddi ar yr ynys cyn gynted ag y gallwch chi. Paciwch ac ewch cyn belled ag y medrwch chi. Ewch i Oxford – ia, dyna fysa ora. Bwcia stafall yn y Randolph i ti dy hun – ti 'di bod ar dân isio aros yn fan'no ers i Teleri ddechrau yn y coleg. Mi ddo i atoch chi cyn gynted ag y galla i."

"Ond Simon! Tydi Teleri ddim yma. Mi a'th hi â'r car o 'ma rywbryd pnawn ddoe a tydi hi ddim wedi dod adra. Ma'r ddau ohonoch chi cyn waethed â'ch gilydd – 'y ngada'l i ar ben fy hun yn fa'ma heb boeni dim am…"

"Be ti'n feddwl, tydi Teleri ddim yna? Lle ddiawl ma hi? Rhaid iti ddod o hyd iddi. Ma'n rhaid i chi ada'l yn syth. Does 'na ddim amsar i'w golli."

"Lle dwi i fod i chwilio amdani? Sgen i ddim car. Ma hi 'di mynd â fo heb ofyn. 'Sa hi'n gallu bod yn rhwla."

"Ti 'di trio'i ffonio hi?"

"Wel do, siŵr dduw. Be ti'n feddwl ydw i? Ond ma hi wedi diffodd ei ffôn. Dwi 'di methu cael gafa'l ynddi."

"Yli, Gwenda." Gostyngodd Simon ei lais fel mai prin y

gallai ei wraig ei glywed dros y ffôn. "Ella fod petha'n waeth nag ma pawb yn ei wybod. Ma 'na bosibilrwydd cry y bydd 'chwanag o ddaeargrynfeydd, rhai cryfach nag un neithiwr hyd yn oed. Os digwyddith hynny yn agos i'r atomfa 'ma… wel, mi allai hi fod yn draed moch. Cofia, ma hyn yn hollol gyfrinachol ar hyn o bryd. Tydi'r peth ddim wedi'i gadarnhau eto. Felly taw pia hi. Ti'n dallt? Y peth dwytha 'dan ni isio ydi panic a phawb yn trio gadael Ynys Môn yr un pryd. Meddylia helynt fysa 'na ar y pontydd. Dyna pam dwi isio i ti a Teleri fynd rŵan, cyn i bawb ddŵad i wybod am y peth."

"Ond Simon…" ymbiliodd Gwenda ar ei gŵr. Ond roedd hwnnw wedi diffodd ei ffôn ac wedi ailafael yn ei waith â chydwybod glir. Roedd o wedi gwneud ei ddyletswydd drwy rybuddio'i wraig.

Syllodd Gwenda ar y teclyn mud. Beth oedd hi'n mynd i'w wneud? Sut oedd hi am ddod o hyd i Teleri? Ble byddai honno wedi treulio'r noson? Yn nhŷ un o'i ffrindiau, mae'n siŵr. Estynnodd y llyfr ffôn a dechrau deialu ond doedd y rhwydwaith ffôn daearol ddim yn gweithio. Doedd dim amdani ond gwasgu botymau'r ffôn symudol a cheisio cysylltu â holl ffrindiau a chydnabod Teleri.

7.30 a.m.

Roedd Callum a Connor wedi cael awr a hanner o wledda epig fel nas gwelwyd ers dyddiau'r Ymerodraeth Rufeinig. Ar ôl cael llond bol o alcohol, aeth y ddau ar sbri gorffwyll i fyny ac i lawr eils yr archfarchnad, gan stwffio siocledi, teisennau ac unrhyw beth arall a gymerai eu ffansi i'w cegau barus.

Arhosai'r ddau i chwydu bob hyn a hyn, cyn ailgychwyn ar eu gwledda unwaith eto.

"'Sa ni'n gallu aros yn fa'ma am *really ages*, 'sti Conn. Ma bob dim 'dan ni isio yma. *Masses* o *booze*, ffags, bwyd, *tellys*,

DVDs, dillad. Bob dim! A fedrith neb ddŵad i mewn 'ma, 'chos ma'r shytars lawr."

"Ond be am y drws cefn? Ella fod gen rywun oriad i hwnnw."

"Damia, ti'n iawn. Well i ni fynd i roi rwbath i'w flocio fo."

Gan dagu a thuchan, llusgodd y ddau gwpwrdd ffeiliau o'r swyddfa a'i osod ar draws y drws cefn.

"Dyna ni – ma hi fel Fort Knox yma rŵan. Ty'd, awn ni i drio rhei o'r dillad 'na am laff."

Bu'r ddau wrthi'n ddyfal wedi hynny yn gwisgo pob math o bethau amdanynt – yn ddillad dynion a merched.

"Ti'n edrach yn secsi yn y goban 'na, Cal! Pam na wisgi di'r bra 'ma hefyd?"

"Ffyc off, y pwff! Dwi'm isio chdi ffansïo fi. Y *pervert* diawl!"

"Dwi'm yn dy ffansïo di. 'Swn i'm yn dy ffansïo di 'sa ti'r peth… O, bygrio hyn, dwi isio mwy o *booze.*"

Cododd Connor yn simsan oddi ar y llawr wedi i Callum ei wthio a chychwyn yn ôl at yr eil lle'r oedd yr alcohol. Ond cyn iddo gyrraedd, baglodd dros rywbeth a orweddai ar lawr mewn pwll o waed. Fferrodd a sobri mewn eiliad. Roedd o wedi anghofio pob dim am gorff y rheolwraig.

"Shit!"

Roedd yn rhaid cael gwared arni. Beth petai'r cops yn dŵad ac yn ei ffeindio hi? Mi fuasen nhw mewn *massive* trwbwl wedyn.

"Callum! Ty'd yma! Rhaid i ni gael gwared ar gorff y ddynas 'ma."

"Piss off!"

"Na, dwi'n *serious.* Ty'd!"

"Sgen i'm mynadd. Gad hi!"

"Ond ma'n rhaid i ni neud rwbath. Fedran ni ddim gada'l hi yn fa'ma. Ma hi'n codi *creeps* arna i."

"Ti'n blydi *boring*, Connor. Tafla dipyn o'r dillad 'ma drosti. Fyddi di ddim goro edrach arni wedyn."

"Ond…"

"Ocê, ocê. Ty'd 'ta, 'na ni 'i dragio hi i'r offis yn cefn 'na. Ty'd, gafa'l di yn ei choesa hi ac mi 'na i dynnu ar 'i breichia hi."

"Fedra i ddim." Cododd cyfog i wddw Connor a dechreuodd chwydu unwaith eto. "Chdi nath ladd hi. Gei di 'i symud hi!"

"Chdi sy'n gneud ffýs bo chdi isio cael gwarad arni hi. Ac eniwe, 'dan ni yn hyn hefo'n gilydd. Os 'dan ni'n cal 'yn dal, ti'n mynd lawr hefo fi. Dwi'm yn cymyd y rap i gyd ar ben fy hun. Ti'n dallt?" meddai, gan ddal ei gyllell yn fygythiol ychydig fodfeddi o wyneb ei ffrind.

Pan nodiodd hwnnw'n fud, gostyngodd Callum y gyllell cyn dweud, "Yli, dwi 'di cael syniad gwell. Neith hi fynd i ddrewi os 'na ni ada'l hi yn yr offis. 'Sa'n well i ni drio'i stwffio hi i mewn i un o'r *freezers* 'ma!"

Ar ôl tynnu rhywfaint o baced pys a ffa o un rhewgell, cododd y ddau ohonynt gorff Eileen a'i wthio i mewn. Yna, caeodd Callum y caead yn glep.

"Ty'd, dwi jyst â marw isio ffag a drinc ar ôl hynna."

7.45 a.m.

Tic, tic, tic. Daliai Kelly i wrando ar ei watsh, er iddi golli cownt o'r ticiadau ers hydoedd. Roedd yr amser mor hir. Bob hyn a hyn byddai popeth yn crynu a byddai'r rwbel yn llithro o'i chwmpas gan beri iddi deimlo ei bod yn cael ei chladdu'n ddyfnach bob tro. Am ba hyd roedd hi wedi bod dan y rwbel? Tybed ble'r oedd y timau achub? Pam oedden nhw'n cymryd cyhyd cyn dod i'w thynnu'n rhydd? Oedd yna unrhyw un yn sylweddoli ei bod yno?

Tybed beth oedd wedi achosi'r difrod? Ffrwydrad nwy?

Efallai. Neu efallai fod seiliau'r adeilad wedi'u malurio'n llwyr oherwydd oedran a deunydd adeiladu gwantan. Wedi'r cyfan, roedd y lle ar fin cael ei gondemnio gan y Cyngor ac yn ôl y sôn roedd hi, fel y tenantiaid eraill, am gael rhybudd y byddai'n rhaid iddi adael yn fuan. Gwyddai fod ei chymdogion ar y chweched a'r seithfed llawr wedi symud eisoes. Roedd y rhai lwcus wedi cael tai gweigion ar stad Maes y Dref. Ond gan ei bod hi'n berson sengl ac yn byw ar ei phen ei hun, doedd ganddi hi ddim gobaith cael tŷ.

Pam na fyddai hi wedi derbyn cynnig y Cyngor i gael ei hadleoli? Byddai byw yng Nghaergybi wedi bod yn llawer gwell na hyn. Ond eto, gwyddai Kelly yn ei chalon na fyddai byth wedi gallu gadael Llangefni. Dyna lle'r oedd ei gwaith a dyna lle'r oedd Siôn. Ond rŵan, roedd popeth ar ben. Llyfodd ei gwefusau sych â'i thafod sychach. Roedd hi bron â thagu o syched. Byddai'n fodlon rhoi'r byd yn grwn am un diferyn bach o ddŵr.

Ai sŵn roedd hi'n ei glywed yn y pellter?

Clustfeiniodd.

Dim byd. Ei dychymyg, meddyliodd.

Ond yna, clywodd y sŵn eto. Y tro hwn, roedd hi'n sicr bod rhywun yn turio, rywle uwch ei phen.

"Help!" ceisiodd weiddi eto. Ond gan fod ei gwddw mor sych, doedd ei chri fawr uwch na thician ei watsh.

7.55 a.m.

Trodd mwy nag un gyrrwr fan *delivery* o faes parcio Alda gan ddiawlio. Mi ddylai rhywun fod wedi'u rhybuddio y byddai'r siop dan glo cyn iddynt gychwyn ar eu siwrneiau seithug.

Cyrhaeddodd ambell un o'r gweithwyr rhwng saith ac wyth o'r gloch y bore yn barod i ddechrau ei shifft hefyd ond wrth weld y shytars i lawr a'r drysau wedi'u cloi, codi eu hysgwyddau wnaeth y rhain cyn ei throi hi'n ôl am adref yn ddigon bodlon.

Roedd gan bob un ohonynt ddigon i'w wneud yn eu cartrefi eu hunain ar ôl y daeargryn a'r ôl-gryniadau. Diolch byth, roedd Eileen Smith wedi gwneud penderfyniad call am unwaith wrth beidio ag agor y siop ben bore.

8.00 a.m.

Ffoniodd Gwenda holl ffrindiau a chydnabod Teleri, ond doedd neb wedi'i gweld. Beth arall allai hi ei wneud? Sut oedd hi'n mynd i ddod o hyd i'w merch? Beth petai yna ddaeargryn cryfach? Roedd yn rhaid iddi wneud rhywbeth. Pe bai'n aros funud arall yn y tŷ yn chwarae â'i bysedd, byddai'n mynd o'i chof.

Fel petai'n ategu ei meddyliau, siglwyd y tŷ gan ôl-gryniad arall.

Roedd yn rhaid iddi fynd allan i chwilio amdani. Cyn cychwyn, cododd lun graddio Teleri oedd wedi disgyn oddi ar y silff ben tân yn ystod yr ôl-gryniad diweddaraf. Roedd y gwydr wedi cracio, felly tynnodd Gwenda y llun o'r ffrâm yn ofalus a'i ddal yn ei chesail. Gallai ei ddangos i bobl, rhag ofn eu bod wedi gweld Teleri yn rhywle.

Safodd am eiliad wrth fynedfa'r dreif, cyn anelu tuag at dref Llangefni.

8.35 a.m.

Lle'r oedd o? Roedd ei ben yn hollti. Pam na allai symud? Beth oedd yn pwyso arno ac yn ei gadw'n gaeth?

Teimlodd Siôn gorff llonydd y ci'n gorwedd arno. Jet?

Ceisiodd symud, ond roedd rhywbeth trymach na Jet yn pwyso arno ac yn ei wasgu i'r ddaear. Yna, sylwodd fod coeden yn ei gaethiwo. Caeodd ei lygaid am funud er mwyn ceisio clirio'i ben a chofio sut roedd wedi cael ei hun yn y fath sefyllfa.

Yn raddol, drwy'r niwl, daeth yr atgofion yn ôl.

Mae'n rhaid ei fod wedi treulio'r noson allan yn y Dingle. Pam yn y byd roedd o wedi gwrando ar yr hogan wirion 'na? Hi a'i sglyfath cocên.

Roedd yn rhaid iddo symud. Pam roedd Jet mor llonydd?

Gwingodd i gael ei freichiau'n rhydd. Yna, â blaen ei fysedd, teimlodd gorff marw'r ci. Cafodd fraw wrth sylweddoli bod Jet, mwy na thebyg, wedi'i arbed o rhag cael ei anafu neu hyd yn oed ei ladd gan y goeden. Roedd yr hen gi ffyddlon wedi aberthu ei fywyd er ei fwyn.

Cymerodd anadl ddofn a llithro o dan gorff Jet. Yna, tyrchodd ei ffordd yn rhydd o dan y goeden. Gan fod ei goesau wedi'u harbed o dan y fainc lle bu'n gorwedd y noson cynt, ni fu fawr o dro yn rhyddhau ei hun.

Er ei fod yn brifo drosto, roedd yn eithaf siŵr nad oedd yr un asgwrn wedi'i dorri. Plygodd wrth ochr corff y ci a'i fwytho. Jet annwyl, ffyddlon, doedd o ddim yn haeddu'r fath deyrngarwch ganddo.

Sychodd ei ddagrau â llewys ei gôt a mynd i chwilio am y botel ddŵr. Roedd o mor sychedig.

Dyna pryd y gwelodd hi'n gorwedd yn llonydd ychydig lathenni i ffwrdd wrth lan yr afon.

"Tubby, deffra wir dduw!"

Dim ateb.

"Tubby?"

Dim ateb o hyd.

Edrychodd yn fwy manwl ar y ferch. Roedd hi'n annaturiol o lonydd. Aeth yn nes ati gyda'r bwriad o'i deffro. Cyffyrddodd â hi. Roedd ei chorff yn oer a llonydd fel un Jet.

Blydi hel, roedd hi'n gelain!

Syllodd Siôn ar ei hwyneb llwyd ag olion powdr gwyn yn gramen yn ei ffroenau a dros ei thrwyn a'i gwefusau. Roedd hi'n amlwg fod Tubby wedi cymryd gormod o'r cocên. Beth ddaeth dros ei phen hi? Sut roedd o'n mynd i egluro hyn? Rhaid fyddai iddo'i heglu hi, neu mi fyddai'n cael ei ddal mewn uffern o drwbwl.

Dechreuodd redeg am y llwybr. Yna stopiodd ac, wedi ystyried, sylweddolai na fedrai o ddim gadael cyrff Teleri a Jet a'i heglu i ffwrdd. Fo oedd yn gyfrifol. Fo brynodd y cocên. Heblaw amdano fo, byddai Teleri a Jet yn fyw. Roedd yn rhaid iddo alw am help. Tynnodd ei ffôn o'i boced, gwasgu'r botwm naw deirgwaith a gofyn am yr heddlu.

"Mae'n ddrwg gennym na allwn ateb eich galwad ar hyn o bryd. Gadewch eich manylion ac fe gysylltwn â chi cyn gynted ag y bo modd."

Yna gofynnodd Siôn am y gwasanaeth ambiwlans. Ond yr un oedd yr ymateb.

Beth oedd yn bod ar y gwasanaethau brys? Doedden nhw ddim yn sylweddoli bod hyn yn argyfwng?

Tynnodd Siôn ei siaced a gorchuddio corff Teleri. Yna, taenodd ddail crin dros gorff Jet druan. Ni allai aros yno'n syllu ar y cyrff. Doedd dim mwy y gallai ei wneud. Teimlai mor aflan a budur ac roedd o wir angen mynd adref i ymolchi a newid. Roedd wedi rhoi ei fanylion dros y ffôn a gallai arwain yr heddlu at y cyrff pan fyddai'r rheini'n penderfynu cysylltu'n ôl.

Gymaint oedd ei ofid wrth iddo gerdded allan o'r Dingle fel na sylwodd ar y difrod i'r coed wrth lan yr afon. Ni sylwodd chwaith ar y dinistr a'i hamgylchynai wrth iddo gerdded drwy strydoedd y dref. Y cwbl a welai o flaen ei lygaid oedd wyneb marw Teleri.

8.45 a.m.

Cerddodd Gwenda'r filltir a hanner ar hyd y lôn gul a arweiniai o'i chartref i gyfeiriad y dref heb weld yr un enaid byw. Oedodd bob hyn a hyn i edrych o'i chwmpas. Doedd dim i'w weld wedi newid allan yn y wlad fel hyn. Roedd y caeau'n las a'r coed yn llawn blagur a dail cynnar. Bore perffaith o wanwyn. Edrychodd i fyny ar yr awyr glir. Roedd pobman yn dawel. Yn rhy dawel. Doedd dim adar yn hedfan uwchben nac yn canu yn y llwyni na'r coed. Teimlai ias yn cripian i lawr ei chefn.

Ailddechreuodd gerdded. Roedd yn rhaid iddi ddod o hyd i Teleri fel y gallai'r ddwy ohonynt gychwyn am Rydychen mor fuan â phosib. Beth oedd wedi dod dros ben Simon yn cynnig iddi aros yn y Randolph, tybed? Euogrwydd, mae'n siŵr, am ei fod wedi bod mor esgeulus ac annymunol yn ddiweddar. Wel, fe wnâi'n siŵr na fyddai'n arbed dim ar ei boced tra byddai yno.

O'r diwedd, cyrhaeddodd gyrion y dref. Disgrifiodd y car a dangos y llun i bawb a safai'n ddigon hir i wrando arni'n holi oedden nhw wedi gweld Teleri. Ond gan fod y rhan fwyaf o bobl yn llawn o'u helyntion eu hunain, doedd ganddynt fawr o amynedd â'r wraig a âi o amgylch y lle yn holi am ei merch dair ar hugain oed.

Ymatebodd eraill yn eithaf clên. "Wedi mynd hefo'r car ddudoch chi? Wedi mynd i ffwr' hefo rhyw foi ma hi, siŵr i chi. Fel'na ma'r rhai ifanc 'ma i gyd."

"Tair ar hugain oed? Wel, ma hi'n ddynas yn ei hoed a'i hamser felly, tydi. Be ewch chi i boeni amdani? Ma hi'n ddigon hen i edrych 'rôl 'i hun!"

"Ond…" ceisiodd Gwenda egluro dro ar ôl tro, ond gan i Simon ei rhybuddio nad oedd i sôn gair am y posibilrwydd y gellid cael ychwaneg o ddaeargrynfeydd, ni allai ddarbwyllo pobl pa mor bwysig oedd dod o hyd i Teleri.

Roedd ymateb rhai gryn dipyn yn gasach a rhegwyd hi am geisio gwastraffu eu hamser a hwythau â digon o bryderon eu hunain ar ôl y daeargryn.

"Calliwch, ddynas, ac ewch adra, wir dduw. Mi fydd yr hogan yno ers meitin yn methu dallt lle dach chi."

"Sgen i'm amsar i rwdlan. Dach chi'n sylweddoli pa mor ddrwg ydi petha yn dre 'ma? Ma bloc o fflatia wedi disgyn yn Maes y Dre. Gen i ffrindia'n byw yn fan'no ac ma nhw wedi colli pob dim. Ac mi rydach chi'n poeni am fod 'ych hogan chi wedi mynd hefo'ch car chi? Ewch o 'ngolwg i, wir, cyn i mi… "

8.55 a.m.

"Mi ddyla'r Alda 'na fod wedi agor erbyn hyn. Yma i roi gwasanaeth ma nhw i fod, yn te? Ond dyna fo, dim ots gan y cwmnïa mawr am eu cwsmeriaid."

"Sut 'dan ni i fod i gael bwyd? Llefrith? Bara?"

Dyna'r math o gŵynion a glywid wrth i gwsmeriaid gyrraedd maes parcio gwag yr archfarchnad yn ystod y bore, cyn iddynt droi eu cefnau ar y siop a mynd i chwilio am nwyddau yn yr un neu ddwy o siopau bach y dref oedd wedi llwyddo i agor – siopau roedden nhw wedi cefnu arnynt ers i'r archfarchnad gyrraedd.

7

Canol Bore Llun

9.00 a.m.

– Dyma benawdau'r newyddion. Ychydig ar ôl hanner awr wedi pedwar y bore yma, trawyd Ynys Môn gan ddaeargryn oedd yn mesur 5.8 ar raddfa Richter. Fe awn drosodd yn fyw at John Selwyn, ein gohebydd yn yr ardal.

– Diolch, Nia. Dyma'r daeargryn mwyaf nerthol i'w gofnodi yn y rhan hon o'r byd. Canol Môn ddioddefodd waethaf.

– Mae adroddiadau wedi'n cyrraedd ni yn y stiwdio yn sôn bod bloc o fflatiau wedi disgyn ar stad o dai yn Llangefni. Fedrwch chi ymhelaethu ar y stori hon?

– Ar stad dai Maes y Dref y gwelwyd y difrod mwyaf, gan i floc o fflatiau saith llawr ddymchwel a chaethiwo o leiaf un tenant o dan y rwbel. Mae'r gwasanaethau brys yn brysur ar hyn o bryd yn chwilio am y tenant hwnnw ac unrhyw un arall a allai fod yn gaeth yno. Rydw i yma ar hyn o bryd yn un o ystafelloedd Neuadd y Dref, Llangefni, sydd wedi'i throi'n lloches dros dro i rai o'r trigolion digartref. Yma gyda mi mae un o gynghorwyr y dref a'r darpar faer, Haydn Price. Mr Price, fedrwch chi ddweud wrth ein gwrandawyr sut le sydd yn y dref bore 'ma?

– Wel, mae pawb wedi'u hysgwyd, wrth gwrs, ac mae yna dipyn o ddifrod wedi'i wneud i amryw o dai a busnesau Llangefni.

– Beth am y difrod a wnaethpwyd i fflatiau Maes y Dref? Rwy'n deall bod y Cyngor yn ymwybodol nad oedd yr adeilad mewn cyflwr da. Oedden nhw ar fai nad oedden nhw wedi ailgartrefu'r tenantiaid ymhell cyn hyn?

– Wel, dwi ddim yn meddwl mai'r bore 'ma ydi'r adeg i weld bai. Mi fydd yna ddigon o amser i hynny eto. Y peth pwysig ar hyn o bryd ydi sicrhau bod y tenantiaid yn cael y gofal gorau posib, a dyna rydw i ac eraill yn trio'i wneud yn y lloches 'ma. Mae rhai ohonom wedi bod yma ers oriau yn ceisio ymgeleddu'r trueiniaid, wyddoch chi.

– Rydyn ni'n deall fod un o'r tenantiaid yn debygol o fod wedi'i chladdu dan rwbel y fflatiau. Beth ydy eich ymateb i hynny?

– Mae fy nghalon i'n mynd allan at y ferch ifanc ac rwy'n mawr obeithio y gall y timau achub ddod o hyd iddi yn fyw ac yn iach.

– Diolch, Mr Price. Yma wrth fy ochr i hefyd mae un o denantiaid y fflatiau a ddymchwelwyd ac un a fu'n llygad-dyst i'r dinistr. Laura Williams, fedrwch chi ddisgrifio i'n gwrandawyr beth yn union ddigwyddodd yma neithiwr?

– Wel, ro'n i'n cysgu yn fy ngwely 'lly, yn te, pan ges i 'neffro hefo'r sŵn ofnadwy 'ma. Roedd y fflat 'cw'n crynu i gyd ac mi roedd petha'n disgyn oddi ar y silffoedd a ballu. Mi es i allan yn fy nghoban, achos do'n i ddim isio ca'l fy nghladdu'n fyw o dan y rwbal, yn nago'n? Ma rhywun yn gweld gymaint o betha felly'n digwydd ar y *news*, yn tydi? Pobl yn sownd am ddiwrnodia a tima achub yn methu dŵad o hyd iddyn nhw. Yn te? Cofiwch chi, 'nes i ddim breuddwydio 'sa peth fel'na'n gallu digwydd yn Sir Fôn 'ma chwaith.

– Mrs Williams, fedrwch chi ddweud wrth y gwrandawyr beth oedd yr olygfa a welsoch chi pan aethoch allan?

– Wel, erbyn i mi gyrraedd allan roedd y letric wedi diffodd ac roedd pob man yn dywyll fel bol buwch. Roedd y palmant yn crynu o dan 'y nhraed i, 'chi, ac ro'n i'n cl'wad sŵn rhwygo a chracio, 'lly, a phetha'n disgyn o 'nghwmpas i ymhob man. Roedd hi'n rhy beryg i sefyll o gwmpas, achos mi 'swn i 'di gallu ca'l 'y nharo gan rwbath, baswn? Felly dyma fi'n mynd i symud ymhellach oddi wrth y fflatia. Ma'n siŵr nad o'n i ddim wedi mynd yn bellach na rhyw hanner canllath pan glywes i'r sŵn ofnadwy 'ma tu ôl i mi. Roedd y fflatia 'cw wedi… Maddeuwch i mi. Ma meddwl am yr hogan bach 'na, Kelly Hughes, dan yr holl rwbal 'na… Dwi 'di byw yn y fflat 'na ers dros ddeugain mlynedd, 'chi, ac ma meddwl am be ddigwyddodd neithiwr yn… yn torri 'nghalon i.

– Diolch, Mrs Williams, am rannu eich profiadau gyda ni.

9.05 a.m.

Am y tro cyntaf ers bron i ddwy ganrif, roedd yr hen gloc mawr a safai yn erbyn y pared yng nghegin Plas Gronw wedi stopio. Y pendil wedi'i daflu oddi ar ei echel yn ystod y cryniadau, rhesymodd Idris. Edrychodd ar ei watsh. Roedd o wedi colli dechrau'r newyddion. Trodd at ei set radio fechan a gwasgu'r botwm, gan ddiolch fod y batri'n gweithio.

– Oedd yna ddifrod mewn rhannau eraill o'r ardal?

– Oedd yn wir, Nia. Yn ôl y gwasanaethau, rhwygwyd pibellau dŵr a thorrwyd y cyflenwadau trydan a nwy, a lledaenodd tanau i bob cyfeiriad. Syrthiodd corn simdde drwy do un tŷ yn Llangefni ac, yn ôl adroddiadau pobl leol, fe gafodd y wraig oedd yn byw yno ddihangfa wyrthiol.

– Oes pobl wedi'u hanafu yna, John?

– Wel, Nia, yn ôl adroddiadau'r heddlu, derbyniodd nifer o bobl fân anafiadau wrth iddynt gael eu taro gan lechi, brics, gwydr ac amryw o wrthrychau eraill oedd wedi dod yn rhydd yn ystod y daeargryn. Aethpwyd â'r rhai oedd wedi dioddef waethaf i'r ysbyty ym Mangor i gael trin eu clwyfau. Yn ôl llefarydd ar ran yr ysbyty, doedd 'run o'r anafiadau yn ddifrifol iawn a disgwylir y bydd y rhan fwyaf o'r cleifion yn cael dychwelyd adref yn hwyrach heddiw.

– Diolch i chi, John, am eich adroddiad. Gan fod gorsaf niwclear ar yr ynys, mae'n amlwg bod rhai'n bryderus am ddiogelwch y safle, o gofio beth ddigwyddodd yn Japan yn 2011. Mae Dr Simon Morris, prif beiriannydd yr orsaf, ar ben arall y ffôn. Bore da, Dr Morris.

– Bore da, Nia. Mi faswn i'n hoffi sicrhau eich gwrandawyr nad oes dim rheswm yn y byd i boeni am gyflwr yr orsaf. Mae'r adeilad wedi cael ei gynllunio i wrthsefyll daeargrynfeydd.

– Felly, rydach chi'n ein sicrhau ni nad oes peryg o gwbl i'r cyhoedd ac nad oes unrhyw siawns y bydd ymbelydredd yn dianc o'r safle?

– Gallaf eich sicrhau. Does dim peryg o hynny.

"Dyna fasat ti'n ei ddeud, beth bynnag, 'te," meddai Idris gan wasgu'r botwm i ddiffodd y radio. "Gwadu pob dim. Dyna beth mae'r awdurdoda'n ei wneud bob amser. Faswn i'm yn synnu taten nad wyt ti a dy deulu'n barod i'w heglu hi o Sir Fôn y funud 'ma."

"Mae'n ddrwg gen i 'mod i'n hwyrach nag arfar yn cyrra'dd bora 'ma, Mr Jones bach, ond ma hi fel ffair yn Llangefni 'cw ar ôl y daeargryn. Compiwtars y syrjeri 'cw i lawr a phopeth."

Torrodd llais y nyrs ar draws ei feddyliau wrth iddi agor y drws a cherdded i mewn i gegin y ffermdy.

"Chafodd hi ddim noson rhy dda neithiwr. Ma effaith y morffin fel petai'n gorffen yn gynt erbyn hyn."

"Peidiwch â phoeni, mi fydd hi'n fwy cysurus ar ôl i mi ei thrin hi," atebodd y nyrs gan ddringo'r grisiau at Mair.

9.07 a.m.

Cerddodd Gwenda heibio i Alda gan sylwi nad oedd y siop wedi agor y bore hwnnw. Gormod o waith clirio ar ôl y daeargryn, tybiodd. Cerddodd yn ei blaen tuag at ganol y dref. Roedd mwy o ddifrod yn y fan honno. Sylwodd fod llawer o ffenestri'r siopau wedi'u torri a bod ambell un wedi'i difrodi'n llwyr.

Safai rhai perchnogion o flaen eu siopau yn ddigalon. Ceisiodd Gwenda eu holi, ond chafodd hi fawr o groeso.

"Does gynnon ni ddim amsar i boeni am eich merch chi, ddynas. Dach chi ddim yn gweld bod ffenestri'r siop 'ma'n deilchion? Rhyw gnafon 'di torri mewn ganol nos a 'di dwyn gwerth miloedd."

Yna, sylweddolodd Gwenda nad y daeargryn oedd yn gyfrifol am y rhan fwyaf o'r difrod i'r siopau, ond yn hytrach lladron a welsai eu cyfle i ysbeilio.

Roedd y siop lestri wedi'i llosgi'n ulw ac roedd rhywun wrthi'n ddyfal yn bordio'r lle i fyny.

"Eitha peth â'r Haydn Price 'na a'i wraig snobyddlyd," meddai wrthi ei hun. Pwy oedden nhw'n ei feddwl oedden nhw yn edrych i lawr eu trwynau arni hi yng ngwesty Trefonnen y diwrnod cynt? Synnodd wrth feddwl mai dim ond ychydig oriau oedd ers hynny a bod cymaint wedi digwydd.

Lle goblyn roedd Teleri? Roedd yn rhaid iddi ddod o hyd iddi'n fuan fel y gallai'r ddwy ohonyn nhw ei heglu hi i ffwrdd i ddiogelwch Rhydychen.

Cerddodd yn ei blaen at sgwâr y dref. Yno, roedd criw o bobl wedi ymgynnull o amgylch car oedd wedi'i barcio wrth droed y cloc. Roedden nhw i gyd yn clustfeinio ar lais cyflwynydd newyddion a ddeuai o radio'r car. Gwthiodd Gwenda ei ffordd i'w canol.

– Gan fod gorsaf niwclear ar yr ynys, mae'n amlwg bod rhai'n bryderus am ddiogelwch y safle, o gofio beth ddigwyddodd yn Japan yn 2011. Mae Dr Simon Morris, prif beiriannydd yr orsaf, ar ben arall y ffôn. Bore da, Dr Morris.

Ceisiodd Gwenda wthio'n nes at ddrws agored y car i glywed beth oedd gan Simon i'w ddweud. Tybed a fyddai'n rhybuddio'r cyhoedd am y posibilrwydd o ddaeargrynfeydd eraill?

– Bore da, Nia. Mi faswn i'n hoffi sicrhau eich gwrandawyr nad oes dim rheswm yn y byd i boeni am gyflwr yr orsaf. Mae'r adeilad wedi cael ei gynllunio i wrthsefyll daeargrynfeydd.

– Felly, rydach chi'n ein sicrhau ni nad oes peryg o gwbl i'r cyhoedd ac nad oes unrhyw siawns y bydd ymbelydredd yn dianc o'r safle?

– Gallaf eich sicrhau. Does dim peryg o hynny.

"Y diawl celwyddog," meddai Gwenda o dan ei gwynt. Sut medrai ei gŵr eu rhaffu nhw fel'na ar y radio? Trodd ei chefn rhag gorfod edrych ar wynebau'r bobl o'i chwmpas. Beth petaen nhw'n gwybod y gwir?

Cerddodd ar hyd strydoedd y dref ond doedd dim sôn am Teleri na'r car yn unman. Roedd hi wedi llwyr ymlâdd erbyn hyn, a'i thraed yn brifo, a theimlai ei phen fel petai ar fin hollti. Byddai'n rhoi'r byd am lymaid bach o jin neu fodca. Dim ond tropyn i'w helpu i ganolbwyntio. Doedd hi ddim fel pe bai'n gaeth i'r ddiod na dim byd felly, rhesymodd, ond mi fyddai rhyw jinsan bach yn rhoi hwb iddi ac yn help i gael gwared â'i blinder.

Stopiodd am funud er mwyn cael ei gwynt ati. Edrychodd o'i chwmpas. Safai ar gyrion stad Maes y Dref. Faint haws fyddai hi o fynd i'r fan honno i holi am Teleri? Ni allai feddwl am unrhyw reswm yn y byd pam y byddai ei merch yn mynd i'r fath le.

Cefnodd ar y stad a dechrau camu'n araf i'r cyfeiriad arall. Yna, stopiodd ar ganol cam i ystyried. Efallai y byddai rhywun ym Maes y Dref yn cofio Teleri. Rhywun oedd yn yr ysgol gyda hi, neu rywun oedd yn ei chofio pan fyddai'n mynd i weld ei nain erstalwm. Trodd a cherdded i gyfeiriad y stad.

Roedd blynyddoedd wedi mynd heibio er pan fu hi yno ddiwethaf. Thywyllodd hi mo'r lle ers pan fu'n rhaid symud ei mam i gartref henoed yng nghyffiniau Porthaethwy, wedi i'r hen wraig fynd yn rhy fusgrell i ymdopi ar ei phen ei hun.

Edrychodd o'i chwmpas a synnu wrth weld sut roedd y lle wedi dirywio. Cofiai Gwenda am y teuluoedd a arferai fyw yno yng nghyfnod ei phlentyndod, teuluoedd gweithgar a pharchus a ddymunai'r gorau i'w plant. Teuluoedd a gymerai ofal o'u tai a'u gerddi. Tybed a oedd rhai o'r bobl hynny yn dal i fyw ar y stad?

Draw uwchben y tai disgwyliai weld y bloc o fflatiau oedd wedi bod yn gymaint o wewyr i'r llygad ers blynyddoedd. Cofiodd fel roedd Teleri, un tro, wedi mynnu mynd i chwarae ar ôl ysgol gyda merch o'r fflatiau. Pwy oedd yr hogan hefyd? Ceisiodd gofio. Ia, dyna hi, merch y Tony Hughes hwnnw oedd wedi dod adref o'r môr a phriodi Mandy Nymbar Nain, er nad oedd honno fawr mwy na hanner ei oed. Edrychodd eto. Oedd ei llygaid yn chwarae triciau arni? Doedd dim golwg o'r fflatiau! Mae'n rhaid fod y Cyngor wedi'u tynnu i lawr, tybiodd. Hen bryd hefyd, roedd yr adeilad yn un hynod o hyll.

Wrth iddi nesáu at y man lle'r arferai'r fflatiau sefyll, fe'i synnwyd – roedd hi fel ffair yno, gyda chamerâu teledu a newyddiadurwyr ym mhobman. Roedd tyrfa fawr o bobl leol wedi casglu yno hefyd i wylio'r timau achub yn tyrchu drwy bentwr anferth o rwbel.

Gwasgodd Gwenda i ganol y dyrfa gan geisio holi ambell un am Teleri a'r car, ond doedd gan neb amser i roi sylw iddi. Roedden nhw i gyd yn rhy bryderus am eu heiddo yn y fflatiau ac am rywun oedd yn gaeth yng nghanol y rwbel. Roedd hi wedi cefnu ar yr olygfa druenus gan fwriadu ailgychwyn ar ei thaith pan ddaeth rhyw ddau blentyn o'r stad ati.

"Sut gar 'nes di ddeud oedd gen yr hogan sy ar goll?" holodd un bachgen bach budur yr olwg.

"Peugeot 208 coch. Pam? Ti 'di weld o? Duda wrtha i," meddai Gwenda gan afael yn dynn ym mraich y bachgen.

"Hei, Musus, ti'n brifo fo!" gwaeddodd y bachgen arall arni.

"Sori," atebodd Gwenda gan ei ollwng, "ond ma hyn yn bwysig. Ydach chi wedi gweld y car? Oedd yr hogan yma ynddo fo?" Gwthiodd y llun o Teleri dan drwynau'r bechgyn.

"Be ga ni os 'nân ni ddeud wrthat ti?"

Tyrchodd Gwenda ym mhocedi ei chôt gan ddiawlio'i hun am beidio dod â mwy o arian hefo hi. "Does gen i ddim ond hwn," meddai gan ddal darn dwybunt yn ei llaw. "Mi gewch chi o os fedrwch chi ddeud be dach chi'n wybod."

Cythrodd y bechgyn am y darn arian ond gwasgodd Gwenda

o'n dynn yn ei dwrn. Doedd hi ddim mor ddiniwed â hynny. Wedi'r cwbl, hogan o Faes y Dref oedd hithau hefyd. "Dim nes byddwch chi wedi deud wrtha i!"

"Roedd yr hogan 'na 'n dreifio o gwmpas fa'ma pnawn ddoe. Nath hi sboilio'n gêm ffwtbol ni jyst pan o'n i'n mynd i gymryd penalti. 'Sa ni di ennill heblaw…"

"Ia, ia. Ond lle aeth y car wedyn?"

"Dwn 'im," meddai'r bachgen cyntaf, gan godi ei ysgwyddau, "'nes i ddim sbio achos ro'n i isio cario 'mlaen hefo'r gêm."

"Nath hi fynd at Callum a Connor," meddai'r bachgen arall.

"Callum a Connor? Pwy ydyn nhw?"

"'Dan ni'm isio trwbwl, Musus. Ella fysan nhw ddim yn licio bod ni 'di sôn amdanyn nhw. Ma nhw'n hogia calad. Eniwe, nath hi'm aros yn hir hefo nhw achos nath hi gerddad i ffwrdd a mynd at Siôn Thomas."

"Pwy ydi'r Siôn Thomas 'ma 'ta?"

"Ma Siôn yn byw ochor bella'r stad. Nath yr hogan roi llwyth o bres iddo fo ac mi nath o ada'l Jet hefo hi."

"Pwy ydi Jet?"

"Ci fo."

"Dach chi'n deud gwir wrtha i?"

Roedd stori'r bechgyn yn mynd yn fwy a mwy annhebygol. Tybed oedden nhw'n ei rhaffu hi? Pam fyddai Teleri eisiau prynu ci o bob peth?

"Cris croes!" meddai'r ail fachgen gan boeri ar ei fys a chreu siâp croes ar ei wddw.

Rhoddodd Gwenda y darn arian yn llaw'r bachgen cyn cychwyn am dŷ Siôn.

9.10 a.m.

Teimlai pob munud fel awr a phob awr fel oes. Tybed faint o'r gloch oedd hi bellach? Rywle uwch ei phen gallai glywed sŵn tyrchu. Roedden nhw'n chwilio amdani. Dim ond i'r rwbel beidio â llithro ychwaneg, mi fyddai'n siŵr o gael ei hachub cyn bo hir. Ond pa mor hir? Faint mwy o hyn allai hi ei ddioddef? Roedd ei cheg a'i gwddw'n grimp ac roedd ei chorff wedi hen gyffio. Daeth ochenaid arall o berfedd y ddaear ac fe symudodd y rwbel o'i hamgylch gan ei gadael yn fwy anghysurus fyth. Fesul modfedd, symudodd yn araf gan ddefnyddio'i breichiau i droi ar ei hochr er mwyn ceisio ystwytho ychydig ar ei chefn. Dyna pryd y trawodd ei bysedd yn erbyn y llyfr. Llyfr lloffion ei thad. Rhedodd ei bysedd dros ei glawr llyfn ac yna'i godi'n araf i'w chesail.

Cofiodd fel y trodd yn ôl ar y grisiau i'w nôl. Beth petai heb fynd yn ôl? Fyddai hi wedi gallu dianc cyn i'r adeilad ddisgyn? Yn boenus o araf, cododd y gyfrol at ei ffroenau. Gallai arogli'r lledr cyfarwydd. Arogl a gysylltai â'i thad. Sawl gwaith yr oedd hi wedi eistedd ar ei lin yn edrych ar y cardiau post roedd o wedi'u gludo mor ofalus ar ei dudalennau?

Gallai gofio'r lluniau fel petai'n gallu eu gweld yn glir o flaen ei llygaid. Cardiau post o borthladdoedd pedwar ban byd. Rio, Efrog Newydd, Hong Kong, Sydney, Gdańsk. Degau ar ddegau ohonynt â nodiadau bach taclus o dan bob llun. Cofiai fel y disgrifiai ei thad yr holl lefydd hyn y bu'n ymweld â hwy yn ystod ei flynyddoedd ar y môr. Roedd ganddo ddawn dweud neilltuol a byddai'n gallu cipio dychymyg Kelly a gwneud iddi deimlo ei bod hithau wedi ymweld â'r holl borthladddoedd hefyd. Harbwr Hong Kong oedd ei ffefryn hi ohonynt i gyd a gallai gofio fel y byddai ei thad yn disgrifio'r olygfa o'r harbwr hwnnw. Y gymuned o gychod bach, *sampans*, lle byddai teuluoedd cyfan yn byw ac adeiladau tal y ddinas yn gefnlen iddynt. Y fath gyfoeth a'r fath dlodi ochr yn ochr. Gallai ddychmygu arogl y pysgod a'r ffrwythau a'r llysiau o bob math a werthid ar y cei. Gallai flasu'r bwydydd egsotig a ddisgrifiai. Dim byd tebyg i'r bwyd Tsieineaidd y byddent hwy'n ei gael ambell waith o'r *takeaway* yn Llangefni.

Llenwodd ei llygaid. Roedd hi'n dal i golli ei thad yn aruthrol. Sut byddai o wedi ymateb wedi iddo gael gwybod ei bod hi'n gorwedd yno o dan y rwbel? Byddai fwy na thebyg wedi ceisio'i thyrchu allan â'i ddwylo noeth. Roedd o wedi bod yn gefn iddi bob amser. Fo oedd wedi'i magu hi ar ei ben ei hun ac wedi gwneud yn siŵr na châi hi gam.

Gwasgodd y llyfr yn dynnach a'i gorfodi ei hun i ganolbwyntio a chofio cynnwys tudalennau cefn y llyfr. Yn ystod misoedd olaf ei waeledd, roedd Tony wedi ailgydio yn y llyfr lloffion a gludo lluniau o'r teulu ar ei dudalennau fel y byddai cofnod o'i chefndir ar gof a chadw i Kelly.

Llun du a gwyn o ddechrau'r pumdegau oedd y llun cyntaf. Llun o'i thaid a'i nain ar ddydd eu priodas. Safai ei thaid yn gefnsyth, gan afael yn dynn ym mraich ei briod, a wisgai ffrog syml a het fechan. Daliai dusw o flodau o'i blaen, ond doedd y tusw ddim yn ddigon i guddio'i beichiogrwydd.

Yn yr ail lun, cofiai weld ei thaid balch yn dal ei fab deufis oed yn ei freichiau. Roedd hoel traul ar y llun hwn gan i Tony ei gario yn ei waled tra bu'n crwydro'r byd. Dyma'r unig gysylltiad fu ganddo â'i dad, oherwydd ychydig wythnosau ar ôl tynnu'r llun fe'i lladdwyd mewn damwain beic modur.

Ar y tudalennau nesaf cofiai weld casgliad o luniau o'i thad yn ystod ei blentyndod yn Llangefni yn y pumdegau a dechrau'r chwedegau – lluniau ysgol, lluniau ohono gyda'i fam a chyda'i ffrindiau.

Yna, roedd llun ohono'n fachgen ifanc dwy ar bymtheg oed yn lifrai'r Llynges Fasnachol, llun a dynnwyd cyn iddo gychwyn i'r môr am y tro cyntaf. Os cofiai Kelly'n iawn, roedd y tudalennau nesaf yn llawn o luniau ohono gyda'i ffrindiau a chriwiau'r gwahanol longau y bu'n gwasanaethu arnynt. Beth oedd enwau'r llongau? Roedd yn rhaid iddi drio cofio. Roedd yn rhaid iddi ganolbwyntio... yr *Oriana*... yr *Athlone*... *Durban Castle*... "Ty'd yn dy flaen, Kelly – canolbwyntia!"

Clywai sŵn y tyrchu uwch ei phen yn llawer cliriach erbyn hyn. Mae'n rhaid eu bod yn nesáu. Roedd gadael i'w meddwl grwydro yn help i'r amser symud ynghynt.

Pa luniau oedd yn dod nesaf? Gorfododd ei hun i ganolbwyntio.

Ia, dyna fo, llun priodas ei thad a'i mam yn nechrau'r nawdegau. Yn wahanol i'r llun o'i nain, gwisgai ei mam, Mandy, ffrog fawr wen a edrychai fel *meringue*. Wrth ochr ei mam safai Tony yn ei lifrai morwrol. Roedd wedi dringo i safle'r ail fêt erbyn hynny. Gwyddai Kelly fod ei thad gryn dipyn yn hŷn na rhieni ei ffrindiau. Roedd dros ei ddeugain pan anwyd hi – bron ugain mlynedd yn hŷn na'i mam.

Tybed beth welodd Tony yn Mandy? Beth a wnaeth iddo roi'r gorau i'w yrfa ar y môr a setlo ym Maes y Dref gyda merch hanner ei oed? Pam hefyd roedd Mandy mor awyddus i briodi ei thad? Oedd hi'n meddwl bod ganddo arian, fel yr honnai Laura Williams?

Beth bynnag oedd ei chymhelliad, mae'n rhaid iddi gael ei dadrithio, oherwydd roedd Mandy wedi gadael a symud i fyw at ryw Wyddel a gyfarfu pan aeth ar drip undydd gyda'i ffrindiau i Iwerddon. Digwyddodd hynny pan nad oedd Kelly yn ddim ond tair blwydd oed.

Cofnod o blentyndod Kelly ei hun oedd ar y tudalennau nesaf. Lluniau ysgol a lluniau gwyliau. Lluniau ohoni gyda'i thad yn Sw Gaer, Lerpwl a Sain Ffagan.

Roedd Tony wedi gobeithio y byddai Kelly yn mynd ymlaen i'r coleg. Ond doedd hynny ddim i fod, oherwydd pan oedd ar fin sefyll ei harholiadau Lefel A, trawyd o'n wael gyda chancr. Er iddo bwyso'n daer arni i ailystyried, ni allai Kelly feddwl am adael ei thad yn ei waeledd. Felly, am dair blynedd olaf ei oes, roedd hi wedi aros gartref i ofalu amdano.

Gwasgodd y llyfr yn dynn yn ei breichiau. Gwyddai erbyn hyn beth yn union roedd am ei wneud â'i bywyd, petai'n cael dod allan o'r rwbel yn fyw. Roedd hi am geisio am le yn y coleg i ddilyn cwrs nyrsio. Wedi'r cwbl, roedd ganddi'r profiad o nyrsio'i thad.

Beth oedd y sŵn yna? Cyfarthiad ci?

9.30 a.m.

Doedd gan Gwenda fawr o ffydd yn stori'r bechgyn. Beth ar y ddaear fyddai Teleri ei angen gan rywun o Faes y Dref? Doedd hi ddim yn debygol ei bod wedi dod i brynu ci beth bynnag! Stori geiniog a dimai oedd honno'n sicr. Mae'n rhaid bod y cnafon bach wedi rhaffu celwyddau er mwyn cael pres. Diolch byth na chawson nhw fwy na dwybunt ganddi!

Ond eto, ystyriodd – roedd y bechgyn wedi rhoi enw a chyfeiriad iddi. Gan ei bod ym Maes y Dref eisoes, doedd hi ddim gwaeth na mynd draw i holi'r Siôn Thomas 'na y sonion nhw amdano.

O leiaf roedd gwell graen ar y tai y pen hwn i'r stad, meddyliodd wrth gerdded at ddrws tŷ Siôn Thomas. Cnociodd. Dim ateb. Cnociodd eto, ond yn uwch y tro hwn. Dim ateb eto. Mae'n rhaid ei fod allan, meddyliodd. Cefnodd ar y drws a dechrau cerdded ar hyd llwybr yr ardd ffrynt ac yn ôl at y giât.

"Pwy dach chi? Be dach chi isio yn fy nhŷ i?"

Safai dyn ifanc o'i blaen yn agoriad y giât. Roedd golwg ofnadwy arno, fel petai wedi'i dynnu trwy'r drain. Roedd ei wallt rhwng ei ddannedd ac mae'n amlwg na welsai ei fochau arlliw o rasel ers rhai dyddiau. Ond, yn waeth na dim, roedd yna staen tywyll amheus ar ei grys T. Tybed ai staen gwaed oedd o? Rhythai arni trwy ei lygaid cochion.

Teimlodd Gwenda'r awydd i redeg i ffwrdd. Ond gan ei fod yn sefyll yn agoriad y giât, ni allai fynd heibio iddo. Edrychodd o'i chwmpas. Na, doedd dim ffordd arall, heb iddi geisio dringo dros y llwyni a amgylchynai ardd ffrynt y tŷ.

Llyncodd ei phoer cyn gofyn ai Siôn Thomas oedd o.

"Pam dach chi'n holi? Pwy dach chi?"

"Wyt ti'n nabod yr hogan yma?" holodd Gwenda gan stwffio llun graddio Teleri o dan ei drwyn. "Teleri Morris? Fi ydi ei mam hi."

Dechreuodd Siôn grynu drosto. Doedd o ddim yn barod am hyn. Sut roedd o'n mynd i ddweud wrth y ddynes yma fod ei merch hi'n gelain yn y Dingle ar ôl cymryd *overdose* o gocên?

"Ti'n gw'bod rhwbath, dwyt? Duda wrtha i. Ti'n gw'bod lle ma Teleri!"

Teimlodd Siôn ei goesau'n rhoi oddi tano a disgynnodd ar ei liniau gan igian crio.

Cymerodd Gwenda gam yn ôl. Beth oedd yn bod arno? Beth oedd o wedi'i wneud i Teleri? Beth oedd y staen ar ei grys?

Lluchiodd ei hun arno a dechrau ei golbio'n ddidrugaredd.

"Be ti 'di neud iddi hi? Duda wrtha i'r bastard!" sgrechiodd ar dop ei llais. "Duda wrtha fi rŵan, cyn i mi dy ladd di!"

"Dyna ddigon!" Gafaelodd rhywun ym mreichiau Gwenda a'i thynnu oddi ar Siôn. "Be sy'n mynd 'mlaen 'ma?"

Pan ddaeth Gwenda ati hi ei hun ddigon i sylweddoli beth oedd yn digwydd, gwelodd fod dau blismon yn sefyll rhyngddi hi a Siôn. Plygodd un i lawr gan holi, "Ti ydi Siôn Thomas? Ti nath yr alwad frys 'na tua hanner awr yn ôl?"

Nodiodd Siôn ei ben.

"Reit 'ta," meddai'r plismon arall, gan godi Siôn oddi ar y llawr. "Gwell i ni i gyd fynd i mewn i'r tŷ i glywed y stori o'r dechrau."

9.45 a.m.

"Haydn? Lle ar wyneb daear ti wedi bod yr holl amser yma? Wyt ti'n sylweddoli 'mod i bron â mynd o 'ngho yn y tŷ ar ben fy hun? Mae'r lle'n crynu i gyd bob hyn a hyn. Dwi wedi bod yn dychmygu pob math o betha."

"Mae'n ddrwg gen i, cariad, ond anghofiais i fynd â'r ffôn bach efo fi a dydi'r llinellau ffôn ddim yn gweithio."

"Dwi'n gwybod. Doedd 'na ddim trydan tan rhyw chwarter awr yn ôl chwaith. Mi fuo'n rhaid i mi glirio'r llanast yn y tŷ 'ma orau gallwn i heb yr hwfyr. Yna, cyn gynted ag roeddwn i'n cael y lle i ryw fath o drefn, roedd pob man yn ysgwyd unwaith eto gan gracio'r plastar a chodi cymylau o lwch. Mae 'na gymaint o fy ornaments a 'mhlatiau i wedi torri, does gen ti ddim syniad…"

Amneidiodd Haydn at y soffa, gan geisio torri ar lifeiriant diddiwedd ei wraig.

"Eistedda, Catherine," meddai o'r diwedd pan gafodd ei big i mewn. "Mae gen i rywbeth go ddifrifol i'w ddweud wrthat ti. Erbyn i mi gyrraedd y siop toc cyn iddi wawrio y bore 'ma, roedd fandaliaid wedi cyrraedd yno o 'mlaen i. Mi driais i fy ngorau i hel y tacla i ffwrdd ond roedd 'na ormod o'r cnafon ac mi fuo'n rhaid i mi ddianc am fy mywyd."

"Ydi'r siop yn iawn?" Teimlodd Catherine ias yn mynd drwyddi fel y treiddiai geiriau ei gŵr i'w hymennydd.

"Mae gen i ofn ei bod wedi'i dinistrio'n llwyr, gan fod y taclau diegwyddor wedi rhoi'r adeilad ar dân cyn gadael."

"Lle'r oedd yr heddlu? Pam na fasa'r rheini wedi'u stopio nhw? Rydan ni'n talu digon o drethi. Rhaid i ni anfon cwyn."

"Roedd gan yr heddlu fwy na digon i'w wneud fel roedd hi. Ti'n gweld, mae hi'n o ddrwg mewn rhai rhannau o'r dre 'ma."

Ond doedd gan Catherine ddim diddordeb clywed am helyntion pobl eraill.

"Beth sydd i'w gymharu â siop yn cael ei dinistrio? Ateb hynny!"

"Wel, mae llawer o siopa wedi diodda. Ti'n gweld, mae 'na gangiau o ffwrdd wedi bod yn cymryd mantais o'r ffaith fod popeth yn ddi-drefn oherwydd y daeargryn. Maen nhw wedi bod yn torri i mewn i nifer o siopa er mwyn dwyn petha. Maen nhw wedi gwagio'r siop offer trydanol a'r *off-licence* i gyd."

"Ond pam ein siop ni? Pam roedden nhw isio dwyn llestri?"

"Cael sbri wrth ddifrodi a malu popeth oeddan nhw acw, mae'n siŵr i ti. Ond fel ro'n i'n deud, mae difrod llawer mwy difrifol mewn llefydd eraill yn y dre 'ma. Mae fflatiau Maes y Dref wedi disgyn ac mae'n debyg fod 'na hogan druan wedi'i chladdu o dan y rwbel. Mi roedd y tenantiaid eraill i gyd, diolch byth, wedi gallu dianc o'r adeilad cyn iddo ddisgyn. Ond mae'r creaduriaid druan wedi colli popeth. Mae 'na ystafell wedi'i hagor fel lloches dros dro iddyn nhw yn Neuadd y Dref, a chan 'mod i'n aelod o'r Cyngor ac yn ddarpar faer, mi oedd hi'n ddyletswydd arna i fynd yno i gynnig gair o gysur i'r trueiniaid. Mi fydd pobl yn siŵr o gofio pethau fel yna amser etholiad, gei di weld.

"O ia, mi ges i fy nghyfweld ar Radio Cymru hefyd pan o'n i'n trio cysuro'r hen Laura Williams. Mae cyhoeddusrwydd fel hyn yn siŵr o fod yn beth da ar ddechrau fy nghyfnod fel maer."

Wrth glywed hyn, sadiodd Catherine ryw ychydig. Doedd dim iws poeni'n ormodol am y siop, meddyliodd. Mi fyddai'r cwmni yswiriant yn siŵr o'u digolledu. Yn ddistaw bach, dechreuodd deimlo ton o ryddhad yn llifo drosti. Roedd hi wedi amau ers cryn amser nad oedd y siop yn talu. Ddim ers i'r archfarchnad 'na ddod i'r dref a dwyn eu busnes. Ond doedd hi erioed wedi trafod ei hamheuon gyda Haydn rhag ofn iddo feddwl ei bod yn ei feio fo, gan fod y busnes yn un llewyrchus iawn yn nyddiau ei thad a'i thaid. Ond rŵan, heb y siop, mi fedrai hi a Haydn gael dechrau newydd a mwy o amser i ymroi i'w dyletswyddau fel maer a maeres y dref.

"Rwyt ti'n llygad dy le. Mae yna bobl yn y dre 'ma sydd wedi dioddef llawer mwy na ni. Roeddet ti'n dweud bod yr hen Laura Williams yn y lloches? Yli, mi awn ni i'w nôl hi a dod â hi yma. Mi geith hi aros hefo ni dros dro, tan bydd yr awdurdodau wedi cael lle iddi. Dim ond ddoe ddiwetha wnes i roi lifft iddi adra o'r capel, yr hen gryduras."

Gollyngodd Haydn ochenaid o ryddhad. Roedd Catherine wedi derbyn y newyddion am y siop yn llawer gwell nag y dychmygodd y byddai wedi'i wneud. Ac, wrth gwrs, roedd hi'n berffaith iawn – mi fyddai cynnig lle i Laura Williams yn eu cartref yn strocan reit dda. Tybed faint o'r cynghorwyr eraill fyddai'n gweithredu fel hyn? Tybed fyddai un ohonyn nhw'n cynnig lle i'r ddynes ofnadwy honno a'i mab anystywallt y cyfarfu â nhw yn y lloches? Na, go brin!

Ar ôl helpu Catherine i baratoi'r ystafell wely sbâr, sef ei ystafell wely ef, gyrrodd ei gar yn ôl i gyfeiriad Neuadd y Dref er mwyn nôl yr hen wraig. Pan gyrhaeddodd yno roedd y lloches yn llawn newyddiadurwyr yn baglu dros ei gilydd yn eu hawydd i geisio holi Laura Williams a'r tenantiaid eraill am eu profiadau a'u cysylltiad â Kelly. Bu'n rhaid i Haydn wthio'i ffordd allan o'r neuadd a'r hen wraig yn gafael yn dynn yn ei fraich.

"O, diolch i chi, Mr Price bach. Roeddwn i jest â mynd o 'ngho efo'r holl riportars 'na. Roeddan nhw'n fy holi i'n dwll am Kelly druan. Isio hanas ei bywyd i gyd. A tydi fy Susnag i ddim cystal â hynny, wir i chi."

"Peidiwch chi â phoeni amdanyn nhw, Mrs Williams – mi gewch chi lonydd i orffwys yn tŷ ni. Wneith neb eich styrbio chi acw."

10.30 a.m.

Yn feddw ac yn sâl ar ôl oriau o loddesta, roedd Callum a Connor wedi colli pob synnwyr o amser.

"Ty'd i weld be 'di'r CDs 'ma, Cal. Mi 'san ni'n gallu gneud hefo dipyn o fiwsig yn y lle 'ma. Ma'r distawrwydd yn codi *creeps* arna i."

Bu'r ddau'n chwilio a chwilota drwy'r silffoedd CDs am rai munudau, cyn dewis albym grŵp pync roc o'r saithdegau a'i chwarae ar system sain y siop.

"Tro'r *base* yn uwch," meddai Callum gan lowcio seidr o botel.

Er cyn uched oedd sŵn byddarol y grŵp roc a nerth yr ôl-gryniadau, llithrodd y ddau'n fuan i gwsg trwm dan ddylanwad yr alcohol.

🕯

8

Yn Hwyr Fore Llun

Roedd hi fel ffair ym Maes y Dref drwy'r bore, gyda gohebwyr papurau newydd a gorsafoedd radio a theledu o bob cwr o Gymru a thu hwnt yn disgyn ar y lle fel haid o adar corff gyda'u camerâu a'u meicroffonau. Doedd daeargryn o'r maint yma ddim yn ddigwyddiad cyffredin yn y rhan hon o'r byd. Yr unig siom oedd y ffaith nad oedd mwy o ddifrod i'w weld a mwy o storïau trasig i'w hadrodd. Ond roedd ganddynt floc o fflatiau Maes y Dref i ganolbwyntio arno ac roedd yn rhaid cyfaddef bod y difrod a welid yn y fan honno yn wledd i unrhyw ohebydd a dyn camera. Roedd rhyw hac hirben wedi dod o hyd i lun o'r fflatiau fel yr edrychent yn eu preim, rywbryd yn ystod y chwedegau. Cynigiodd y llun i griw teledu am bris nas datgelwyd. Cyn hir, roedd y llun yn cael ei ddarlledu ar hyd a lled Prydain ochr yn ochr â lluniau o'r pentwr rwbel.

Wrth holi rhai o'r bobl leol daeth yn amlwg bod y tenantiaid i gyd, heblaw un, wedi gallu dianc cyn i'r adeilad ddymchwel. Pan ddeallwyd mai merch ifanc oedd wedi'i chladdu dan y rwbel, rhwbiodd y newyddiadurwyr mwyaf sinigaidd eu dwylo. Roedd merch ifanc yn gallu gwerthu papurau. Dim ond plentyn fyddai wedi bod yn well na hynny. Aethpwyd ati i gasglu pob math o wybodaeth am Kelly gan bobl oedd yn ei hadnabod a rhai nad oedden nhw'n gwybod fawr ddim amdani. Cynigiwyd ffortiwn fechan am lun ohoni a bu'n rhaid bodloni ar lun ysgol gan un a oedd yn yr un dosbarth â hi. Byddai'r llun hwnnw wedi'i chwyddo ar dudalennau blaen y tabloids ochr yn ochr â lluniau o'r fflatiau y diwrnod canlynol. Cyn hir roedd stori drasig wedi'i gweu am ferch ifanc oedd wedi rhoi heibio'i gobaith am yrfa ddisglair er mwyn edrych ar ôl ei thad tra oedd hwnnw'n marw o gancr. Soniodd rhywun am ei haelioni tuag at Laura Williams, hen wraig a arferai fyw ar lawr isaf y fflatiau. Mewn dim o dro, roedd haid o newyddiadurwyr wedi dod o hyd i Mrs Williams yn y lloches yn Neuadd y Dref a'i holi'n dwll am ei pherthynas â Kelly, cyn i'r hen wraig gael ei chipio i ffwrdd gan ryw gynghorydd hunanbwysig.

Ond roedden nhw wedi hoffi'r hyn a glywsant a chyn hir byddai adroddiadau am yr 'angel' oedd wedi'i chaethiwo dan y rwbel yn rowlio o'r gweisg.

Erbyn hanner awr wedi naw roedd y cŵn wedi cyrraedd, a chymerodd hi fawr o dro iddynt ddod o hyd i leoliad Kelly. Gwasgwyd camera thermol i lawr trwy fwlch yn y rwbel ar bolion hyblyg. Wrth ganfod gwres ei chorff, arweiniodd y teclyn y tîm i'r union fan lle gorweddai, ychydig lathenni o safle'r adeilad cyn iddo ddymchwel. Roedd hi'n ferch lwcus. Pe na bai wedi cyrraedd yr allanfa, byddai wedi'i gwasgu o dan dunelli o rwbel.

Ddwy awr yn ddiweddarach, codwyd Kelly i'r wyneb. Aeth bloedd o gymeradwyaeth drwy'r dorf oedd wedi bod yn aros yn amyneddgar am unrhyw newydd. Aeth y wasg yn wyllt a chamodd pawb dros gortyn yr heddlu er mwyn cael yr olwg gyntaf ar wyneb yr 'angel' a ddaeth o'r rwbel. Fflachiodd y camerâu eu goleuadau llachar. Stwffiodd un newyddiadurwr beiddgar ei feicroffon dan ei thrwyn cyn iddo gael ei wthio i ffwrdd gan aelod o'r heddlu. Cludwyd Kelly i ambiwlans a chyn iddi gael cyfle i ddiolch i'w hachubwyr, gwibiwyd hi ymaith i'r ysbyty ym Mangor.

Symudwyd yr offer tyrchu trymion i'r safle i wastatáu'r rwbel a'i wneud yn ddiogel ar gyfer yr archwilwyr fyddai angen mynd drwy'r gweddillion rywbryd yn y dyfodol. Paciodd y newyddiadurwyr Llundeinig eu hoffer. Cawsent stori dda gyda diweddglo hapus. Doedd dim mwy i'w ddweud. Roedd hi'n amser iddynt adael y twll lle a dychwelyd i foethusrwydd y ddinas. Cyn hir, dim ond John Selwyn, gohebydd Ynys Môn y BBC, oedd ar ôl i holi beth oedd wedi achosi'r daeargryn.

11.15 a.m.

Gan fod Eileen wedi arfer cadw hyd braich oddi wrth ei chymdogion, a'u bod hwythau wedi bod mor brysur yn clirio ar ôl y llanast drwy'r bore, doedden nhw ddim wedi gweld ei cholli. Yna, am un ar ddeg, penderfynodd un cymydog bicio draw i'r archfarchnad i weld a oedd wedi ailagor. Ond pan gyrhaeddodd y maes parcio sylwodd, fel y gwnaethai amryw un arall o'i blaen, nad oedd y lle wedi agor a bod y shytars yn dal i fod i lawr.

Ar ei ffordd adref, penderfynodd alw i weld y rheolwraig er mwyn gofyn iddi pryd y byddai'r siop yn debyg o agor. Ond pan gyrhaeddodd y tŷ, doedd dim golwg o Eileen. Aeth adref i rannu ei phryderon gyda'i gŵr, oedd yn brysur ar ben ysgol yn ceisio ailosod lander oedd wedi disgyn yn ystod y nos.

"Ella 'i bod hi 'di mynd at ryw berthyn neu rwbath," oedd ei ymateb swta.

"Ond does ganddi neb. Ma hi'n byw i'r siop 'na – dyna 'di ei holl fywyd hi," atebodd y wraig. "Ma gen i ofn fod rwbath wedi digwydd iddi. Ella 'i bod hi wedi brifo neithiwr – rhwbath wedi disgyn ar 'i phen hi. Ne' ella 'i bod hi 'di cael trawiad. Ella 'i bod hi'n gorwadd ar lawr drws nesa. Ella…"

"Biti na fasat ti'n poeni gymaint amdana i ar ben yr ystol 'ma. Does dim dal pryd bydd yr *aftershock* nesa!"

"'Nes i ddim meddwl."

Dringodd y gŵr i lawr yn bwyllog. "Yli, mi a' i i edrach drwy ffenestri ei llofftydd, os neith o dawelu dy feddwl di. Er, dwn i ddim be fydd pobl yn ei feddwl ohona i. Mi fydda i'n edrach rêl rhyw *peeping Tom*! Ty'd ditha i ddal yr ystol i mi, neu *fi* fydd yn gelain os dechreuith y lle 'ma grynu eto a finna ar ei phen hi!"

Ond â'i wraig yn dal gwaelod yr ysgol yn dynn tra edrychai'n ofalus drwy bob ffenestr, welodd o ddim golwg o Eileen.

"Wedi mynd i'r siop 'na ma hi, siŵr o fod, 'sti. 'Nes di fynd rownd y cefn at ddrws y gweithwyr?"

"Na, 'nes i ddim meddwl am hynny. Ond pam na fasa hi wedi agor y lle, 'ta? Mi welis i un o'r genod sy'n arfar gweithio ar y tils. Roedd honno'n deud nad oedd 'run o'r staff wedi gallu mynd i mewn heddiw. Er, cofia di, tydw i ddim yn meddwl bod 'run ohonyn nhw wedi trio'n rhy galad. Ddoi di yno hefo fi i weld allwn ni gael hyd iddi?"

Ag ochenaid, gadawodd y gŵr ei bentwr gwaith a mynd gyda'i wraig am Alda. Gwyddai na fyddai'n cael yr un funud o lonydd nes byddent yn dod o hyd i Eileen Smith. Unwaith roedd ei wraig bengaled yn cael syniad yn ei phen, dyna hi wedyn!

Ar ôl cyrraedd Alda, aeth y ddau i chwilio am y drws cefn. Ond roedd hwnnw wedi'i gloi a doedd dim golwg o neb o gwmpas.

"Ty'd adra, wir. Ma gen i gant a mil o betha isio rhoi trefn arnyn nhw heddiw. Os dechreuith hi fwrw glaw cyn i mi gael gorffen trwsio'r landars 'na, mi fydd hi'n…"

"Be 'di'r sŵn 'na? Ti'n 'i gl'wad o? Ma 'na rywun yn chwara miwsig yn y siop."

"Paid â malu. Rhai o lanciau'r lle 'ma hefo'u *ghetto blasters*."

"*Ghetto blasters*? Does neb yn iwsio'r rheini ers oes yr arth a'r blaidd, siŵr. Na, ma'r sŵn aflafar 'na'n dŵad o du mewn y siop. Dwi ddim yn licio hyn o gwbl. Dwi'n meddwl y dylen ni fynd at y plismyn. Ma 'na rwbath o'i le."

"Paid â bod mor felodramatic, ddynas. Sbia o dy gwmpas.

Ma pob dim i'w weld yn iawn yma. Bob drws a ffenast wedi'u cloi a'r shytars i lawr. Ti'n edrach ar ormod o raglenni ditectifs!"

Wrth gerdded am adref, penderfynodd y wraig y byddai'n galw yng ngorsaf yr heddlu ar ôl cael tamaid o ginio. Roedden nhw wedi bod ar eu traed hanner y nos yn ceisio rhoi trefn ar bethau ac roedd eu stumogau'n gwegian. Diolch byth, roedd y cyflenwad trydan wedi'i adfer erbyn hyn, felly mi fedrai hi aildwymo cig y diwrnod cynt a ffrio llond padell o datws pum munud i fynd gyda fo. Wrth feddwl am y bwyd, llithrodd Eileen o feddwl ei chymdoges dros dro.

11.30 a.m.

Ar ôl i'r heddlu ddod o hyd i gorff Teleri yn Nant y Pandy, fe aethpwyd â Siôn i'r orsaf i wneud datganiad llawn. Yn y cyfamser, aeth swyddog cyswllt yr heddlu â Gwenda yn ôl i'w thŷ.

"Be fedra i neud i chi, Mrs Morris? Oes 'na rywun y galla i gysylltu â nhw fuasai'n dod yma'n gwmpeini i chi cyn i'ch gŵr gyrraedd? Ydach chi am i ni gysylltu ag o?" holodd y swyddog.

"Na, dim diolch, mi wna i hynny," atebodd Gwenda, a ymddangosai'n gwbl hunanfeddiannol. Ers iddi glywed geiriau Siôn pan adroddodd hwnnw ei stori wrth yr heddlu, roedd hi fel petai wedi rhewi y tu mewn. Gwrthododd ystyried y posibilrwydd mai corff Teleri a adawsai Siôn yn Nant y Pandy. Mae'n rhaid bod camddealltwriaeth, rhesymodd â hi ei hun. Fyddai Teleri byth wedi cymryd cyffuriau. Roedd hi'n bendant o hynny. Roedd hi'n adnabod ei merch yn well na neb. Hi oedd ei mam hi!

Ond doedd dim dadlau nad ei char hi oedd y Peugeot coch y daethai'r heddlu o hyd iddo yn y maes parcio ger y Dingle.

"Mi fydd yn rhaid i chi a'ch gŵr fynd draw i'r *morgue* i adnabod y corff."

"Na, mae fy ngŵr i'n ddyn prysur. Fo ydi prif beiriannydd

yr atomfa, 'ychi. Mae'n rhaid iddo fo aros yno heddiw, ar ôl y daeargryn 'na a bob dim."

"Ond, Mrs Morris…"

"Na, mistêc ydi'r cwbl, 'ychi. Fysa Tel byth yn…"

Aeth y blismones i'r gegin i baratoi paned o de cryf i'r fam druan ac i geisio cysylltu â'r tad. Roedd hi'n ddyletswydd arni i roi gwybod iddo, pa mor brysur bynnag oedd o yn ei waith.

11.35 a.m.

Bum munud ar ôl derbyn galwad gan yr heddlu, eisteddai Simon â'i ben yn ei ddwylo y tu ôl i'w ddesg. Beth ar wyneb y ddaear fyddai Teleri yn ei wneud yn Nant y Pandy? Doedd y peth ddim yn bosib. Mae'n rhaid bod yna gamgymeriad. Fyddai hi byth wedi gwneud peth mor wirion. Roedd hi'n hogan glyfar a gyrfa wych o'i blaen. Gwenda a'i lol oedd y tu ôl i hyn i gyd. Mi fysa'r het wirion yn gwneud unrhyw beth i gael sylw, hyd yn oed cymryd arni fod Teleri wedi marw. Hysteria – dyna oedd o! Doedd ganddo ddim amser i bethau felly heddiw, o bob diwrnod. Roedd cymaint i'w wneud yn yr orsaf os oedd adroddiad y daearegwyr yn gywir.

"'Co ddished o goffi i dy gadw di ar ddihun. Simon…? Wyt ti'n iawn, cariad?" gofynnodd Alys wrth sylwi arno'n eistedd mor ddiymadferth. "Ti'n dishgwl yn ofnadw. Odi pethe mor wael â 'ny? Gallet ti weud y cyfan wrtho i. Cofia, fi 'ma i dy helpu di. Unrhyw beth galla i wneud, jyst gofyn sydd ishe i ti."

"Ti'n meddwl hynna o ddifri? 'Ta dim ond deud wyt ti?"

"Wel, wrth gwrs 'mod i. Ti'n gwybod y bydden i'n gwneud unrhyw beth i ti."

Eglurodd Simon ei fod wedi derbyn galwad gan yr heddlu yn dweud eu bod yn amau eu bod wedi dod o hyd i gorff Teleri. "Felly, ti'n gweld, mae'n rhaid i rywun fynd hefo Gwenda i adnabod y corff yn y mortiwari ym Mangor. Faswn i byth yn gofyn i ti fynd yn fy lle i ar unrhyw ddiwrnod arall. Ond ti'n dallt mor bwysig ydi hi 'mod i'n aros yma?"

"Ond, Simon, so ti gallu gofyn i *fi*, o bawb, fynd 'da dy wraig i'r *morgue!*"

"Does gan Gwenda neb arall. A beth bynnag, tydi hi ddim yn gw'bod am ein perthynas ni. Y cwbl mae hi'n ei wybod ydi dy fod ti'n ysgrifenyddes i fi. Dim arall."

"Ond os yw dy ferch di wedi marw, so ti'n meddwl taw gatre yw dy le di? Fi'n siŵr y bydde'r bos yn deall pe byddet ti'n gweud wrtho fe."

"Mae Teleri yn iawn, siŵr. Taswn i'n meddwl am funud bod rwbath wedi digwydd go iawn, mi faswn i'n mynd adra mewn chwinciad – daeargryn neu beidio! Lol Gwenda ydi hyn i gyd. Mae'r ddynas yn drysu." Gafaelodd ym mraich Alys. "Yli, cariad, ti'n dallt mor bwysig ydi hi 'mod i yma i sicrhau diogelwch yr ynys ar adeg fel hyn. Os bydd yna ddaeargryn arall, gallai hynny fod yn amen arnan ni i gyd."

Tynnodd Alys yn nes ato a'i hanwesu. "Dwi'n sylweddoli 'mod i'n gofyn llawar. Ond mi wna i'n siŵr y bydd gwneud hyn yn werth y drafferth i ti yn diwadd. Mae Gwenda wedi mynd yn rhy bell y tro 'ma wrth gymryd arni fod Teleri wedi marw. Fedra i ddim aros hefo hi ar ôl hyn. Unwaith y bydd yr helyntion 'ma drosodd, mi ga i ysgariad. Wedyn, mi fydda i'n rhydd i dy briodi di… Os wyt ti isio hynny, yn te?"

"Wyt ti'n golygu 'ny?"

Daliodd hi'n dynn yn ei freichiau a'i chusanu'n ddwys. "Fedra i ddim meddwl am ddim gwell na rhannu gweddill fy mywyd hefo chdi," meddai.

Erbyn hyn roedd Alys fel pwti yn ei ddwylo a chytunodd i bopeth y gofynnodd Simon iddi ei wneud.

9

Prynhawn Llun

1.00 p.m.

Eisteddai Catherine Price wrth droed gwely ei gŵr yn y llofft sbâr yn gwenu'n raslon ar Laura Williams. Roedd yr hen wraig wedi bod mor ddiolchgar am iddynt gynnig lloches iddi.

"Oes 'na rwbath arall y medra i 'i gael i chi, Mrs Williams? Dim ond gofyn."

"Na, wir i chi, Mrs Price, dwi'n iawn. Rydach chi a Mr Price wedi bod mor garedig. Yr unig beth faswn i'n hoffi fyddai clywed newyddion un o'r gloch ar y weirles. I weld oes 'na unrhyw newydd am Kelly bach, yn te? Ro'n i'n ffrindia mawr hefo'i nain hi 'chi, yr hen Katie druan. Gollodd hi ei gŵr pan oedd Tony eu mab ond yn dri mis…"

"Siŵr iawn, Mrs Williams bach." Torrodd Catherine ar draws atgofion yr hen wraig, ac estyn am y set radio ar y cwpwrdd wrth ochr y gwely.

– Fe awn ni'n syth at ein gohebydd John Selwyn sydd yn yr ardal ar hyn o bryd. Pnawn da, John. Sut mae pethau yn Llangefni erbyn hyn?

– Pnawn da, Nia. Yn ôl adroddiadau'r heddlu a'r gwasanaethau brys mae pethau'n dechrau dod i drefn yma ar ôl y daeargryn a drawodd yr ardal yn gynnar bore heddiw. Mae'r cyflenwad trydan wedi'i adfer ac mae llawer o'r trigolion wedi mynd ati i roi trefn ar eu cartrefi a'u heiddo.

– Beth yw'r newyddion diweddaraf, John, ynglŷn â'r ferch ifanc gafodd ei chaethiwo dan rwbel y bloc fflatiau ym Maes y Dref?

– Wel, Nia, fe wnaeth arweinydd y tîm achub ddatganiad ryw

hanner awr yn ôl yn cadarnhau iddyn nhw, gyda chymorth cŵn ac offer soffistigedig, ddod o hyd i'r ferch a'i thynnu allan o'r rwbel yn ddiogel. Aethpwyd â hi ar ei hunion mewn hofrennydd i Ysbyty Gwynedd ym Mangor i gael archwiliad, er nad oedd ei hanafiadau yn ymddangos yn rhai difrifol yn ôl llygad-dystion. Ond wrth gwrs, mae hi, fel gweddill trigolion y fflatiau, wedi'i gadael yn ddigartref.

– Oes yna unrhyw obaith y caiff y tenantiaid eu hailgartrefu'n fuan?

– Yma wrth fy ochr i ar hyn o bryd mae'r Cynghorydd Haydn Price. Fe ofynnaf y cwestiwn iddo fo. Haydn Price, oes yna unrhyw obaith y caiff y tenantiaid eu hailgartrefu'n fuan?

– Wel, mae hi braidd yn fuan ar hyn o bryd i unrhyw drefniadau swyddogol gael eu llunio. Ond, er hynny, mae'n dda gen i gael cyfle i hysbysu eich gwrandawyr am haelioni llawer o drigolion y dref 'ma. Mae llawer o deuluoedd wedi bod yn fwy na pharod i gynnig lloches i'r tenantiaid yn eu cartrefi eu hunain. Yn wir, mae'r wraig, Catherine, a finnau wedi cael yr anrhydedd o groesawu Mrs Laura Williams, y tenant hynaf, i'n cartref ni. Be 'dan ni'n dda yn yr hen fyd yma, yn te, John, os na fedrwn ni helpu'n gilydd?

– Ond mae sôn bod ochr dduach i gymdeithas wedi'i hamlygu ei hun yn ystod oriau'r nos. Ydi'r honiadau am siopau'n cael eu hysbeilio a'u difrodi yn wir?

– Gwaetha'r modd, mae hynny'n wir. Mae 'na garfanau o bobl ddiarth wedi dod i'r dref 'ma yn ystod y blynyddoedd diwethaf. Pobl ddiegwyddor, sydd heb unrhyw barch at ein cymdeithas na'n diwylliant. Tacla sydd yn ceisio dylanwadu ar ein pobl ifanc a'u harwain ar ddisberod.

– Ydych chi'n honni mai pobl ddŵad sydd yn gyfrifol am yr ysbeilio a'r difrod?

– Ia, tad. Mi welis i nhw â fy llygad fy hun yn difrodi'r siop lestri 'cw yn llwyr. Busnes a fu yn nheulu'r wraig ers dros drigain mlynedd. Ond waeth i ni heb â phoeni am bethau materol fel'na ar hyn o bryd. Dwi'n siŵr y cytunwch chi?

– Y Cynghorydd Haydn Price, diolch yn fawr i chi. Yn ôl i'r stiwdio atoch chi, Nia.

– Diolch, John. Nawr am weddill y newyddion. Cafwyd cadarnhad gan yr heddlu iddynt ddod o hyd i gorff merch ifanc yng ngwarchodfa natur Nant y Pandy, Llangefni, y bore yma. Nid yw'r heddlu wedi datgelu ei henw ar hyn o bryd ond maent yn pwysleisio nad oes lle i amau bod unrhyw gysylltiad rhwng y farwolaeth a'r daeargryn a drawodd yr ardal yn ystod oriau mân y bore…

Gwasgodd Catherine y botwm i ddiffodd y radio. Roedd hi mor falch o Haydn. Fe wnaeth yn fawr o'i gyfle i ddangos i'r byd a'r betws pa mor ddyngarol oedd o. Byddai Catherine yn synnu'n fawr pe na byddai yna wahoddiad iddo i'r Orsedd neu hyd yn oed i'r Palas i gael MBE ar ôl hyn. Roedd hi'n werth rhannu gwely hefo fo dros dro, er y byddai'n siŵr o'i chadw'n effro â'i chwyrnu.

Cododd y garthen dros ysgwydd yr hen wraig, oedd wedi syrthio i gysgu cyn diwedd y bwletin.

1.15 p.m.

Pan gyrhaeddodd cymdoges Eileen orsaf yr heddlu roedd y lle'n ferw gwyllt, gyda phlismyn yn mynd a dod fel morgrug.

"Eisteddwch ar y fainc acw, Madam. Mi gymra i eich manylion chi pan ga i funud," meddai'r swyddog prysur o'r tu ôl i'r ddesg, cyn ateb y ffôn a ganai'n ddiddiwedd. Doedd y swyddog erioed wedi gweld diwrnod fel hwn o'r blaen: bloc o fflatiau'n dymchwel, difrod mewn llawer man arall ar hyd a lled y dref, pobl wedi colli eu cartrefi, llawer wedi'u hanafu, rhan o'r A55 wedi'i chau, gorfod aildrefnu llif y traffig, tanau, siopau'n cael eu hysbeilio. Ac ar ben hyn i gyd, roedden nhw newydd ddod o hyd i gorff merch ifanc yn Nant y Pandy. Roedd bachgen ifanc lleol, Siôn Thomas, chwaraewr rygbi da ac aelod o ail dîm y dref, wrthi'n cael ei holi yn yr ystafell gyfweld y funud honno.

Fel na petai digon ganddo i'w wneud, mi fu'n rhaid iddo hefyd ateb cwestiynau John Selwyn, gohebydd y BBC, gan geisio peidio â datgelu gormod o wybodaeth i'r ffurat hwnnw. Na, wir, doedd o ddim yn cofio diwrnod fel hwn erioed o'r blaen.

Hanner awr yn ddiweddarach, cofiodd am y wraig a eisteddai ar y fainc. Cliriodd ei wddw, cyn ymddiheuro. "Mae'n ddrwg gen i eich bod wedi gorfod aros mor hir, Madam. Ond fel rwy'n siŵr eich bod yn ymwybodol, mae hi wedi bod fel ffair yma heddiw. Beth bynnag, be fedra i neud i chi?"

Eglurodd y wraig ei bod yn pryderu am ei chymdoges, Eileen Smith. Eglurodd sut yr aeth hi a'i gŵr i chwilio am y rheolwraig yn yr archfarchnad ar ôl sicrhau nad oedd yn ei thŷ. "Dach chi'n gweld, cwnstabl, ma gen i hen deimlad annifyr fod rwbath wedi digwydd iddi. Yn enwedig pan glywis i'r miwsig aflafar 'na'n dŵad o Alda."

"Miwsig aflafar?"

Wedi i'r gymdoges egluro popeth, addawodd y swyddog y byddai'n anfon yr heddlu draw i'r archfarchnad cyn gynted ag y byddai rhywun ar gael i wneud hynny.

1.30 p.m.
Eisteddai Alys yn dawel yng nghefn car yr heddlu wrth iddynt yrru tuag at y mortiwari ym Mangor. Teimlai'n swp sâl. Trodd ei phen er mwyn taro cip sydyn ar Gwenda, a eisteddai'n fud wrth ei hochr. Doedd y wraig gefnsyth yn ddim byd tebyg i'r alcoholig a ddisgrifiodd Simon. Synnwyd Alys pa mor barod oedd hi i dderbyn bod ei gŵr wedi anfon dieithryn llwyr i fynd gyda hi i'r mortiwari.

"Mae Simon yn lwcus iawn i gael ysgrifenyddes mor gefnogol â chi. Diolch i chi am ddŵad. Dwi'n gw'bod ei fod o'n brysur ofnadwy heddiw ar ôl y daeargryn a phob dim," meddai, gan wenu'n wan ar Alys. "Ond dwi'n siŵr mai camgymeriad ydi'r holl beth. Fysa Teleri byth wedi…" Torrodd ei llais a chwiliodd am law Alys i'w gwasgu.

Daeth pwl o euogrwydd dros Alys. Roedd Gwenda wedi derbyn ei phresenoldeb yn ddigwestiwn ac wedi troi ati hi o bawb am gysur ar adeg mor anodd. Sut gallai Simon fod mor anystyriol? Beth os mai corff Teleri oedd yn eu haros ym Mangor? Ei le fo oedd bod yno'n gefn i'w wraig, daeargryn neu beidio. Oedd disgwyl iddi hi fynd i mewn gyda Gwenda? Gobeithiai na fyddai raid, oherwydd doedd hi erioed wedi gweld corff marw o'r blaen.

Gwibiodd y car dros Bont y Borth a chyn bo hir roedd yn sefyll y tu allan i'r mortiwari.

Gofynnwyd i Alys, er mawr ryddhad iddi, ddisgwyl yn yr ystafell aros tra aethpwyd â Gwenda i weld y corff.

Bum munud yn ddiweddarach, pan ddychwelodd, doedd dim angen i Alys ofyn y cwestiwn. Roedd yr olwg ar wyneb Gwenda yn cyfleu'r cwbl. Safai fel drychiolaeth yn nrws yr ystafell. Roedd pob mymryn o liw wedi llifo o'i gruddiau ac ni ddôi sŵn o'i genau ar wahân i'w hanadlu trwm, afreolaidd. Croesodd Alys lawr yr ystafell aros a gafael yn ei braich yn lletchwith.

Ond chafodd hi ddim ymateb. Doedd Gwenda ddim fel pe bai'n ymwybodol o bresenoldeb neb. Safai yno gan syllu i ryw wagle, a'i dwrn wedi'i gau'n dynn am rywbeth.

"Mae hi mewn sioc," sibrydodd yr heddwas. "Gwell i ni fynd â hi adra'n syth, cyn iddi dorri i lawr. Mi ffonia i'r doctor i ddod draw i roi rhywbeth i'w thawelu hi."

Roedd hi'n anodd i Alys amgyffred y byddai angen tawelyddion ar Gwenda gan ei bod hi mor llonydd a thawel yn barod.

Gadawodd Gwenda i'r heddweision ei harwain yn ôl i'r car ac eisteddodd yn fud yn y cefn wrth ochr Alys ar hyd y ffordd adref.

Yna, wrth iddynt gyrraedd y tŷ, daeth sŵn griddfan ingol o ddyfnderoedd corff y fam. "Tel, fy mabi gwyn i. 'Di marw? Na, na, ma 'na fistêc. Fedri di ddim marw rŵan, ma gen ti dy fywyd i gyd o dy flaen. Mistêc 'di'r holl beth. Mistêc!"

Collodd bob rheolaeth arni hi ei hun a dechrau sgrechian dros y lle. Crafangodd yn rhydd o freichiau'r plismyn gan weiddi bod arni eisiau mynd allan i chwilio am ei merch. Yn y cythrwfl, gollyngodd rywbeth o'i llaw. Arhosodd yn llonydd gan syllu ar y gadwyn aur a orweddai ar lawr wrth ei thraed. Roedd rhywun wedi rhoi'r gadwyn yn ei llaw cyn iddi adael y mortiwari. Cadwyn Teleri. Cododd y gadwyn a'i dal yn dynn yn ei dwrn, yna lluchiodd ei hun ar y llawr gan dorri ei chalon. Y cwbl a welai o flaen ei llygaid oedd corff Teleri yn gorwedd ar y slab oer. Doedd dim byd arall yn cyfri. Doedd dim gwahaniaeth ganddi beth a ddigwyddai iddi. Roedd arni hithau eisiau marw hefyd.

Safai Alys yn fud a'i chefn yn erbyn y wal. Doedd hi erioed wedi gweld y fath alar nac ing o'r blaen. Beth ddylai hi ei wneud? Roedd hi angen Simon. Fo ddylai fod yma'n cysuro'i wraig. Rhaid fyddai iddi ei ffonio ar unwaith. Ond cyn iddi gael amser i dynnu ei ffôn o'i bag, cyrhaeddodd y doctor.

Wrth i'r tawelyddion ddechrau gwneud eu gwaith, llonyddodd Gwenda a gadael iddynt ei thywys i'w gwely, a chyn hir syrthiodd i gwsg anesmwyth.

"Mi fydd yn rhaid i ni fynd a'ch gadael chi rŵan gan fod 'na gymaint o waith yn Llangefni a'r ardal 'ma heddiw. Fyddwch chi'n iawn i aros hefo Mrs Morris? Mae'n siŵr y daw ei gŵr hi adra'n fuan rŵan."

Ni allai Alys wneud dim ond amneidio'n fud wrth edrych ar yr heddlu a'r doctor yn mynd a'i gadael hi ar ei phen ei hun gyda'r ddynes wallgof yma. Beth petai'n deffro cyn i Simon gyrraedd? Sut roedd hi i fod i'w thrin?

Tynnodd y ffôn o'i bag unwaith eto, a'r tro hwn atebodd ei chariad.

"Simon? 'Drych, so i'n gw'bod sut i weud hyn. Fi'n flin ofnadw. Ond Teleri oedd hi. Ma dy wraig di mewn yffarn o stad… Simon? Ti 'na?"

Tynnodd Simon y ffôn oddi wrth ei glust. Oedd o wedi clywed yn iawn? Oedd Alys wedi dweud mai corff Teleri oedd yn y mortiwari? Fedrai hynny ddim bod yn wir. Mae'n rhaid bod Gwenda wedi dychmygu'r holl beth.

"Simon? Ti 'na?" clywodd lais Alys yn galw arno. Llyncodd ei boer a chodi'r teclyn yn ôl at ei glust.

"Mae'n rhaid bod 'na fistêc. Sut stad oedd ar Gwenda yn mynd i'r mortiwari? Oedd hi wedi meddwi?"

"Nag o'dd, roedd hi'n syndod o dda o 'styried beth roedd raid iddi neud ar 'i phen ei hunan. Fe ddylet ti fod wedi bod 'na 'da hi. Wedi'r cwbwl, roedd Teleri'n ferch i ti 'fyd!"

"Ti'n gw'bod yn iawn na fedrwn i ddim gadael fa'ma, heddiw o bob diwrnod. Eniwe, mistêc ydi'r peth i gyd, gei di weld. Fysa Teleri byth wedi mynd i gymryd drygs yn Nant y Pandy – mae ganddi fwy o hunan-barch na hynna."

"'Drych, y cwbwl galla i 'i weud wrthot ti yw fod dy wraig di mewn sioc pan dda'th hi mas o'r mortiwari. Pe byddet ti wedi gweld y stad oedd arni pan dda'th hi gatre, druan fach, fydde ti ddim yn ei hamau hi am eiliad."

"Lle ma hi rŵan? Yn feddw gaib, mae'n siŵr!"

"Na. Fe dda'th y meddyg yma a rhoi rhywbeth iddi fynd i gysgu. Roedd hi mewn yffach o stad. Dere gatre, plîs, Simon. Fi'n ffaelu trafod hyn ar ben 'yn hunan. Ma'r heddlu a'r meddyg wedi 'ngadael i i'w charco hi. Fi'n siŵr os gwnei di egluro'r sefyllfa y bydd pawb yn y gwaith yn deall taw gatre ma dy le di heddi."

"'Nes di gl'wad Gwenda yn deud ei bod hi wedi nabod Teleri?"

"Wel, ddim yn gwmws. Roedd hi mewn sioc, so wedodd hi

ddim byd ar y dechre. Yna, ar ôl dod gatre, fe ddechreuodd hi lefen, a mwmblan iaith y Gog. So i'n deall beth ma hi'n treial ei weud."

"Fel ro'n i'n ama. Lol Gwenda ydi hyn i gyd. Sterics sydd arni. Un fel'na 'di hi 'di bod erioed."

"Ond Simon…"

"Clyw, cariad, rwyt ti'n un o fil. Yli, pan ddeffrith Gwenda, dwi isio i chdi fynd â hi o Ynys Môn. Wn i – beth am y gwesty 'na dwi wedi'i fwcio yn Deganwy? Ewch i fan'no. Y peth tebyca ydi bod Tel wedi mynd yn ôl i Oxford – wedi cael llond bol ar fod adra hefo'i mam, a wela i ddim bai arni chwaith. Ia, dyna sydd wedi digwydd, mi fetia i di! Mi yrra i e-bost hefo manylion bwcio'r gwesty i dy iPhone di."

"Ond…"

"Yli, ma petha'n o ddrwg yn fa'ma, ac mae'r arbenigwyr yn credu bod posibilrwydd mawr y cawn ni fwy o ddaeargrynfeydd a'r rheini'n rhai cryfach o'r hanner nag un neithiwr. Felly, ewch yn ddigon pell rhag ofn i'r lle 'ma ddechrau gollwng ymbelydredd."

"Ond… Be amdana i? 'Da ti fi ishe bod, nid 'da dy wraig di."

"Yli. Dwi'n gw'bod 'mod i'n gofyn gormod. Ond does 'na ddim opsiwn arall. Ewch i Ddeganwy ac mi ddo i yno ar eich holau chi cyn gynted ag y galla i. Wedyn, mi 'na i egluro'n iawn i Gwenda mai hefo chdi dwi isio treulio gweddill fy mywyd. Dwi'n gaddo."

"Ond beth os taw corff Teleri sydd yn y *morgue*? Beth wedyn?"

"Twt, paid â phoeni. Ma Teleri yn Oxford, siŵr. Ma hynny'n bendant i ti. Trystia fi."

"Fi'n caru ti, Simon."

"Wyt, dwi'n gwybod, cariad bach. Mi fydd pob dim yn iawn

cyn hir, gei di weld. Rŵan, dos i ddeffro Gwenda a'i pherswadio hi i fynd hefo chdi i Ddeganwy. Cychwynnwch ar unwaith. Peidiwch â gwastraffu munud."

Gydag ochenaid ddofn, gwasgodd Simon y botwm i roi terfyn ar yr alwad a chyn pen dim roedd wedi rhoi ei broblemau domestig o'r neilltu a'u hanghofio ac wedi ymgolli unwaith eto ym mhroblemau astrus yr orsaf niwclear.

3.00 p.m.

Estynnodd Siôn am y caniau cwrw a gadwai yn y ffrij. Lluchiodd ei hun ar y soffa a llowcio'r can cyntaf ar ei dalcen. Duw a ŵyr, roedd o angen peint neu ddau ar ôl y bore roedd o wedi'i gael: deffro yn y Dingle a darganfod cyrff Jet a Teleri, dod wyneb yn wyneb â'i mam wallgof y tu allan i'w dŷ, yna cael ei holi'n dwll yng ngorsaf yr heddlu. Rhyddhawyd o, drwy ryw drugaredd, ar ôl iddynt gael eu bodloni â'i ddatganiad, gyda rhybudd ei fod i aros yn y cyffiniau. Eglurwyd iddo y byddent yn ei holi ymhellach pan fyddai pethau yn Llangefni wedi dod i drefn ar ôl y daeargryn.

"Daeargryn? Pa ddaeargryn?" holodd.

"Mae'n rhaid dy fod ti wirioneddol off dy ben neithiwr, 'y machgan i," oedd sylw'r swyddog a'i holai. "Pam ti'n meddwl bod y goeden yna wedi disgyn ar dy ben di a'r ci?"

Dyna pryd y cafodd Siôn wybod am y dinistr oedd wedi taro'r dref. Mae'n rhaid nad oedd o'n ymwybodol o ddim wrth iddo ymlwybro adref o'r Dingle y bore hwnnw nac ar ei ffordd i orsaf yr heddlu. Dim, heblaw am y ffaith fod Teleri a Jet wedi'u lladd.

Edrychodd o gwmpas yr ystafell fyw a sylwi bod rhai o'r ornaments a arferai sefyll ar y silff ben tân wedi disgyn. Mi fyddai'n rhaid iddo gael y lle i drefn cyn i'w fam ddychwelyd o'i gwyliau. Ond nid y funud honno. Y cwbl roedd Siôn ei angen rŵan oedd ymlacio ar y soffa gyda'i ganiau cwrw.

Mae'n rhaid bod y trydan wedi bod i ffwrdd am ryw hyd hefyd, meddyliodd wrth sylwi ar y rhifau digidol yn fflachio ar y peiriant DVD. Ond, diolch byth, roedd y cyflenwad wedi'i ailgysylltu erbyn hyn. Taniodd y teledu, gan obeithio cael claddu ei ofidiau drwy wylio Sky Sports.

Roedd ar fin gwasgu'r botwm ar y teclyn newid sianeli pan dynnwyd ei sylw gan y lluniau a ymddangosodd ar y sgrin. Yno'n syllu arno roedd llun o Kelly yn ifanc yn ei dillad ysgol. Be ddia…? Gwasgodd y botwm sain.

– Am hanner awr wedi un ar ddeg, tynnwyd y tenant allan o weddillion y fflatiau ac aethpwyd â hi ar ei hunion i Ysbyty Gwynedd i gael ei harchwilio…

Newidiodd y llun ar y sgrin i olygfa o dimau achub yn tynnu rhywun allan o bentwr o rwbel. Nesaodd y camera gan ddangos fflach sydyn o wyneb ofnus a llychlyd y sawl a dynnwyd allan, cyn iddi gael ei rhuthro i ambiwlans cyfagos. Ond roedd y fflach yn ddigon i Siôn adnabod yr wyneb cyfarwydd o dan y llwch.

Kelly!

Trodd y sain yn uwch a gwrando ar y sylwebaeth. Er i'r swyddog yng ngorsaf yr heddlu ddweud wrtho am y dinistr a fu yn y dref, doedd dim wedi paratoi Siôn ar gyfer yr hyn a welai ar y sgrin o'i flaen. Tra oedd o wedi bod yn ymdrybaeddu yn ei ofidiau ei hun, roedd Kelly druan wedi bod yn gorwedd dan rwbel y fflatiau.

Petai wedi derbyn ei gwahoddiad i fynd draw am bryd o fwyd y noson cynt, gallasai pethau fod wedi bod mor wahanol. Ond, diolch byth, roedd y timau achub wedi dod o hyd iddi ac wedi mynd â hi i'r ysbyty ym Mangor. Kelly druan, roedd hi wedi colli popeth. Fe ddylai fynd draw i'r ysbyty i'w gweld, yn lle eistedd fel rhyw lipryn da i ddim ar y soffa.

Aeth i'r gegin a chwilio yn y cwpwrdd bwyd. Doedd o ddim wedi cael tamaid call i'w fwyta ers y *curry* a *chips* a gawsai ar ôl y gêm ddydd Sadwrn. Agorodd dun o gawl tomato a'i gynhesu ar y stof. Torrodd grystyn oddi ar weddillion y dorth sych a adawsai ar y bwrdd amser brecwast y diwrnod cynt a'i drochi yn y cawl cyn ei lowcio'n farus. Doedd o erioed yn ei fywyd wedi blasu unrhyw beth mor fendigedig. Wrth i'r hylif coch lifo i lawr i'w stumog, teimlai ei hun yn dadebru. Roedd y cyflenwad dŵr wedi'i ailgysylltu erbyn hynny hefyd, ac aeth i'w sgwrio ei hun dan y gawod, eillio'r farf ddeuddydd oddi ar ei wyneb a gwisgo dillad glân.

Deialodd 118 ar ei ffôn er mwyn cael rhif Ysbyty Gwynedd. Ar ôl cael ei drosglwyddo o un person i'r llall ar ben arall y ffôn, cysylltwyd ef o'r diwedd â nyrs ar y ward lle'r oedd Kelly. Yna, bu'n rhaid iddo geisio darbwyllo honno ei fod yn ffrind agos ac nad oedd ganddo ddim oll i'w wneud â'r cyfryngau.

"Ffrind agos, ddudoch chi? Pa mor agos?"

"Agos iawn. Ym… fi ydi ei chariad hi."

"O, dwi'n gweld. Be ddudoch chi oedd eich enw chi eto? Rhaid i mi tsiecio hefo'r Sister cyn rhannu unrhyw fanylion. Ma'r petha papura newydd 'ma wedi bod yn swnian gymaint, dach chi'n gweld."

Beth ddaeth dros ei ben o i ddweud ei fod o'n gariad i Kelly? Beth petai'r nyrs yn dweud hynny wrthi hi? Beth fyddai ei hymateb? Ond chafodd o ddim amser i feddwl ymhellach gan i lais y nyrs dorri ar draws ei feddyliau.

"Mr Thomas? Ydach chi'n dal yna?"

"Yndw."

"Tydi hi ddim yn edrach fel petai Miss Hughes wedi cael anafiadau difrifol. Ond mae'r doctoriaid yn awyddus i'w chadw i mewn dros nos er mwyn cadw golwg arni, rhag ofn ei bod yn dioddef o *concussion*. Mae'r Sister yn dweud bod croeso i chi ddŵad i'w gweld hi. A deud y gwir, mi fysa'n beth da iddi gael gweld gwynab cyfarwydd a hitha wedi mynd drwy'r fath brofiad."

"Mi ddo i draw yna rŵan," clywodd Siôn ei hun yn ateb. "Dudwch wrthi y bydda i yna o fewn yr awr."

Cydiodd yng ngoriad Fiat bach ei fam gan weddïo nad oedd y car wedi'i ddifrodi yn ystod y daeargryn. Na, diolch byth, roedd y teiars yn iawn ac roedd y ffenestri'n gyfain.

3.05 p.m.

Gan nad oedd hi'n rhy siŵr o leoliad Deganwy, gwasgodd Alys fanylion y gwesty i'w *sat nav*. Y peth olaf roedd arni ei angen oedd i Gwenda ddeffro a hithau ar goll ar ryw ffordd ddieithr yng ngogledd Cymru. Gydag ochenaid, taniodd yr injan a llithrodd y car yn araf oddi ar y dreif. *At the end of the road turn left.* Doedd y *sat nav* ddim yn ymwybodol o'r daeargryn, mae'n amlwg, gan i'r llais geisio'i harwain yn syth i gyfeiriad yr A55, a oedd yn parhau i fod ar gau. Ym mhen draw'r ffordd, trodd Alys lyw'r car i'r dde i gyfeiriad Penmynydd, gan anwybyddu'r llais a fynnai ddweud wrthi am droi'n ôl pan oedd hynny'n bosib.

Trawodd gipolwg yn y drych i weld a oedd Gwenda'n dal i gysgu. Rywsut, roedd hi wedi gallu ei deffro a dwyn perswâd arni mai dychmygu gweld Teleri ar y slab wnaeth hi a bod ei merch wedi dychwelyd i'r coleg. Gydag ymdrech, daethai â hi i lawr y grisiau o'i hystafell wely yn un darn a'i rhoi i orwedd ar sedd gefn y car. Taenodd garthen gynnes drosti a chyn i Alys gau drws y car roedd Gwenda'n cysgu'n drwm unwaith eto dan ddylanwad y tawelyddion. Cydiai ei dwrn yn dynn am y gadwyn o hyd.

Erbyn hyn roedd Alys hithau wedi'i pherswadio ei hun mai Simon oedd yn iawn a bod Teleri wedi dychwelyd i Rydychen. Mi ddylai o wybod – wedi'r cwbl, fo oedd tad Teleri. Fo hefyd oedd y dyn mwyaf galluog y gwyddai Alys amdano. Os oedd Simon yn dweud rhywbeth, gallech fod yn sicr ei fod yn llygad ei le bob tro.

3.30 p.m.
Ni allai Kelly gredu geiriau'r nyrs pan ddaeth honno ati'n wên o glust i glust a dweud wrthi fod Siôn ar y ffordd i'r ysbyty i'w gweld. Mae'n rhaid fod y nyrs wedi cam-ddallt. Roedd o wedi'i gwneud hi'n hollol blaen y noson cynt nad oedd ganddo unrhyw ddiddordeb ynddi hi. Doedd hi ddim wedi'i weld o yn y dorf pan dynnwyd hi allan o'r rwbel, er nad oedd hi'n sicr o hynny gan fod cynifer yno. Felly pam y byddai o'n dweud wrth y nyrs mai fo oedd ei chariad? Mae'n rhaid mai camgymeriad oedd yr holl beth.

Ond beth petai'r nyrs yn iawn a bod Siôn yn dod? Fedrai hi ddim gadael iddo'i gweld â'r cleisiau duon hyn ar ei hwyneb. Gofynnodd am fenthyg crib a mymryn o golur gan un o'r cleifion eraill ar y ward a mynd i'r toiled i ymbincio.

4.30 p.m.
Wrth yrru i'r ysbyty, holai Siôn ei hun ar hyd y ffordd pam roedd o'n mynd i weld Kelly. Pam y dywedodd o ei fod o'n gariad iddi? Oedd ganddo deimladau at yr hogan? Doedd o erioed wedi'i hystyried fel cariad o'r blaen. Un o'r criw fu hi erioed, rywsut. Ond eto, beth petasai hi wedi'i lladd? Sut y byddai o wedi teimlo wedyn?

Cyn cyrraedd Bangor, sylweddolodd fod Kelly yn golygu cryn dipyn iddo, a'i fod wedi bod yn ddall ar hyd y blynyddoedd. Os cytunai hi, roedd o'n fwy na pharod iddi ymgartrefu gydag o a'i fam pan fyddai'n cael ei rhyddhau o'r ysbyty. A phwy a ŵyr beth ddigwyddai wedyn? Er, mae'n debyg na fyddai ar Kelly eisiau dim i'w wneud ag o ar ôl clywed beth oedd wedi digwydd i Teleri y noson cynt a'i ran o yn yr holl beth. Beth ddaeth dros ei ben dwl o i chwarae efo drygs? Mae'n amlwg nad oedd o'n meddwl yn strêt y diwrnod cynt ar ôl deall ei fod wedi colli ei waith a phob dim. Pe na bai wedi cyfarfod Teleri a gadael iddi ei demtio a… Dyna fo eto, rêl cachwr, yn chwilio am esgus i'w gyfiawnhau ei hun. Doedd dim pwrpas beio neb arall – fo oedd yn gyfrifol am yr hyn wnaeth o. Doedd o ddim mymryn gwell na'r jyncis neu'r baw isa'r domen a heidiai i Langefni i wthio'u stwff ar hogiau ifainc y dref. Mi fyddai'n rhaid iddo gyfaddef y cwbl wrth Kelly, cyn iddi glywed gan neb arall.

Gyrrodd y Fiat bach ar hyd Ffordd Penrhos a throi i'r chwith wrth y gylchfan a arweiniai at yr ysbyty. Ar ôl gyrru 'nôl ac ymlaen ar hyd y maes parcio llawn, gwelodd fwlch o'r diwedd. Bum munud yn ddiweddarach, cyrhaeddodd y ward. Edrychodd o'i gwmpas, ond doedd dim sôn am Kelly. Yna, cyffyrddodd rhywun yn ei ysgwydd o'r cefn yn ysgafn.

"Siôn? Mi ddoist ti."

Trodd i'w hwynebu. Anghofiodd am bawb a phopeth arall oedd ar y ward. Dyna lle'r oedd hi'n sefyll, mor dlws ac mor ddiamddiffyn yng ngŵn nos yr ysbyty. Camodd tuag ati a chlymu ei freichiau'n dynn amdani. Gallai deimlo'i chorff yn crynu. Cusanodd hi'n ysgafn a theimlodd drydan yn saethu drwy ei gorff wrth iddi ymateb iddo. Yna, safodd y ddau gan wrido'n hunanymwybodol yng nghanol y ward, cyn symud at wely Kelly.

"Diolch i ti am ddŵad i 'ngweld i, Siôn."

"Pan 'nes i weld dy lun di ar y *news* yn cael dy dynnu allan o'r rwbal 'na, mi… Yli, dwi ddim yn gw'bod os wyt ti isio, ond mae croeso i ti ddŵad adra i'n tŷ ni pan gei di ddŵad o fa'ma."

"Ti'n *serious*?"

"Yndw siŵr. Mi 'sa'n grêt dy gael di yna."

"Mae'r doctoriaid wedi deud bod yn rhaid i mi aros yma

iddyn nhw gael cadw golwg arna i. Ond dwi'n teimlo'n iawn, yn enwedig rŵan bod gen i rwla i fynd. Doedd gen i nunlle cyn hynny. Yli, arosa di yn fa'ma, dwi am fynd i siarad hefo'r Sister."

Hanner awr yn ddiweddarach, roedd Kelly wedi arwyddo'r ffurflen i'w rhyddhau ei hun o'r ysbyty. Er nad oedd y doctoriaid yn fodlon iawn â'i phenderfyniad, roedd Kelly yn benderfynol. Am y tro cyntaf yn ei bywyd, roedd hi wedi gwneud yr hyn roedd arni eisiau ei wneud. Roedd Siôn wedi cynnig iddi aros hefo fo a doedd hi ddim am golli'r cyfle.

Cyn iddynt adael, rhoddodd y Sister amlen yn llawn arian yn llaw Kelly. "'Dan ni, y staff a'r cleifion, 'di gneud casgliad iti gan dy fod wedi colli pob dim yn y daeargryn 'na."

Ceisiodd Kelly ymateb i'r caredigrwydd ond roedd y lwmp yn ei gwddw'n rhwystro'r geiriau. Sylwodd y Sister ar y dagrau oedd yn bygwth llifo i lawr bochau Kelly a gwthiodd fag plastig i'w dwylo. "Dy eiddo di sy yn hwn. Roedd y pethau yma gen ti pan gyrhaeddaist ti'r ysbyty."

Edrychodd Kelly yn y bag. Yno roedd ei dillad nos llychlyd a'r watsh a gadwodd gwmni iddi drwy'r oriau duon. Yn y gwaelod roedd llyfr lloffion ei thad. Gwasgodd y bag yn dynn dan ei braich cyn gadael yr ysbyty yng nghwmni Siôn.

"Wyt ti'n siŵr ei bod hi'n iawn i mi aros hefo chdi? Be ddeudith dy fam pan ddaw hi'n ôl o Ibiza?"

"Paid â phoeni am Mam. Mi fydd hi wrth ei bodd. Ma hi'n meddwl y byd ohonat ti. Ond ella na fyddi di ddim isio aros acw ar ôl cl'wad be sy gen i i ddeud. Faswn i ddim yn dy feio di tasa ti ddim isio dim i neud hefo fi eto. Paid â holi rŵan, mi dduda i bob dim wrthat ti ar ôl i ni gyrraedd adra."

Eisteddodd Kelly yn dawel yn sêt y teithiwr ac erbyn i'r Fiat bach yrru'n ôl dros y bont roedd hi'n cysgu'n drwm.

5.15 p.m.

Yn y ffermdy unig ryw dri chan llath o'r ffordd eisteddai Idris wrth ochr y gwely yn gwrando ar riddfannau a geiriau dryslyd Mair. Gwyddai fod rhywbeth heblaw ing y cancr yn ei phoeni ond er iddo drio'i orau, ni allai wneud na phen na chynffon o'i geiriau, heblaw pan alwai enw Arthur, ei brawd, bob hyn a hyn.

Wedi i'r nyrs alw unwaith eto ganol y prynhawn, llithrodd Mair i gwsg esmwythach. Manteisiodd Idris ar y cyfle i geisio darganfod beth yn union oedd yn poeni ei wraig, fel y gallai roi tawelwch meddwl iddi. Penderfynodd edrych drwy ddogfennau a llythyrau'r teulu a gedwid yn nrôr canol y ddresel. Os oedd yna unrhyw wybodaeth yn bodoli am Arthur, yno y byddai. Er nad oedd y drôr byth yn cael ei gloi, gwyddai Idris nad oedd croeso wedi bod iddo fo, fel gŵr a mab yng nghyfraith, fynd drwyddo. Yno y cadwai Mair, fel ei thad o'i blaen, gyfrinachau'r teulu.

Agorodd y drôr. Roedd yn llawn i'r ymylon. Tynnodd ef allan o'r ddresel yn gyfan gwbl a'i osod ar fwrdd y gegin. Roedd cymaint o bethau i fynd trwyddynt.

Roedd yna gasgliad o dderbynebau yn ymwneud â'r fferm ers dyddiau William Hughes, nifer o hen luniau sepia, pentwr o lythyrau a thoriadau papur newydd a dyddlyfr ei fam yng nghyfraith yn dyddio'n ôl i ddechrau'r pumdegau.

Gosododd bopeth yn bentyrrau taclus ar fwrdd y gegin. Ble ddylai o gychwyn? Penderfynodd anwybyddu'r biliau a'r lluniau. Gwell oedd iddo ganolbwyntio ar y toriadau papur newydd yn gyntaf. Yna câi olwg ar y dyddlyfr a'r llythyrau.

Cododd hen doriad papur newydd oedd wedi melynu a darllen adroddiad am ddamwain ei frawd yng nghyfraith ar y beic modur. Doedd dim yn y toriad yma heblaw ffeithiau moel, tan y frawddeg olaf, lle'r adroddwyd bod Arthur yn gadael gweddw a mab tri mis oed.

Cyflymodd calon Idris. Doedd Mair erioed wedi dweud wrtho fod Arthur yn briod ac yn dad. Beth ddigwyddodd i'w wraig a'i fab, tybed? Pam nad oedd o wedi clywed dim am eu bodolaeth? Yna, trawodd y sylweddoliad o fel gordd. Os oedd yr hyn a ddarllenodd yn wir, roedd yna etifedd i Blas Gronw! Gyda dwylo crynedig, agorodd ddyddlyfr ei fam yng nghyfraith a throi at gyfnod y ddamwain.

Darllenodd am yr anghytuno mawr a fu rhwng William Hughes a'i fab. Fel roedd Arthur yn benderfynol o adael y fferm a mynd i'r fyddin. Fel yr ataliwyd ef rhag gwneud hynny gan ei dad. Fel y surodd pethau'n waeth pan ddaeth Arthur â merch feichiog adref un noson a'i chyflwyno i'w rieni fel ei ddarpar wraig.

Dywedai'r llawysgrifen ddestlus am ofid Mary Hughes pan laddwyd Arthur a sut y gwrthododd ei gŵr gydnabod ei ferch yng nghyfraith na'i phlentyn, gan fynnu claddu'r corff yn llain y teulu. Fel y gwaharddwyd hi a Mair rhag cysylltu â nhw, na hyd yn oed yngan eu henwau ar yr aelwyd. Ym marn William Hughes, ei ferch yng nghyfraith oedd yn gyfrifol am farwolaeth ei fab. Heblaw amdani hi a'i phlentyn anghyfreithlon, byddai Arthur yn fyw ac yn iach ac yn barod i gymryd yr awenau pan fyddai ei dad yn rhoi'r gorau i ffermio Plas Gronw.

Caeodd Idris y dyddlyfr yn glep. Sut gallai'r teulu fod mor galed? Sut gallai Mair gadw peth fel hyn iddi hi ei hun ar hyd y blynyddoedd ers i'w rhieni farw? Roedd hi'n gwybod yn iawn gymaint o loes i Idris fu'r ffaith mai ef oedd yn gyfrifol am iddynt fethu cael etifedd. Roedd hi wedi gadael iddo feddwl ar hyd y blynyddoedd mai ei fai o oedd bod yr hen linach ar fin dod i ben.

Chwalodd y papurau a'u lluchio ar lawr. Cododd a mynd allan am smôc.

Hanner awr yn ddiweddarach, daeth yn ôl i'r gegin. Cododd

y papurau oddi ar y llawr a'u gosod yn ôl yn y drôr. Cariodd hwnnw at y ddresel a'i lithro yn ôl i'w le. Cerddodd at droed y grisiau a chlustfeinio; doedd dim smic yn dod o'r llofft. Mae'n rhaid bod y morffin yn dal i wneud ei waith, meddyliodd. Fe gymerai damaid o de cyn iddi ddeffro. Gosododd ei blatiaid o fara menyn a phaned o de ar y bwrdd a dechrau bwyta, er nad oedd ganddo fawr o archwaeth. Dyna pryd y sylwodd ar y darn papur oedd wedi glynu wrth odre'r lliain bwrdd. Mae'n rhaid ei fod wedi llithro o'i afael pan roddodd y papurau yn ôl yn y drôr. Cododd y papur a sylwi mai toriad eithaf ffres o bapur newydd oedd hwn. Doedd o ddim wedi melynu fel y toriadau eraill. Estynnodd am ei sbectol a darllen y darn:

HUGHES – Anthony William. Bu farw yn 60 oed wedi gwaeledd hir yn ei gartref yn Fflat 7A, Maes y Dref, Llangefni. Tad tyner Kelly a mab annwyl y diweddar Arthur a Katie Hughes. Gwasanaeth cyhoeddus ym mynwent Eglwys Cyngar Sant am 2 o'r gloch ddydd Gwener, 2 Ebrill. Blodau'r teulu yn unig. Rhoddion drwy law'r ymgymerwyr at Gymdeithas Ymchwil Cancr.

Tynnodd Idris ei sbectol yn araf. Roedd y toriad papur newydd yn un eithaf diweddar. Mae'n amlwg mai Mair oedd wedi'i dorri o golofn y marwolaethau yn y *Daily Post*. Roedd hi'n ymwybodol ar hyd yr adeg, felly, o fodolaeth ei nai a'i ferch yntau. Tybed ai hynny oedd yn corddi ei chydwybod? Pam na fyddai hi wedi sôn ynghynt? Gallai fod wedi cysylltu â'r Anthony yma a'i ferch, Kelly. Gallasai pethau fod wedi bod mor wahanol.

Dringodd y grisiau'n araf. Roedd pobman yn berffaith dawel. Cerddodd at erchwyn y gwely. Gorweddai Mair ar ei chefn; roedd hi'n berffaith lonydd. Cyffyrddodd â'i thalcen. Teimlai ei chroen yn oer dan ei law. Rhoddodd ei glust at ei genau. Doedd hi ond prin yn anadlu.

"Mair? Mair? Ydach chi yn fy nghlywed i?"

Ond ddaeth dim ymateb o'r corff llonydd. Roedd hi bellach wedi llithro i ryw le dyfn na allai Idris ei gyrraedd.

10

Yn Gynnar Nos Lun

6.00 p.m.

Ar ôl ymateb i ddegau o alwadau ar hyd a lled y dref a'r cyffiniau, cyrhaeddodd dau heddwas blinedig faes parcio gwag yr archfarchnad. Darllenodd un ohonynt adroddiad y swyddog ar y ddesg. Roedd rhywun wedi mynegi pryder am reolwraig y siop. Roedden nhw hefyd wedi sôn am fiwsig aflafar yn dod o'r adeilad.

"Mae pob dim i'w weld yn iawn yma," meddai un heddwas. "Ma'r shytars yn dal i lawr a dim golwg bod neb 'di torri i mewn na dim. Tasa 'na rywun wedi trio gneud hynny mi fysa pawb yn y dre wedi cl'wad beth bynnag, achos ma gan le fel hyn system larwm heb ei hail. Aros di yn y car. Mi 'drycha i'n sydyn rownd y cefn. Jyst i neud yn siŵr."

Fel yr âi'r heddwas yn nes at y siop, gallai glywed sŵn rhythm bas yn treiddio o'r adeilad ac yn taro fel curiad calon – dim byd tebyg i'r math o gerddoriaeth ysgafn a glywid mewn siopau fel arfer. Roedd yr adroddiad yn wir felly. Roedd rhywbeth o'i le. Trodd yn ôl am y car a galw am ragor o gefnogaeth.

Yn y cyfamser, roedd Callum a Connor yn dal i gysgu'n drwm ar lawr y siop dan ddylanwad yr holl fwyd a diod.

6.05 p.m.

Fel y cyrhaeddodd y Fiat Faes y Dref, deffrodd Kelly o'i chwsg, fel petai'n synhwyro ei bod gartref. Ond wrth i Siôn yrru heibio gweddillion y fflatiau, aeth cryndod drwy ei chorff a chaeodd ei llygaid yn dynn. Doedd hi ddim yn barod i wynebu'r chwalfa eto. Cyn iddi gael amser i ail-fyw'r hunllef, torrodd llais Siôn ar draws ei meddyliau.

"Dyma ni."

Ar ôl cyrraedd y tŷ, gwahoddodd Siôn hi i eistedd ar y soffa o flaen y tân trydan, tra aeth yntau i baratoi paneidiau o goffi du.

"Lle ma Jet? Mae o'n ddistaw iawn."

"Yli, Kel, ma 'na rwbath mae'n rhaid i mi ddeud wrthat ti, cyn i ti 'i gl'wad o gan rywun arall."

Eisteddodd Siôn ar y gadair freichiau gan syllu ar y fflamau cogio coch. Gwasgodd ei fyg o goffi yn dynn, gan geisio magu hyder o'r gwres a deimlai yn cynhesu cledrau ei ddwylo. "Wyt ti'n cofio Teleri Morris yn 'rysgol? Teleri Tubby roedd yr hogia yn 'i galw hi."

"Yndw, hogan glyfar ofnadwy. Digon o frêns. Aeth hi i ffwr' i'r coleg. Ei thad hi mewn job uchel yn yr atomfa, dwi'n meddwl. Ma nhw'n byw mewn tŷ crand tu allan i dre. Be amdani?"

"Ma hi wedi marw ac arna i mae'r bai."

"Be ti'n drio'i ddeud, Siôn? Dwi'm yn dallt."

Adroddodd Siôn hanes trychinebus y noson cynt. Eglurodd sut y cyfarfu â Teleri. Fel yr aeth i chwilio am y cocên ac fel yr aeth i'r Dingle a chymryd y cyffur. Fel y bu Teleri ac yntau'n caru wrth Lyn Pwmp ac fel y deffrodd yn y bore o dan y goeden, a chorff Jet yn gorwedd drosto. Sut y daeth o hyd i gorff Teleri. Sut y dychwelodd adref i wynebu mam Teleri a sut y cafodd ei holi yng ngorsaf yr heddlu.

Eisteddodd Kelly yn fud gan syllu ar ei dwylo ar ôl clywed y cyfaddefiad. Sut gallai o fod wedi cysgu gyda Teleri? Doedd o prin yn adnabod yr hogan! Be oedd hi am ei wneud rŵan? Fedrai hi ddim aros yn yr un tŷ â fo ar ôl hyn... Ond wrth iddi godi ei phen, gwelodd yr olwg mor ddigalon oedd arno. Teimlodd ei chalon yn rhoi tro ac ni allai rwystro'i hun rhag mynd ato i'w gysuro.

"O, Siôn druan! Ti wedi bod drwy hunlla ofnadwy."

Trodd Siôn ei gefn ati; doedd o ddim yn haeddu ei chysur na'i maddeuant. Teimlai'n aflan ac roedd arno gymaint o gywilydd ohono'i hun.

"Yli, dwi ddim am weld bai arnat ti os ti'm isio dim byd i neud hefo fi ar ôl hyn. Ella dylwn i fod wedi deud wrthat ti yn yr ysbyty, ond ro'dd arna i ofn i ti beidio dŵad adra hefo fi. Hen ddiawl hunanol dwi 'di bod 'rioed. Ac yn dal i fod, mae'n amlwg."

"Ond, Siôn, ma pawb yn gwneud mistêcs ac ma pawb yn haeddu ail gyfla. Roeddat ti'n isal iawn ddoe ar ôl i Eileen dy sacio di. A beth bynnag, Teleri ofynnodd i ti gael y stwff yna iddi hi, yn te? 'Nes di ddim ei gorfodi hi i gael secs nac i gymryd *overdose*, yn naddo? Roedd hi'n hogan glyfar iawn pan oedd hi yn 'rysgol, ac yn un benderfynol hefyd, o be dwi'n 'i gofio. Fysa hi byth 'di gneud dim byd nad oedd hi isio."

Trodd Siôn i wynebu Kelly. "Pam na faswn i wedi derbyn dy gynnig di a mynd adra hefo chdi neithiwr, d'wad? Mi fysa petha wedi bod mor wahanol."

"Ella wir. Ella y bysa ni'n dau 'di marw o dan rwbel y fflatia 'na."

Daeth gwên annisgwyl dros wyneb Siôn. "Oeddet ti wedi bwriadu i fi aros yn y fflat drwy'r nos, felly? A finna'n meddwl dy fod ti'n hogan barchus!"

Gwridodd Kelly a gafaelodd Siôn amdani'n dynn. "Biti ar y diawl 'mod i 'di bod mor ddall. Wnes i ddim sylwi tan i mi bron â dy golli di faint ti'n 'i olygu i fi." Yna, gollyngodd ei afael a chamu'n ôl oddi wrthi. "Ond rŵan, ma hi'n rhy hwyr – fyddi di ddim isio cael dy gysylltu â rhyw jynci uffar fel fi sy'n gyfrifol am ladd Teleri."

"Yli. Mi ddown ni drwyddi. Dwi'n gw'bod nad wyt ti'n jynci ac na fysat ti'n cymryd drygs fel arfar. Chydig oria 'nôl, ro'n i'n meddwl 'mod i'n mynd i farw o dan y rwbel 'na. Ond rydw i wedi cael ail gyfla a dydw i ddim am luchio hwnnw i ffwrdd. Dydw i ddim am boeni be ma neb arall yn 'i feddwl chwaith ac am y tro cynta yn fy mywyd, dwi am roi fy hapusrwydd fy hun gynta. Aros yma hefo chdi dwi isio'i wneud, os bydd hynny'n iawn hefo chdi a dy fam."

"Mi fydd Mam wrth ei bodd yn dy gael di yma. Ma hi wedi bod wrthi ers blynyddoedd yn dy ganmol di ac yn deud wrtha i y dylwn i chwilio am hogan bach neis fath â chdi."

"Ydi hi'n fy licio fi ddigon i mi allu menthyg rhai o'i dillad hi, ti'n meddwl?"

"Cei siŵr – er, cofia di, ma'n siŵr y byddan nhw meils rhy fawr i ti! Ond eto, fedri di ddim aros yng nghoban 'Sbyty Gwynedd am byth! Yli, os wyt ti'n teimlo'n ddigon da mi awn ni i Alda wedyn i gael tipyn o fwyd i'r tŷ, ac ella y cawn ni bâr o jîns a top neu rwbath i ti hefyd. Mae'n siŵr fod Eileen, yr hen ddraig iddi, wedi sortio pob dim allan erbyn hyn. Does 'na ddim daeargryn fysa'n gallu rhoi stop ar honna!"

6.12 p.m.

Eisteddai John Selwyn wrth un o fyrddau tafarn y Llew Du ar sgwâr y dref. O'i flaen roedd peint o Guinness – peint roedd o wedi bod yn edrych ymlaen ato drwy'r dydd. Ac, o, am ddiwrnod. Yn ei ddeunaw mlynedd fel gohebydd Ynys Môn i'r Bîb, doedd o erioed wedi gweld dim byd tebyg. O'r eiliad y cafodd ei ddeffro gan gryniadau'r daeargryn yn oriau mân y bore, gwyddai fod rhywbeth go fawr ar droed. Ddim bob dydd roedd Ynys Môn yn cael ei tharo gan ddaeargryn oedd yn mesur 5.8 ar raddfa Richter. Ia, iawn, doedd y difrod yn ddim o'i gymharu â'r trychinebau a gafwyd mewn rhai mannau o'r byd, ond roedd yn stori fawr i ohebydd na fyddai fel rheol yn cael dim mwy gwefreiddiol i sôn amdano na helyntion y Cyngor neu broblem gwm cnoi ar balmentydd Llangefni.

Ychydig flynyddoedd ynghynt roedd y wasg Brydeinig wedi tyrru i'r ynys pan ddeallwyd bod pâr brenhinol wedi ymgartrefu yno. Ond er mai fo wnaeth y gwaith caib a rhaw o ddarganfod lle'r oedd y cwpwl ifanc yn byw a phwy oedd eu cymdogion, ni chafodd y clod am hynny. Yn hytrach, anfonodd y cynhyrchwyr ryw ffliwsen fach ddibrofiad i ymdrin â'r stori. Pam? Wel, roedd ei hwyneb del, ei gwallt euraidd a'i cholur yn gweddu i stori a apeliai at yr ifainc, yn eu tyb nhw. Doedd dim ots bod iaith yr hogan yn llawn idiomau Seisnig a bod ei brawddegau wedi'u britho â *sos, buts* ac *anyways*.

Ond heddiw, roedd pethau wedi bod yn wahanol – ganddo fo, John Selwyn, roedd y wybodaeth leol, a fo oedd yn gwybod pwy i'w holi. Ar ôl i Kelly Hughes gael ei thynnu allan o weddillion y fflatiau'n fyw, roedd y stori drosodd i'r criwiau teledu a'r newyddiadurwyr Llundeinig. Cyn pen dim roedden nhw wedi pacio'u hoffer a gadael Llangefni, gan fynd i chwilio am y stori fawr nesaf i lenwi eu colofnau a'u bwletinau. Oedd dim ots ganddynt beth oedd yn gyfrifol am achosi'r daeargryn?

Doedd hi ddim yn cymryd athrylith i gysylltu'r holl beth â'r cwmni ffracio oedd yn tyllu yng nghanol Cors Ddyga. Roedd John yn eithaf sicr ei fod wedi darllen yn rhywle fod y broses yn gallu achosi daeargrynfeydd. Ond pan aeth draw i'r safle i geisio cael ymateb y gweithwyr, roedd y lle'n wag. Ceisiodd gysylltu â phencadlys y cwmni yn Birmingham sawl gwaith yn ystod y dydd, ond ni chafodd ateb i'w alwadau.

Bu'n ceisio, hefyd, cael ymateb gan aelodau o'r Cyngor – ond yn ofer. Y cwbl a gafodd gan y rheini oedd dweud ei bod yn rhy fuan i ddod i unrhyw gasgliadau ac y byddai digon o amser ar gyfer ymchwiliad rywbryd eto. Ond doedd hi ddim mor hawdd â hynny lluchio llwch i lygaid hen hac fel fo – unwaith y byddai'n synhwyro stori, mi fyddai'n glynu ati fel gelen tan y byddai'r cwbl yn dod yn glir.

Wrth iddo geisio ymchwilio i achos y daeargryn, clywsai fod corff merch ifanc wedi'i ddarganfod yn Nant y Pandy. Ond er iddo bwyso ar yr heddlu, roedd y rheini'n gyndyn iawn o ryddhau unrhyw wybodaeth am yr achos. Felly, doedd ganddo ddim syniad am enw'r ferch na beth oedd achos ei marwolaeth.

"O, wel, fedrwch chi ddim eu hennill nhw i gyd," meddai, gan wenu pan sylwodd ar ei ddefnydd o ymadrodd Seisnig – roedd o'n dechrau mynd cyn waethed â'r pethau ifainc yna!

Cododd ei wydryn o Guinness a llyfu'r ewyn gwyn cyn llyncu gwin y gwan ar ei dalcen. Gosododd y gwydr gwag ar y bwrdd, sychu ei weflau â chefn ei law ac ystyried prynu peint arall.

Ond cyn iddo gyrraedd y bar, llenwyd y dafarn â sŵn aflafar. Rhedodd allan mewn pryd i weld sgwad o gryn hanner dwsin o gerbydau'r heddlu yn sgrialu i fyny'r Stryd Fawr â'u goleuadau glas yn fflachio a'u seirenau'n sgrechian. Be gythraul oedd yn digwydd rŵan eto?

Erbyn iddo gyrraedd mynedfa maes parcio Alda, gwyddai fod ganddo stori fawr arall i'w darlledu y noson honno. Ffoniodd y stiwdio ym Mangor a mynnu cael cefnogaeth criw ffilmio.

6.15 p.m.

Gwta chwarter awr wedi i'r heddwas cyntaf anfon y neges yn gofyn am gefnogaeth, cyrhaeddodd sgwad lawn o heddlu faes parcio Alda.

"PWY BYNNAG SYDD YNA, DEWCH ALLAN, RŴAN!"

galwodd heddwas dros uchelseinydd. "CYN I NI DORRI'R DRWS I LAWR!"

Curodd rhai o'r heddweision ar y shytars a orchuddiai'r brif fynedfa, gan greu sŵn rhuglo uchel. Ddaeth dim ateb o'r tu mewn i'r siop, heblaw am synau aflafar y system sain. Aeth nifer o'r heddweision i gefn y siop gan fwriadu taro'r drws i lawr os na chaent ateb.

Trodd Connor ar ei gefn. Roedd rhywbeth yn tarfu ar ei gwsg meddw. Cododd ar ei eistedd ac edrych o'i gwmpas. Nid breuddwyd oedd yr holl beth felly – roedd o a Callum wedi meddiannu Alda.

Ond beth oedd y synau yna? Roedd rhywun yn ysgwyd y shytars ac roedd llais i'w glywed yn tarfu ar sŵn y gerddoriaeth. Estynnodd am Callum a'i ysgwyd.

"Cal, deffra! Ma 'na rywun tu allan. Ma nhw'n trio dŵad i mewn."

Yna, tra oedd ei ffrind yn dod ato'i hun, aeth at y system sain a throi'r sŵn i lawr.

"Pam 'nes di hynna'r idiot? Mi fyddan nhw'n gw'bod bod 'na rywun yma rŵan!"

"'Nes i'm meddwl. Ro'n i isio cl'wad be oeddan nhw'n ddeud."

Pan sylwodd yr heddlu ar y distawrwydd, galwodd un ohonynt dros yr uchelseinydd unwaith eto gan rybuddio eu bod ar fin defnyddio grym i dorri i mewn i'r siop. Gan na ddaeth unrhyw ymateb, dechreuodd yr heddweision yng nghefn y siop ar y gwaith o geisio taro'r drws i lawr. Ond doedd dim modd ei symud; roedd y cwpwrdd ffeiliau'n gwneud ei waith i'r dim. Wrth glywed y dobio ar y drws cefn, rhedodd Callum ato a galw ar dop ei lais eu bod yn cadw'r rheolwraig yn wystl, ac os na fyddai'r heddlu'n gadael y byddent yn ei lladd.

Symudodd yr heddlu i ben draw'r maes parcio i drafod y sefyllfa a cheisio dod i benderfyniad ynghylch beth fyddai'r camau nesaf.

"Llais Callum Jones oedd hwnna, yn siŵr i chi," meddai'r cwnstabl lleol, a arferai gerdded strydoedd y dref. "Mi faswn i'n nabod ei lais o'n rhwla. Dwi 'di cael digon o helbul hefo fo a'i ffrind Connor Ellis ers blynyddoedd."

Rhoddodd y cwnstabl ddisgrifiad byr o'r ddau ddihiryn a'r math o helyntion roedden nhw wedi'u hachosi yn y gorffennol.

"Fasach chi'n deud y gallai'r ddau fod yn beryg ac y byddai'n bosib iddynt beri niwed i'r rheolwraig os ydi hi yn y siop?"

Ystyriodd y cwnstabl am funud cyn ateb na fyddai'n rhoi dim heibio'r ddau. "Yn enwedig y Callum 'na. Ma 'na rwbath yn sinistr am hwnnw!"

Penderfynodd yr heddlu amgylchynu'r archfarchnad tra oedden nhw'n disgwyl i blismyn arfog gyrraedd.

"Be 'nawn ni, Cal? Fedrwn ni'm aros yn fa'ma am byth."

"Pam ddim? Ma 'na ddigon o *supplies* yma. Neith y cops ddim dêrio trio torri i mewn rŵan bod nhw'n meddwl bod ni'n dal y ddynas 'na'n *hostage*. *Chill out*, 'nei di!"

"Ond…"

"Jyst cau hi, dwi'm isio cl'wad chdi'n winjo. Ti'n mynd ar fy *nerves* i!"

"Ia, *but*…"

"Ti'n rêl ffwcin babi. Dwi'n warnio chdi, dos o 'ngolwg i cyn i mi iwsio'r gyllall 'ma arna chdi!"

Cododd Connor a chychwyn am ben pella'r siop, yn ddigon pell oddi wrth Callum. Ond wrth fynd heibio'r rhewgell lle gorweddai corff Eileen, gwelodd ei hwyneb fel pe bai wedi glynu wrth y caead gwydr. Ei thrwyn yn fflat a'i llygaid pŵl fel pe baent yn syllu arno dan eu hamrannau rhewllyd. Ei cheg yn llydan agored a'i gwaedd olaf wedi'i rhewi am byth ar ei gwefusau glas. Ei gwaed wedi ceulo a rhewi'n ddu dros ei chorff a thros y pacedi pys a rannai ei bedd oer.

Cododd beil o'i stumog a chwydodd drosto'i hun.

Wrth iddo ddod ato'i hun, sobrodd drwyddo a dyna pryd y trawyd o gan arwyddocâd difrifol y sefyllfa. Sut roedd o am allu dŵad allan o'r helynt yma? *No way* oedd o am gymryd y bai am ladd y ddynas. Callum wnaeth hynny. Roedd o wedi trio'i stopio fo ond wnaeth o ddim gwrando. Roedd o wedi mynd yn ofnadwy o *paranoid* a *violent* ers iddo ddechrau cymryd *miaow miaow* a doedd gan Connor ddim llai nag ofn ei ffrind erbyn hyn.

Fel petai'r ddaear yn cytuno ag ef yn ei ofid, dechreuodd popeth ysgwyd dan effaith ôl-gryniad nerthol arall.

6.30 p.m.

"'Nei di gerddad at weddillion y fflatia hefo fi'n gynta? Dwi ddim isio gwneud bwgan o'r lle."

"Ti'n siŵr?"

"Yndw. Mi fedra i wynebu rhwbath hefo chdi wrth fy ochr i."

Gwasgodd Kelly law Siôn yn dynn wrth iddynt anelu am leoliad y fflatiau.

Wrth syllu ar weddillion ei chartref, teimlodd ei llygaid yn llaith. Ychydig oriau ynghynt roedd hi'n gorwedd ar gyrion y mynydd rwbel a'i hwynebai. Doedd hi ddim wedi sylwi tan hynny faint o ddifrod gwirioneddol oedd wedi'i wneud i'r lle, na chymaint o wyrth oedd hi iddi gael ei thynnu allan yn fyw a dianaf o'r fath lanast. Cododd ei braich a gwasgu ei watsh at ei chlust. Roedd hi'n dal i dician fel y gwnaethai yn ystod yr oriau tywyll.

Rhyw hanner awr ynghynt, ar ôl i Siôn gyfaddef popeth am yr hyn ddigwyddodd yn y Dingle, roedd hi wedi dweud wrtho ei bod wedi cael ail gyfle ar fywyd ac nad oedd am daflu ei chyfle am hapusrwydd i ffwrdd. Wrth edrych ar y dinistr, sylweddolodd mor wirioneddol lwcus oedd hi i gael yr ail gyfle hwnnw. Er ei bod hi wedi colli popeth materol o dan y rwbel, eto i gyd roedd hi'n fyw ac yn iach, ac roedd ganddi Siôn.

"Ti'n ocê?" Gwasgodd Siôn ei llaw.

Nododd hithau a throi ei chefn ar weddillion ei chartref. "Yndw, dwi'n iawn. Ty'd, awn ni draw i Alda cyn i'r lle gau."

Wrth agosáu at y siop, sylwodd y ddau fod rhywbeth mawr o'i le. Roedd torf o bobl yn sefyll wrth fynedfa'r maes parcio a nifer o blismyn yn eu hatal rhag mynd yn nes.

"Be sy'n digwydd?"

"Ma rhywun wedi cloi eu hunain i mewn yn Alda ac ma nhw'n gwrthod dŵad allan. Ma nhw'n meddwl fod Eileen Smith, y *manageress*, yn cael ei chadw'n gaeth i mewn yna hefyd."

Edrychodd Siôn a Kelly ar ei gilydd mewn syndod. Beth nesaf?

Ar hynny, gwibiodd car heddlu heibio'r dyrfa. Yng nghefn y car, gallai Kelly weld wyneb llwyd rhyw ddynes yn edrych allan drwy'r ffenest. Mam Connor! Pam roedd yr heddlu eisiau llusgo honno i'r lle? Mae'n rhaid fod Connor mewn trwbwl go iawn y tro yma.

"Ty'd, awn ni adra," meddai. "'Dan ni 'di mynd trwy ormod heddiw fel mae hi. Mi awn ni i siopio fory. Dwn i ddim beth amdanat ti, ond rydw i jyst â marw isio cysgu."

Trodd y ddau eu cefnau ar yr archfarchnad a cherdded yn ôl i Faes y Dref.

Rywle yn y gwyll, trawodd cloc saith gwaith. Roedd rhywun wedi gweld yn dda i ailgychwyn cloc y dref.

7.00 p.m.

"CONNOR? MAM SY 'MA. TI'N 'Y NGHL'WAD I? DWI'N
GW'BOD BO CHDI MEWN 'NA. YLI, MA'R COPS YN DEUD
FYDD HI DDIM MOR DDRWG ARNA CHDI OS 'NEI DI
DDŴAD ALLAN RŴAN. MA 'NA *ARMED COPS* WEDI
SYROWNDIO'R SIOP. MI FYDD YN RHAID I CHI DDŴAD
ALLAN RYWBRYD. GADWCH Y DDYNAS 'NA'N RHYDD...
A TY'D TI Â CALLUM ALLAN HEFYD. PLÎS, CONNOR!"

Dechreuodd y fam grio wrth basio'r uchelseinydd yn ôl i'r
heddwas a safai wrth ei hochr.

Roedd hyn yn ormod i Connor. Rhedodd at ffenest y siop gan
weiddi, "Mam! Ddim fi nath. Do'n i ddim isio lladd y ddynas
'ma. Syniad Callum oedd o. Dim ond isio laff o'n i."

Gan ei fod yn gweiddi mor daer, chlywodd Connor mo
Callum yn nesáu y tu ôl iddo nes bod hwnnw wedi gafael yn ei
gwfl a'i dynnu'n ôl oddi wrth y ffenest. Ceisiodd alw am help,
ond cyn i unrhyw sŵn ddod o'i geg roedd cyllell Callum wedi
suddo i'w wddw. Gollyngodd Callum ei afael a llithrodd Connor
fel cadach i'r llawr.

"Blydi idiot! Pam 'nes di fforsio fi i neud hynna?" gwaeddodd
Callum uwchben corff marw ei ffrind.

Y tu allan, penderfynodd yr heddlu feddiannu'r siop. Roedd
Connor wedi datgelu bod Eileen yn farw, felly doedd dim yn
eu rhwystro. Torrwyd y shytars. Trawyd drws y brif fynedfa'n
agored. Taflwyd caniau o nwy dagrau i mewn. Rhedodd nifer
o blismyn arfog a mygydau nwy am eu hwynebau i mewn i'r
siop. Ychydig funudau'n ddiweddarach, llusgwyd Callum allan
a'i fwndelu'n ddiseremoni i gefn un o geir yr heddlu.

Ni fu gweddill y tîm yn hir cyn dod o hyd i gorff Connor
ger y ffenest. Trodd ei fam yn ôl i'r lloches yn Neuadd y Dref.
Roedd hi wedi colli ei chartref a'i mab hynaf yn ystod yr un
diwrnod. Roedd yn rhaid iddi gael gafael yn ei mab arall a'i

gadw'n ddiogel. Wedi'r cwbl, fo oedd yr unig beth oedd ganddi ar ôl erbyn hyn.

Cymerodd gryn amser i'r heddlu chwilio drwy'r holl lanast a adawyd yn y siop cyn iddynt ddod o hyd i gorff Eileen, oedd wedi dechrau rhewi yn y rhewgell.

Byddai achos o lofruddiaeth ddwbl yn ogystal â phob dim arall yn wynebu Callum.

7.30 p.m.

Suddai'r haul dros y gorwel gan beri i ddŵr afon Conwy lifo fel inc du i'r môr. Winciai goleuadau'r dref gan daflu eu hadlewyrchiad crynedig ar y dŵr. Yr ochr draw i'r aber safai hen gastell Edward I yn ei holl ogoniant o dan y llifoleuadau melyn. Ond doedd Alys ddim yn ymwybodol o ysblander yr olygfa wrth iddi gerdded yn ôl ac ymlaen ar hyd y balconi. Cael siarad â Simon a dwyn perswâd arno i ddod ati oedd yr unig beth ar ei meddwl.

Tua theirawr ynghynt roedd wedi cyrraedd y gwesty a llwyddo i gael Gwenda i'r ystafell heb iddi dynnu gormod o sylw ati hi ei hun. Rhoddodd hi i orwedd ar y gwely, ac yno y bu'n cysgu dan ddylanwad y tawelyddion am rai oriau. Ond bellach roedd effaith y cyffur yn dechrau pylu ac roedd Gwenda yn dod ati ei hun yn raddol ac yn dechrau cofio.

"Lle mae Simon? Dwn i ddim pam rydach chi wedi dŵad â fi i fa'ma. Plîs ewch â fi adra. Mae fy mabi gwyn i wedi marw."

"Na, wir i chi, Mrs Morris, ma popeth yn iawn. Nage Teleri o'dd yn y mortiwari."

"Sut medrwch chi ddweud hynny? Mi welis i…"

"Na, chi wedi camgymryd. Ma hynny'n ddealladwy. Ma Sim… Dr Morris wedi'n sicrhau i bod Teleri yn ôl yn Oxford. Nawr gorweddwch am sbelen fach 'to. Chi 'di cael sioc. Mi wna i alw am *room service* i ni gael tamed bach i f'yta."

"Dwi ddim isio bwyd." Taflodd Gwenda ei hun yn ôl ar y gwely gan feichio crio.

Aeth Alys allan ar y balconi i drio cysylltu â'i chariad unwaith eto. "Simon, plîs, plîs, ateb dy ffôn tro hyn."

"Helô, Alys. Be ti isio eto? Ti'n gw'bod 'mod i'n brysur ac nad oes gen i mo'r amser i siarad ar y ffôn 'ma byth a hefyd."

"Fi'n gw'bod 'ny ond fi'n becso fan hyn. So i'n credu y galla i gadw Gwenda yn y gwesty hyn am lawer hirach 'chos ma hi ar dân ishe mynd gatre a ma hi'n mynnu taw Teleri welodd hi yn y *morgue*."

"Twt lol, dwi wedi deud wrthat ti fod Teleri yn Oxford. Rho ddigon o ddiod i Gwenda o'r *mini bar* ne' rwbath i'w chnocio hi allan. Dwi ar fy ffordd i gyfarfod pwysig yn Llangefni ar hyn o bryd. Mi ffonia i ar ôl i'r cyfarfod orffen."

"Ond, Simon, fi'n ffaelu…"

8.00 p.m.

Canodd ffôn poced John Selwyn. Cynhyrchydd rhaglen newyddion y BBC oedd yno, yn llawn canmoliaeth i'w sgŵp.

"Llongyfarchiadau, John. *Fantastic!* Roedd y darllediad yn wych. Mi wnest yn iawn i alw am y criw ffilmio draw o Fangor mewn pryd. Roedd y lluniau yna o'r fam yn apelio ar ei mab, a'r plismyn yn mynd i mewn i'r siop ac yn llusgo'r hwdi 'na allan a hwnnw'n waed drosto yn *good telly*. Yna dy sylwadau di am sut roedd y teulu wedi colli eu cartref yn y daeargryn yn ystod y bore. Does dim i guro *local knowledge* – dyna fydda i'n ei ddeud o hyd. Dwi newydd gael galwad o Lundain – ma nhw isio darlledu'r holl beth ar y *network* heno am ddeg o'r gloch.

"Mi fydd yn rhaid i ti ddod i lawr i Gaerdydd yma rywbryd i ni gael dathlu. Synnwn i ddim na chei di dy enwebu am wobr ar ôl y darllediad yna."

Gwenodd John wrth ddiffodd y ffôn. Rhyfedd fel roedd y

rhod yn troi. Dim ond gobeithio na fyddai'r ast yn anfon rhyw bethau ifainc di-glem i'w ddalgylch o eto.

Ar ôl ffarwelio â'r criw ffilmio, cychwynnodd yn ôl am dafarn y Llew Du, lle'r oedd peint arall o Guinness yn aros amdano.

Wrth iddo gerdded tuag at ganol y dref, sylwodd ar nifer o geir cyfarwydd yn gyrru i gyfeiriad swyddfeydd y Cyngor. Roedd yn eithaf sicr mai car yr Aelod Seneddol oedd un ohonynt ac roedd yn amau ei fod wedi adnabod rhifau mwy nag un o aelodau amlwg y Cyngor hefyd. Hanner munud yn ddiweddarach, gwibiodd car yr Aelod Cynulliad lleol heibio.

Beth oedd ar droed rŵan eto, tybed?

Trodd i gyfeiriad pencadlys y Cyngor. Byddai'n rhaid i'r Guinness aros am rywfaint eto.

8.15 p.m.

Ddwyawr wedi i Idris ffonio'r feddygfa i ddweud bod newid yng nghyflwr Mair, cyrhaeddodd y nyrs gan ymddiheuro nad oedd wedi gallu dod ynghynt. Eglurodd sut roedd ei threfniadau wedi'u taflu'n llwyr oherwydd yr holl helyntion a fu yn sgil y daeargryn. Yna, aeth ati i ddisgrifio popeth oedd wedi digwydd yn y dref – y difrod i'r feddygfa, yr ysbeilio a fu yn y siopau, sut y daeth yr heddlu o hyd i gorff y ferch yn Nant y Pandy…

Ond doedd gan Idris ddim diddordeb yn straeon y nyrs siaradus; y cwbl oedd ar ei feddwl o oedd y dirywiad yng nghyflwr ei wraig.

Ar ôl ei thrin, tynnodd y nyrs Idris i'r naill ochr i egluro bod Mair wedi llithro i goma a'i bod yn bur annhebygol y byddai'n adennill ei hymwybyddiaeth.

"Does dim mwy fedrith neb ei wneud iddi bellach, Mr Jones bach – mater o amser fydd hi rŵan."

Canai geiriau olaf y nyrs fel cloch ym mhen Idris. Oedd hi'n bosib na chlywai fyth mo'i llais yn galw ei enw eto? Na welai mo'r llygaid gwyrddion tlws 'na'n gwenu arno?

Gwasgodd Idris y llaw oer a orweddai mor llonydd ar y garthen. Oedd o wedi bod ar fai yn mynnu ei chadw gartref? Fyddai hi wedi gallu goroesi'n well yn yr ysbyty, lle byddai popeth wrth law i esmwytho'i phoen ac ymestyn ei bywyd? Ond roedd hi wedi gwneud iddo addo na châi neb ei symud o Blas Gronw. Yno y'i ganed ac yno y dymunai farw, fel cenedlaethau o'i theulu o'i blaen. Roedd o wedi cadw at ei air. Ond ar ba gost?

11

Y Cyfarfod

8.30 p.m.

Roedd yr holl uwch-swyddogion, cynghorwyr sir a chynghorwyr tref wedi ymgynnull y tu ôl i ddrysau caeedig mewn ystafell ar lawr uchaf adeilad y Cyngor Sir ar gyfer y cyfarfod brys. Yn eu plith, yn bur anfoddog, eisteddai Haydn Price.

Ychydig funudau cyn wyth o'r gloch, fel roedd Catherine ac yntau'n paratoi i edrych ar bennod gyntaf yr wythnos o *Pobol y Cwm* – a duw a ŵyr, roedd angen rhyw ddihangfa arnynt ar ôl y diwrnod roedden nhw wedi'i gael – daeth galwad ffôn yn gofyn iddo fynychu cyfarfod brys a chyfrinachol ym mhencadlys y Cyngor.

Cyfarfod brys, wir! Dim ond hanner awr o rybudd gafodd o. Sut roedd disgwyl i ddyn ollwng popeth a mynychu cyfarfod mewn hanner awr? Ond, dyna fo, doedd bywyd person fel Haydn, a roddai o'i amser yn rhad ac am ddim dros gymdeithas, byth yn rhwydd. Gwaith diddiolch oedd gwaith cynghorydd, a phawb yn disgwyl iddo fod ar gael bob awr o'r dydd a'r nos.

Yna, i goroni'r cwbl, pan gyrhaeddodd adeilad y Cyngor Sir, bu'n rhaid iddo hyd yn oed brofi pwy ydoedd i ryw swyddog hunanbwysig wrth y drws cyn cael mynediad.

"Ydach chi ddim yn fy nabod i, ddyn? Dwi wedi gwasanaethu ar gyngor y dref 'ma ers dros chwartar canrif!"

Ymddiheurodd y swyddog gan egluro mai dim ond gwneud ei waith roedd o, a'i bod yn hollbwysig nad oedd neb ond aelodau dethol yn cael mynediad i'r cyfarfod. Bodlonodd yr eglurhad hwn rywfaint ar Haydn. Os mai dim ond y dethol rai a gâi fynychu'r cyfarfod, doedd hi ond yn iawn ei fod o yno felly. Wedi'r cwbl, fo oedd darpar faer y dref.

Ar ôl iddo wneud ei hun yn gyfforddus, edrychodd o'i amgylch gan sylwi ar yr wynebau cyfarwydd a eisteddai o'i boptu. Roedd y swyddog wrth y drws yn llygad ei le, roedd y cyfarfod yn un dethol. Ymsythodd Haydn yn ei sedd. Doedd bod yn y fath gwmni yn gwneud dim drwg i'w ddelwedd.

Yn brydlon am hanner awr wedi wyth, cododd cadeirydd y cyfarfod, sef Aelod Cynulliad yr ynys, ar ei thraed, a diolch i bawb am ddod ynghyd ar fyr rybudd. Cyflwynodd y panel a eisteddai o amgylch y bwrdd ym mhen blaen yr ystafell: ffigyrau amlwg fel yr Aelod Seneddol, Prif Gwnstabl Heddlu Gogledd Cymru a Phrif Weithredwr ac Arweinydd y Cyngor Sir. Roedd yno ddau arall llai adnabyddus, sef pennaeth y tîm o ddaearegwyr a ddaeth i fonitro'r sefyllfa ar yr ynys ar ôl y daeargryn a Dr Simon Morris, prif beiriannydd yr atomfa. Ar fwrdd arall eisteddai panel o swyddogion argyfwng a diogelwch.

Ar ôl cyflwyniad byr gan yr Aelod Cynulliad, cododd y daearegwr ar ei draed a thanio'r taflunydd ar y bwrdd o'i flaen. Taflwyd delwedd o fap o Ynys Môn ar wal wen yr ystafell – map a ddangosai ffurfiau daearegol yr ynys mewn haenau lliwgar. Eglurodd mai craig Cyn-Gambriaidd oedd yn ffurfio'r rhan helaeth o'r ddaear o dan yr ynys, craig hen a chaled iawn. Fodd bynnag, roedd stribedi o galchfaen meddalach i'w cael mewn rhai mannau hefyd. Defnyddiodd gyrchwr ei liniadur i ddangos y gwythiennau o galchfaen a groesdorrai'r map o un ochr i'r ynys i'r llall. Yna, aeth ymlaen i egluro bod nifer o ffawtiau i'w cael yn yr ardal – ffawtiau Ceidio, Cors y Bol, Bodafon a Berw, â'r un mwyaf nodedig o dan y Fenai. Defnyddiodd y cyrchwr unwaith eto i nodi lleoliadau'r ffawtiau. Roedd un o dan wely'r môr hefyd, heb fod ymhell o arfordir gogleddol yr ynys, ac roedd ffawt arall o dan y tir yn ardal Cors Ddyga, canolbwynt y daeargryn.

"Y ffracio 'na yn fan'no sy'n gyfrifol!" torrodd un cynghorydd penboeth ar draws y cyflwyniad. "Mi ddudis i ddigon na ddylid bod wedi rhoi caniatâd i'r cwmni 'na o Birmingham dyllu yn y gors."

Torrodd stŵr mawr allan a dechreuodd cyhuddiadau a sylwadau mwy personol gael eu lluchio ar draws yr ystafell. Trawodd yr Aelod Cynulliad y bwrdd â'i dwrn ac apelio ar bawb i ymatal rhag ffraeo ymysg ei gilydd, gan ddweud nad dyma'r amser i daflu beiau a cheisio sgorio pwyntiau gwleidyddol. Roedd gormod yn y fantol.

Ar ôl i bawb dawelu, aeth y daearegwr ymlaen i egluro bod posibilrwydd cryf mai'r ffracio oedd yn gyfrifol. Wrth dyllu i lawr i berfeddion y ddaear o dan Gors Ddyga, mae'n debyg iddynt dreiddio i'r ffawt, gan achosi'r daeargryn.

"Dyna fo, mi ddudis i!" gwaeddodd y cynghorydd penboeth unwaith eto. Ond y tro hwn, ni wnaeth neb ymateb gan fod llygaid pawb yn yr ystafell wedi'u glynu ar y daearegwr. Llyncodd yntau ei boer cyn mynd ati i egluro sut roedd ei dîm wedi bod yn monitro'r ôl-gryniadau drwy'r dydd. Eglurodd fod ôl-gryniadau yn parhau i ddigwydd, er eu bod yn llawer llai nerthol erbyn hyn.

Fel petai'r ddaear am ategu geiriau'r daearegwr, dechreuodd pencadlys y Cyngor grynu rhywfaint ar yr union foment honno. Daliodd pawb eu gwynt gan hoelio eu holl sylw ar y siaradwr. Oedd gwaeth newyddion eto i ddod?

"Roedd y daeargryn am hanner awr wedi pedwar y bore yma yn weddol fawr ei faint, gan ei fod yn mesur 5.8 ar raddfa Richter," eglurodd y daearegwr yn ei lais pwyllog. "Yr un mwyaf pwerus i gael ei gofnodi yn y parthau yma erioed. Mwy hyd yn oed na'r un ym Mhen Llŷn yn 1984."

Yna, aeth ymlaen i geisio egluro sut roedd pwysedd yn crynhoi o dan y ddaear ac yn cynyddu â phob ôl-gryniad. Defnyddiodd y cyrchwr i lunio nifer o gylchoedd cynyddol a ledai o safle Cors Ddyga nes gorchuddio'r map. "Felly, yn fy marn i, mae hi'n debygol iawn y bydd cyfres o ddaeargrynfeydd yn ysgwyd yr holl ynys yn y dyfodol agos, fel y bydd y ffawtiau eraill yn cael eu heffeithio – o bosib, daeargrynfeydd llawer mwy grymus. Rhai a allai fesur hyd at 7, neu hyd yn oed 8, ar raddfa Richter."

Trawyd pawb yn yr ystafell yn hollol fud am funud, wrth i oblygiadau geiriau diwethaf y daearegwr eu taro.

"Beth petai'r ffawt o dan y Fenai yn effeithio ar y pontydd?" galwodd rhywun o'r llawr. "Petasai'r pontydd yn cael eu difrodi, gallai fod yn draed moch ar yr ynys 'ma!"

Dilynwyd y sylw hwnnw gan ragor o sylwadau a chyhuddiadau fel y lledaenai panig drwy'r rhai oedd yn bresennol.

Teimlai Haydn fel petai'n mygu. Beth fyddai goblygiadau daeargrynfeydd mor nerthol ar yr ardal? Cododd ar ei draed yn sigledig a rhoi tagiad uchel er mwyn clirio'i lwnc. "Esgusodwch fi," meddai ar dop ei lais, "ond oes 'na rywun wedi meddwl beth allai ddigwydd i'r dref 'ma petai Cob Malltraeth yn cael ei ddifrodi?"

"Waeth i ti heb â phoeni am Gob Malltraeth, Haydn bach," atebodd rhywun. "Meddylia be ddôi ohonon ni i gyd tasa'r atomfa yn ei chael hi. Cofia mai 8.9 oedd y daeargryn mawr hwnnw yn Japan yn 2011. Beth tasa 'na Fukushima ne' Chernobyl arall ar Ynys Môn?"

Aeth ochenaid ddofn drwy'r ystafell wrth i ofnau gwaethaf pawb yno gael eu gwyntyllu.

Trodd yr Aelod Cynulliad at Simon. "Fedrwch chi, Dr Morris, ein sicrhau ni y bydd yr atomfa yn gallu gwrthsefyll daeargrynfeydd o'r maint yna?"

Cododd Simon ar ei draed yn araf gan edrych ar y rhesi o wynebau disgwylgar a eisteddai o'i flaen. Doedd dim pwynt codi bwganod. Roedd yn rhaid iddo dawelu meddyliau pobl. Wedi'r cwbl, roedd hi'n hollbwysig na fyddai neb yn colli arno'i hun ac yn gwneud rhywbeth byrbwyll.

"Mae'r unig adweithydd sy'n weithredol yn yr orsaf erbyn hyn wedi'i ddiffodd dros dro. Felly, gallwch fod yn berffaith dawel eich meddyliau nad oes unrhyw beryg i ymbelydredd ddianc o'r safle, a bod popeth wedi'i wneud er mwyn diogelu'r…"

"Sut medrwch chi sefyll yn fan'na, ddyn, a dweud y gallwn ni fod yn berffaith dawel ein meddyliau?" torrodd un cynghorydd ar ei draws. "Tydi hi ddim yn amser i gelu'r gwir. Mae gan bob un ohonon ni sydd yn y stafell 'ma, a holl drigolion y sir, hawl i wybod y gwir plaen."

"Ond mae 20 troedfedd o goncrid wedi'i atgyfnerthu o amgylch yr adweithydd…" ceisiodd Simon ymateb, ond doedd y cynghorydd candryll ddim wedi gorffen dweud ei ddweud eto.

"Ylwch chi, Dr Morris, fedrwch chi ddim taflu llwch i'n llygaid ni. Rydan ni i gyd yn gwybod bod yr orsaf wedi'i hadeiladu ers bron i hanner can mlynedd – hefo concrid, medda chi. Yn y chwedegau, roedden nhw'n defnyddio llawer iawn o goncrid mewn adeiladau. Gydag amser, fel mae pawb yn gwybod, gall concrid freuo a chracio!"

Trodd y cynghorydd at y gweddill cyn tanio'i ergyd olaf.

"Cofiwch be ddigwyddodd i fflatiau Maes y Dref bora heddiw, gyfeillion. Adeilad concrid a godwyd yn yr un cyfnod â'r atomfa!"

Eisteddodd y cynghorydd i fonllefau o gymeradwyaeth. Yna, cododd Simon unwaith eto i ymateb i'w sylwadau tanllyd.

"Ond fedrwch chi ddim cymharu adeilad yr atomfa hefo fflatiau Maes y Dref. Mae'n llawer mwy sylweddol a chadarn na hynny, ac mae wedi cael ei gynnal yn ofalus ar hyd y blynyddoedd. Mae 'na hanner can miliwn o bunnoedd wedi'u gwario ar atgyfnerthu'r adeilad er mwyn ateb y gofynion uchel…"

Ond boddwyd ymateb Simon wrth i bron pawb yn yr ystafell geisio cael dweud eu dweud ar draws ei gilydd.

Ar ôl i'r Aelod Cynulliad adfer trefn, cododd un aelod uchel ei barch o'r Cyngor ar ei draed. Gwyddai pawb oedd yn bresennol na fyddai'r gŵr doeth hwn byth yn cynhyrfu'r dyfroedd er mwyn sgorio pwyntiau gwleidyddol, a'i fod bob amser yn pwyso a mesur yn ofalus cyn gwneud unrhyw sylw.

"O be wela i," meddai'n bwyllog, "mae'n rhaid cofio na chafodd yr orsaf mo'i chynllunio i fod yn weithredol cyhyd. Mi ddylai ei hamser fod wedi dod i ben tua deng mlynedd yn ôl. Ar y pryd, roedd y penderfyniad i ymestyn ei hoes fel y gallai fod yn weithredol hyd pan fyddai'r orsaf newydd yn barod yn gwneud synnwyr. Ond roedd hynny cyn i neb ohonon ni freuddwydio am y posibilrwydd o ddaeargrynfeydd o'r maint yr awgrymodd y daearegwr yma heno." Trodd at Simon. "Fedrwch chi, Dr Morris, a'ch llaw ar eich calon, addo y byddai'r adeilad yn gallu gwrthsefyll cyfres o ddaeargrynfeydd? Fedrwch chi addo nad oes unrhyw bosibilrwydd i ymbelydredd ddianc o'r safle?"

Erbyn hyn roedd Simon yn eistedd â'i ben yn ei ddwylo.

"Ylwch arno fo'n ista'n fan'na yn anobeithio. Does ganddo fo ddim atab strêt. Fedrith o ddim rhoi ei air ein bod ni'n saff!" gwaeddodd rhywun.

"Môn Mam Cymru, myn uffar i!" gwaeddodd llais croch

arall o ganol yr ystafell. "'Dan ni 'di rheibio'r Fam efo'n trachwant am ynni!"

Aeth yr ystafell yn ferw gwyllt a dechreuodd ambell un droi ar Simon.

"Rwyt ti a dy deip wedi gaddo ar hyd yr amser nad oes peryg i'r ynys yma!"

Tynnodd yr Aelod Cynulliad ar ei blynyddoedd o brofiad yn dysgu dosbarthiadau o blant anystywallt i ddod â'r cyfarfod yn ôl i drefn unwaith eto. "Rydw i'n credu, gyfeillion, y byddai'n well i ni gael toriad bach yn y fan hyn er mwyn inni gael rhoi trefn ar ein meddyliau cyn mynd ymlaen i gynllunio'r camau nesaf. O beth ddealla i, mae 'na luniaeth ysgafn wedi'i baratoi yn y ffreutur. Mi fydd y cyfarfod yn ailddechrau ymhen hanner awr."

Cododd pawb ar eu traed yn bur anfoddog ac ymlwybro'n swnllyd i gyfeiriad y ffreutur, gan adael Simon ar ei ben ei hun yn yr ystafell gyfarfod. Roedd o wedi methu darbwyllo'r cynghorwyr fod yr orsaf yn ddigon tebol i wrthsefyll cyfres o ddaeargrynfeydd. Ond wnaeth neb erioed freuddwydio y byddai'r fath beth yn bosib ar Ynys Môn o bob man. Cyn heddiw, byddai wedi meddwl bod y daearegwr yn colli arno'i hun yn darogan daeargrynfeydd 7 neu 8 pwynt ar raddfa Richter. Roedd clywed hyn oll ar ôl y diwrnod erchyll a gawsai yn ormod iddo. Lle prif weithredwr yr orsaf oedd bod yn y cyfarfod i wynebu'r cwestiynau a daflwyd ato fo. Wedi'r cwbl, peiriannydd oedd o, nid gwleidydd. Doedd o erioed wedi cael hyfforddiant i ddelio â'r cyhoedd.

9.00 p.m.

Yn nistawrwydd yr ystafell wag, tynnodd Simon ei ffôn o'i boced. Roedd o wedi'i roi ar *mute* ers cyn dechrau'r cyfarfod. Roedd pum neges yn aros amdano. Gwasgodd fotwm a gweld mai Alys oedd wedi bod yn ceisio cysylltu. *Plîs, Simon, ateb dy ffôn. Fi'n desperate!* Yr un oedd cynnwys y pedair neges flaenorol.

Gwasgodd y botymau a chyn pen dim gallai glywed llais Alys yn gynnwrf i gyd ar ben arall y lein.

"Lle yffach ti wedi bod? Fi wedi treial dy ffonio di so i'n gw'bod faint o weithie."

"Mi ddudis i wrthat ti 'mod i mewn cyfarfod pwysig ac na fedrwn i ateb y ffôn. Ma hi'n o ddrwg yn fan hyn…"

"Simon! Gwranda nawr. Fi'n *desperate*! So i'n gwybod beth i neud. Ry'n ni wedi ffonio ffrindie Teleri yn y fflat yn Oxford a dyw hi ddim yna. Fi wedi holi a so nhw wedi clywed ganddi ers prynhawn ddo', er 'u bod nhw wedi bod yn treial cysylltu 'da hi ar ei ffôn ac ar Twitter a Facebook."

"Mi gyrhaeddith hi o rwla cyn hir, gei di weld."

"Ma Gwenda ar ddihun nawr – ma hi'n torri 'i chalon, druan, ac yn berffeth siŵr taw corff Teleri welodd hi yn y mortiwari. 'Drych, rhaid i ti siarad 'da hi, i ti gael clywed dy hunan beth sy 'da hi i'w weud."

"Simon?" torrodd llais torcalonnus Gwenda ar draws y ffôn. "Ma… ma… Tel 'di marw! Dwi 'di gweld 'y nghariad bach i'n gorwadd ar y slab oer 'na yn Bangor… Simon? Plîs, dwi isio chdi hefo fi. Pam 'nes di ddeud wrth yr hogan 'ma ddŵad â fi i fa'ma? Adra dwi isio bod. Plîs, Simon, duda rwbath!"

"Ti 'di gneud mistêc, Gwenda. Fysa Tel ni byth wedi cymryd drygs yn y Dingle. Corff rhywun arall oedd o, siŵr."

"Naci, Simon. Mi faswn i'n rhoi'r byd iddo fo fod yn gorff rhywun arall. Ond 'yn hogan bach ni oedd hi. Ma nhw wedi rhoi ei chadwyn hi i mi. Ma hi yn fy llaw i yn fa'ma. Ti'n gw'bod yn iawn na fydda hi byth yn 'i thynnu hi."

Am y tro cyntaf ers iddo glywed y newyddion am Teleri, dechreuodd Simon amau ei hun. Beth petai Gwenda'n iawn?

Cofiai roi'r gadwyn i'w ferch ar ei phen-blwydd yn bymtheg oed – a gwyddai na fyddai Teleri byth yn ei thynnu. Os oedd Gwenda'n dweud y gwir a bod y gadwyn ganddi hi…

"Gwenda, rho'r ffôn i Alys… Alys? Oes gan Gwenda gadwyn yn ei llaw?"

"Oes – un 'da calon aur a 'TM' arni… Simon?… Beth ti ishe i fi neud?… Simon?"

Ond doedd Simon ddim yn ymwybodol o lais ei gariad bellach. Roedd y posibilrwydd fod ei ferch wedi marw newydd ei daro. Teimlodd yr ystafell yn cau amdano. Câi drafferth anadlu. Efallai fod Teleri wedi marw a doedd o ddim wedi bod ar gael iddi hi. Doedd o ddim wedi bod ar gael iddi hi nac i Gwenda ers blynyddoedd. Fo oedd y rheswm pam roedd ei wraig yn yfed gormod, ac roedd hi'r un mor debygol mai ei ddifaterwch o wnaeth yrru Tel i chwilio am gysur mewn cyffuriau.

Ni chlywodd ddrws yr ystafell yn agor ac nid oedd yn ymwybodol o bresenoldeb yr Aelod Cynulliad.

"Ylwch, Dr Morris, does neb yn eich beio chi'n bersonol am y sefyllfa yma rydan ni ynddi heno. Ond mae'n rhaid i ni i gyd gael meddyliau clir er mwyn cynllunio'r camau nesaf yn ofalus. Rydw i'n meddwl y dylech chi reoli eich hun…"

Cododd Simon a heb gymryd unrhyw sylw o'r wraig, rhuthrodd allan o'r ystafell, i lawr y grisiau ac allan o adeilad y Cyngor. Yn y maes parcio bu'n rhaid iddo wthio heibio i John Selwyn, gohebydd y BBC, oedd wedi bod yn aros yn amyneddgar i holi rhywun am y cyfarfod.

Roedd Teleri wedi marw ac roedd o, fel arfer, wedi bod yn rhy brysur a hunanol i sylweddoli hynny. Roedd yn rhaid iddo fynd i'r mortiwari ar unwaith i gael ei gweld hi â'i lygaid ei hun.

"Diolch i chi i gyd am ailymgynnull mor ddiymdroi. Fel y gwelwch chi, yn anffodus, mi fu'n rhaid i Dr Morris ein gadael ni yn ystod yr egwyl, ond rwy'n siŵr y gallwn ni barhau â'r cyfarfod yn ei absenoldeb."

"Cydwybod y diawl oedd yn ei bigo fo, mae'n siŵr," sibrydodd rhywun yng nghlust Haydn. "Fedra'r cachgi ddim aros i'n hwynebu ni."

Aeth yr Aelod Cynulliad ymlaen i wahodd yr Aelod Seneddol i ddweud gair.

Dechreuodd hwnnw drwy geisio ei bellhau ei hun a'i blaid oddi wrth y penderfyniad i godi ail atomfa. Yna, eglurodd ei bod yn ofid calon ganddo orfod torri'r newydd fod panel o arbenigwyr diogelwch wedi dod i'r casgliad yn ystod y dydd y dylid symud pawb oddi ar yr ynys, a hynny cyn gynted â phosib. Eglurodd ei fod eisoes wedi cysylltu â'r Swyddfa Gartref a'r Swyddfa Amddiffyn yn Llundain a bod y rheini'n cydweithio ag adrannau o Lywodraeth Cymru er mwyn llunio strategaeth gref ar gyfer y mudo.

Dilynwyd yr Aelod Seneddol gan y Prif Gwnstabl, a eglurodd fod yr heddlu'n barod i ymateb i'r argyfwng. Yna, daeth cyfle'r swyddogion argyfwng i ddatgelu eu cynlluniau. Roedden nhw wedi bod yn ystyried yr opsiynau drwy'r dydd ac wedi dod i'r casgliad y byddai'n rhaid defnyddio cynllun a baratowyd rai blynyddoedd ynghynt, yn dilyn damwain Fukushima, i symud pawb oddi ar yr ynys. Roedd y llongau fferi o Iwerddon wedi'u hatal rhag docio yng Nghaergybi ac roedd yr heddlu eisoes wedi gosod rhwystrau ar bontydd y Borth a Britannia rhag i bobl ddod i'r ynys heb fod ganddynt reswm hollol ddilys dros wneud hynny.

Yn ogystal, byddai'r gwaith o brosesu pawb a fyddai'n gadael yr ynys yn dechrau wedi i'r cyfarfod ddod i ben.

Roedd adeilad gwag wedi'i gomisiynu mewn parc busnes ar ochr Arfon i'r Fenai ar gyfer y dasg o brosesu pawb a fyddai'n gadael yr ynys dros Bont Britannia. Byddai pawb a fyddai'n gadael dros Bont y Borth yn cael eu prosesu ar gampws Prifysgol Bangor, nid nepell o'r bont. Eglurodd y swyddogion ei bod yn hollbwysig cael enwau a chyfeiriadau pawb fyddai'n gadael, er mwyn canfod pwy fyddai ar ôl ac angen cymorth i'w cludo oddi ar yr ynys.

"Sut ydach chi am adael i bawb wybod bod yn rhaid mudo?" gofynnodd un cynghorydd o'r llawr.

"Bydd gorchymyn swyddogol i adael yr ynys yn cael ei ddarlledu ar bob gorsaf radio a theledu ar doriad gwawr fory. Byddwn yn defnyddio cerbydau â *megaphones* i fynd i bob ardal a phentref, bydd swyddogion yn curo drysau a byddwn yn rhannu taflenni gwybodaeth ar hyd a lled yr ynys."

"Lle ydach chi am gartrefu pawb?"

"Gan ei bod yn wyliau'r Pasg, mae'r rhan fwyaf o neuaddau preswyl Prifysgol Bangor yn wag. Felly, bydd llawer o'r teuluoedd nad oes ganddynt unman arall i fynd yn cael aros yno dros dro."

"Ond mae poblogaeth yr ynys oddeutu saith deg mil. Does bosib fod lle i bawb yn y neuaddau."

"Na, mae hynny'n wir. Y gobaith ydi y bydd gan lawer o'r trigolion deuluoedd neu ffrindiau ar y tir mawr. Ond bydd y fyddin yn dechrau gosod pebyll ar gaeau Stad y Faenol a gall y digartref lochesu yno dros dro hefyd."

"Mae hyn yn warthus! Rydych chi'n trin pobl Môn fel ffoaduriaid o'r Trydydd Byd!" gwaeddodd un cynghorydd. "Mi fydd yn rhaid i rywun dalu compo i ni am hyn! Mi fydd…"

"Dim rŵan ydi'r amser i sôn am bethau felly," torrodd yr Aelod Cynulliad ar ei draws, cyn i'r cyfarfod fynd allan o reolaeth unwaith eto. "Mae'n rhaid i ni i gyd sylweddoli mor ddifrifol ydi'r sefyllfa, ac na fyddai'r swyddogion yn argymell y mesurau hyn heblaw ei bod yn angenrheidiol gwneud hynny, er mwyn sicrhau diogelwch bywydau pob un ohonom!"

"Faint gymrith hi i wagio'r ynys? Bydd ciwiau anferthol ar hyd y ffyrdd sy'n arwain at y pontydd. Yn ogystal â'r saith deg mil o bobl leol, mae'n rhaid cofio bod yr ynys dan ei sang hefo ymwelwyr yr adeg yma o'r flwyddyn. Does dim cyfri faint o garafannau a cherbydau sydd gan y rheini."

"Mae'r siaradwr diwethaf wedi codi pwynt pwysig," atebodd un o'r swyddogion. "A dyna pam rydan ni am ddefnyddio dulliau eraill o symud pobl, yn ogystal ag ar y ffyrdd. Ar hyn o bryd, mae'r llynges yn hwylio llongau tuag at borthladd Caergybi, a bydd llawer o bobl yr ardal honno'n gallu cael eu cludo i Ddoc Mostyn. Bydd eraill yn cael eu cludo i Fangor ar drenau sydd wedi'u comisiynu'n barod. Mi ddylai'r mesurau hyn leihau'r amser aros i gerbydau."

"Beth am y da byw? Oes 'na gynllunia i symud yr anifeiliaid?"

"Na, mi fydd yn rhaid i'r anifeiliaid aros am y tro. Ein blaenoriaeth ni ar hyn o bryd ydi sicrhau bod y bobl i gyd yn ddiogel."

"Ond fedra i ddim gadael y fuches odro acw. Mae'r peth yn amhosib! Ydach chi'n sylweddoli cymaint o ffermydd sydd ar Ynys Môn 'ma? Wneith yr un ffarmwr gwerth ei halan adael ei anifeiliaid!"

"Wel, mae arna i ofn y bydd yn rhaid iddyn nhw, dros dro, beth bynnag. Unwaith y byddwn ni'n gwybod bod pawb wedi gadael yn ddiogel, fe allwn edrych wedyn ar yr hyn y gellir ei wneud ynglŷn â'r anifeiliaid."

Wynebodd y geiriau hynny gryn wrthwynebiad. Ond doedd

dim symud ar y swyddogion. Roedden nhw'n bendant o'r farn mai bywydau pobl oedd y flaenoriaeth.

Erbyn hyn roedd Haydn ar bigau'r drain. Beth oedd ar ben pawb yn gwastraffu amser yn dadlau fel hyn? Gallai daeargryn arall daro unrhyw funud.

Awr yn ddiweddarach, daeth y cyfarfod tanllyd i ben. Byddai'r gwaith o symud pawb oddi ar yr ynys yn dechrau ar doriad gwawr y diwrnod wedyn. Cyn i bawb adael, pwysleisiodd yr Aelod Cynulliad bwysigrwydd cadw'r newyddion yn gyfrinachol er mwyn osgoi panig ymysg y cyhoedd cyn i'r holl gynlluniau gael eu rhoi yn eu lle.

Cerddodd Haydn yn gyflym ar draws y maes parcio at ei gar. Roedd yn rhaid iddo gyrraedd adref mor fuan â phosib er mwyn iddo gael rhybuddio Catherine. Doedd o ddim am aros tan fore trannoeth cyn gadael. Beth petai daeargryn arall yn digwydd yn ystod y nos?

"Haydn Price?" Camodd John Selwyn rhyngddo a'i gar. "Fedrwch chi daflu gola ar be fuo'n mynd ymlaen yn y cyfarfod?"

"Sgen i ddim amsar rŵan, ddyn. Mae'n rhaid imi gael mynd adra."

"Dwi'n siŵr y gallwch chi roi rhyw fymryn o eglurhad. Ydach chi ddim yn meddwl bod gan y cyhoedd hawl i wybod beth sy'n digwydd?"

"Fe gân' nhw wybod ben bora fory. Rŵan, symudwch er mwyn i mi gael mynd at fy nghar."

"Be dach chi'n feddwl 'ben bora fory'? Be sy'n mynd i ddigwydd yr adeg honno?"

"Ylwch, dim ond cynghorydd tre ydw i. Mi fasa'n well i chi fynd i holi rhai o'r pwysigion oedd yn y cyfarfod. Nhw sydd wedi bod yn cynllunio sut byddan nhw'n gwagio'r ynys…"

Damia, roedd John Selwyn wedi'i faglu o i ddatgelu gormod,

a hwythau wedi cael rhybudd i beidio â dweud dim wrth y wasg heno. O wel, doedd dim amser i boeni am hynny rŵan, meddyliodd Haydn wrth danio injan ei gar. Roedd ganddo bethau llawer pwysicach ar ei feddwl.

12

Yn Hwyr Nos Lun ac Oriau Mân Bore Mawrth

10.25 p.m.

Wedi i Laura Williams noswylio, eisteddodd Catherine Price i wylio newyddion deg ar y BBC. Cafwyd lluniau o'r difrod a wnaethpwyd i fflatiau Maes y Dref yn ystod y daeargryn, a dyna lle'r oedd rhyw ohebydd o Sais yn holi criw o bobl ddŵad am y peth. Pam nad oedden nhw wedi holi Haydn? Gallai ei gŵr fod wedi rhoi llawer gwell cyfweliad na'r pethau di-glem yna.

Yna daeth pennawd arall, annisgwyl, am helynt yn archfarchnad Alda. Ni allai Catherine gredu'r peth. Gwarchae a llofruddiaethau lai na hanner milltir o'i chartref, heb iddi hi wybod dim. Siglodd ei phen yn ddigalon. Roedd y dref yn mynd i'r cŵn a'r moch. Hen daclau wedi symud i mewn a rhoi enw drwg i'r lle. Mi fyddai Haydn o'i gof pan glywai am y fath helynt.

Lle'r oedd Haydn beth bynnag, a hithau mor hwyr? Roedd o wedi gadael am y cyfarfod brys ers dros ddwyawr. Gobeithio ei fod o'n ddiogel, wir, meddyliodd, achos roedd popeth wedi mynd ar chwâl ers y daeargryn a doedd neb yn gwybod beth i'w ddisgwyl nesaf. Cododd at y ffenest mewn pryd i weld eu car yn sgrialu i fyny'r dreif. Roedd ei gŵr yn yrrwr pwyllog fel arfer. Tybed beth wnaeth iddo ruthro fel hyn?

Cyn iddi allu meddwl ymhellach, roedd Haydn wedi rhedeg i'r tŷ â'i wynt yn ei ddwrn.

159

"Catherine! Catherine! Pacia bopeth medri di a hynny ar unwaith. Mae'n rhaid i ni adael y funud yma."

"Ond Haydn, cariad, pwylla am funud ac eglura beth sy'n bod."

"Mae hi ar ben arnon ni, Catherine bach. Mae'n rhaid i bawb adael yr ynys ben bore fory," atebodd wrth estyn am y llun Kyffin a grogai unwaith eto uwchben y lle tân. "Wel, tydan ni ddim am aros tan hynny. Rydan ni'n mynd i adael heno 'ma cyn i bawb arall gychwyn am y pontydd. Dychmyga'r ciwia fydd 'na bore fory. Mi fydd hi'n draed moch, yn siŵr i ti!"

"Mae'n rhaid dy fod di wedi cam-ddallt – fedar pawb ddim mynd a gadael Ynys Môn, siŵr. Lle fasa pawb yn mynd?"

"Os nad wyt ti'n fy nghredu i, edrycha 'ta," meddai gan bwyntio at y teledu, lle'r oedd llun llonydd o John Selwyn yn llenwi'r sgrin. "Yli, mae John Selwyn wrthi'n torri'r newydd dros y ffôn ar benawdau'r newyddion…"

– At this very moment we are receiving breaking news from Anglesey. We shall go over directly by phone to our reporter there, John Selwyn. John, can you tell our viewers what exactly is happening?

Dyma binacl arall i yrfa ddarlledu John Selwyn. Eisoes, roedd o wedi bod yn gyfrifol am anfon eitemau am y daeargryn ben bore, y difrod i Faes y Dref, darganfod corff yn Nant y Pandy a'r cyrch ar archfarchnad Alda. A rŵan, dyma'r eitem fwyaf oll. Roedd yn sicr o ddyfodol disglair yn y cyfryngau wedi hyn.

Ar ôl cael rhyw syniad o beth oedd wedi bod yn digwydd y tu ôl i ddrysau caeedig y cyfarfod gan Haydn Price, aeth John ati i chwilio am yr aelodau rheini o'r Cyngor a fu'n fwyaf croch eu gwrthwynebiad i'r atomfa a'r ffracio. Fel y tybiodd, roedd un neu ddau ohonynt yn fwy na pharod i ddatgelu'r cwbl. Felly, roedd John Selwyn wedi casglu'r ffeithiau i gyd mewn pryd i'w datgelu ar newyddion hwyr BBC Wales. Doedd dim amser i'w golli. Ffoniodd yr adran newyddion yng Nghaerdydd yn uniongyrchol i ddatgelu'r stori fawr am y cynlluniau i symud pawb oddi ar Ynys Môn fore trannoeth.

Safai Catherine yn syn gan syllu ar sgrin y teledu a gwrando ar lais cras John Selwyn yn darlledu ei newyddion syfrdanol dros y ffôn.

– So you see, Jeremy, plans have been put into place to begin the evacuation procedure first thing tomorrow morning…

"Rŵan wyt ti'n fy nghoelio i?" gofynnodd Haydn gan ddiffodd y teledu. "Ty'd wir, pacia dy gelfi drutaf a llond ces o betha ti angan. Does 'na ddim amser i'w golli. Mi fydd miloedd o bobl ar hyd a lled yr ynys wedi clywed John Selwyn ac mi fydd pawb yn heidio am y pontydd heno 'ma, gei di weld."

"Ond lle'r awn ni, Haydn? Wyt ti wedi cysidro hynny?"

"Wel, do siŵr iawn. Mi awn ni draw i Landudno i aros hefo Megan. Mae hi'n siŵr o wneud lle yn y gwesty i ni'n dau, yn enwedig pan glywith hi am ein trafferthion ni. Be mae teulu yn da, yn te, os nad ydan ni yma i helpu ein gilydd?"

"Ond beth am Laura Williams? Wyt ti'n meddwl y bydd gan dy chwaer le iddi hi hefyd?"

"Damia! Ro'n i wedi anghofio pob dim amdani hi."

"Mi fydd yn rhaid i ni ei deffro hi a mynd â hi hefo ni i Landudno."

"Na. Mi fuasai'n well i ni beidio â'i styrbio hi. Mi geith hi ei symud o'ma gan y gwasanaethau bora fory. A, beth bynnag, fydda 'na ddim lle yn y car i gymaint o bethau efo hi yn y sedd gefn."

"Ond fedrwn ni ddim gwneud hynny, siŵr! Meddylia beth fuasa pobl yn ei ddweud petasan nhw'n gwybod ein bod ni wedi'i gadael hi ar ôl. Mi fuasa ar ben arnat ti i gael dy ethol byth eto."

Arhosodd Haydn i ystyried am funud cyn cyfaddef i'w wraig mai hi oedd yn iawn. "Dos di i'w deffro hi 'ta, reit handi. Mi ffonia inna Megan i ddeud wrthi ein bod ar y ffordd."

Doedd gan Catherine fawr i'w ddweud wrth ei chwaer yng nghyfraith. Hen snoban os bu un erioed oedd Megan, ac roedd hi'n amau'n fawr a fyddai'r hen sguthan yn rhoi llety iddynt yn ei B&B bondigrybwyll. Wedi'r cwbl, fuo 'na fawr o Gymraeg rhyngddyn nhw ers marwolaeth mam Haydn. Felly, yn hytrach na mynd i ddeffro Mrs Williams, arhosodd Catherine y tu ôl i'r drws yn gwrando ar sgwrs ei gŵr ar y ffôn.

"Helô, Megan? Fi, Haydn, sy 'ma...

"Hwyr? Wel, ydi debyg. Ond faswn i byth...

"Sori 'mod i wedi dy ddeffro di. Ond mae hi...

"Yndw, dwi *yn* sylweddoli dy fod yn gorfod codi ben bora. Ond, Megan, mae'n argyfwng. Glywist ti am y daeargryn a drawodd y lle 'ma ben bora heddiw?...

"Yndw, dwi'n sylweddoli dy fod ti'n ddynas brysur. Ond ro'n i'n meddwl y buasat *ti*, hyd yn oed, wedi cl'wad am y peth. Ma hi'n o ddrwg yma, 'sti. Ma nhw'n ofni bydd 'na chwanag ohonyn nhw ac mi alla hynny effeithio ar Gob Malltraeth a'r atomfa...

"Be ti'n feddwl, be sy gan hynny i neud hefo ti? Wel, ma pawb yn gorfod gadael yr ynys. A... a, meddwl ro'n i tybad fydda gen ti le i Catherine a fi a'r hen wraig sy'n aros hefo ni? Mi gollodd yr hen gryduras bopeth pan syrthiodd y bloc fflatia roedd hi'n byw ynddo fo bore 'ma?...

"Dim lle?...

"Dwi'n gw'bod ei bod hi'n wylia Pasg. Ond...

"Yli, nawn ni adael yr hen wraig hefo'r awdurdoda – mi gân' nhw ffeindio lle iddi. Siawns nad oes gen ti un stafall wag i Catherine a fi? 'Dan ni'n *deulu*!…

"Yndw, dwi'n sylweddoli bod Llandudno dan ei sang yr adag yma o'r flwyddyn. Ond fedri di ddim ein gwasgu ni i mewn yn rhwla?…

"Yli di, Meg, tydi hyn ddim yn amsar i godi hen grachod. Does gan 'wyllys Mam ddim byd i'w wneud â'r peth…

"Megan? Megan? Ti'n dal yna?"

Trawodd Haydn dderbynnydd y ffôn yn ôl yn ei grud gyda chlep. Sut roedd o am egluro i Catherine na fyddai lle iddynt yng ngwesty ei chwaer wedi'r cwbl?

Ond doedd dim angen iddo egluro – roedd Catherine wedi clywed y cyfan. Daeth i mewn i'r ystafell a cheisio cysuro'i gŵr. "Paid â phoeni, Haydn, mi awn ni i aros mewn gwesty yn rhywle arall. Mi fedrwn ni fforddio aros mewn lle tipyn neisiach na B&B Megan. Rydan ni'n haeddu tipyn o foethusrwydd ar ôl popeth sydd wedi digwydd."

Siglodd Haydn ei ben yn ddigalon. Doedd ganddo mo'r egni i gyfaddef i Catherine bod eu coffrau'n wag ac nad oedd ganddynt ddwy geiniog i'w rhwbio yn ei gilydd hyd nes y byddai'r arian insiwrans yn dod trwodd.

"Gawn ni weld beth fydd orau ar ôl i ni groesi'r bont. Y peth pwysica ar y funud ydi ein bod ni'n gadael fan hyn cyn gynted â phosib. Dos i ddeffro Mrs Williams, wir. Gorau po gynta y cawn ni gychwyn."

Hanner awr yn ddiweddarach, cychwynnodd Haydn a Catherine ar eu taith, gyda Mrs Williams druan yn teimlo'n reit ffwndrus yng nghefn y car a'r llun Kyffin wedi'i lapio'n ofalus wrth ei hochr.

10.45 p.m.

Er bod gan y rhan honno o'r A55 enw drwg am ei thagfeydd a'i rhwystrau diddiwedd, cafodd Simon ffordd glir yr adeg yma o'r nos a bellach eisteddai mewn cilfach yng Nghyffordd Llandudno yn ceisio rhoi trefn ar ei feddyliau cyn wynebu Gwenda.

Pwysodd ei ben ymlaen ar lyw ei gar a chau ei lygaid wrth i atgofion yr oriau diwethaf ei lethu. Cofiodd iddo yrru'n orffwyll o'r cyfarfod yn adeilad y Cyngor yn Llangefni wedi iddo sylweddoli o'r diwedd fod Gwenda yn dweud y gwir a bod Teleri wedi marw. Cyrhaeddodd y mortiwari a rhuthro i mewn i gyntedd yr adeilad oeraidd. Oedd Teleri yno? Ond nid ward ysbyty mo'r mortiwari a doedd aelodau o'r cyhoedd ddim yn arfer cyrraedd yno o'u pen a'u pastwn eu hunain am hanner awr wedi naw y nos. Ceisiodd rhyw dechnegydd oedd yn gweithio'r shifft hwyr ei ddarbwyllo y byddai'n rhaid iddo wneud trefniadau gyda'r heddlu neu'r crwner i ddod yn ôl yn y bore.

"Ond fy merch! Mae'n rhaid i mi gael gwybod i sicrwydd," gwaeddodd. "Fedrwch chi ddim gwrthod. Fi ydi ei thad hi!"

Camodd y technegydd yn ôl drwy ddrws y labordy a galw dros y system intercom am gymorth rhai o borthorion yr ysbyty i ddod i symud y dyn oedd yn tarfu ar heddwch y mortiwari. Cyn hir daeth dau borthor nobl i hebrwng Simon o'r adeilad. Colli merch neu beidio, roedd yna brotocol i'w ddilyn ac nid oedd yn addas o gwbl codi stŵr yn nhŷ'r meirw!

Eisteddodd Simon yn ddiymadferth yn ei gar am rai munudau ar ôl iddo gael ei anfon o'r mortiwari. Yna, dechreuodd feddwl sut y gallai gael mynediad. Gan bwy y byddai'r awdurdod i ganiatáu iddo ddychwelyd? Ers blynyddoedd bellach, roedd o'n ddyn o bwys, mewn swydd gyfrifol. Doedd o ddim wedi arfer cael ei wrthod na'i wthio allan yn ddiseremoni gan borthorion fel petai'n hwligan ar deras cae pêl-droed.

"Ty'd, meddylia!" meddai wrtho'i hun. "Pwy 'sa'n gallu helpu?"

Yna, cofiodd am ei frodyr yn y Frawdoliaeth. Roedd digon ohonynt mewn swyddi uchel yn yr heddlu. Roedd yn sicr y byddai gan un ohonynt ddylanwad. Tynnodd ei ffôn o'i boced a sgrolio i lawr ei restr hir o gysylltiadau. Arhosodd wrth enw un arolygydd. Doedd o ddim yn ffrind mynwesol ond roedd Simon wedi bod yn ei gwmni sawl tro mewn cyfarfodydd yn y Lodge a gwyddai ei fod yn ddyn a chanddo ddylanwad. Doedd o ddim gwaeth na thrio...

Lai nag awr yn ddiweddarach, safai Simon uwchben corff Teleri gan syllu ar ei hwyneb marw. Llyncodd ei boer a gwasgu ei lygaid yn dynn ar gau gan obeithio, pan fyddai'n eu hailagor, y byddai'n sylwi nad ei ferch a orweddai ar y slab oer. Ond na, doedd dim amheuaeth: er bod y gwrid iach hwnnw a arferai liwio'i gruddiau wedi diflannu a bod y llygaid pefriol wedi cau am byth, roedd yn rhaid iddo gyfaddef iddo'i hun mai Teleri druan oedd yno.

"O, Tel bach. Mae Dad mor sori. Doeddwn i ddim yna i ti nac i dy fam," llefodd drwy ei ddagrau cyn cael ei dywys o'r ystafell. Pa fath o ŵr a thad oedd o? Gwenda druan. Roedd o wedi'i hanwybyddu drwy'r dydd ac wedi gadael iddi fynd i'r mortiwari i adnabod Teleri â dim ond Alys yn gwmni iddi.

Cododd ei ben oddi ar y llyw ac edrych o'i gwmpas. Beth oedd o'n ei wneud yn gwastraffu amser yn y gilfach yma yn lle mynd ar ei union i'r gwesty at Gwenda?

11.00 p.m.
Roedd Kelly yn cysgu'n drwm ers rhai oriau yng ngwely mam Siôn, yn hollol anymwybodol o'r cyffro ar yr ynys.

Ar ôl dychwelyd i'r tŷ o'u taith aflwyddiannus i Alda, daethai ton o flinder drosti. Roedd holl brofiadau'r dydd wedi mynd yn drech na hi. Ymddiheurodd i Siôn am fod yn gwmni mor wael a noswyliodd cyn hanner awr wedi saith. Ymhen llai na munud wedi iddi roi ei phen ar y gobennydd, llithrodd i gwsg trwm yn y gwely dieithr.

Rhyw ddwyawr yn ddiweddarach, ildiodd Siôn i'w flinder ac aeth yntau i'w wely. Ond er ei fod wedi llwyr ymlâdd, ni allai gysgu. Roedd ei gydwybod yn ei bigo. Cyn gynted ag y byddai'n cau ei lygaid, gwelai gyrff marw Teleri a Jet yn syllu arno. Pam roedd o wedi gwneud peth mor hurt? Gwyddai fod Kelly yn cysgu'n dawel yr ochr arall i'r pared. Byddai wrth ei fodd yn gallu mynd ati a'i chofleidio'n dynn. Roedd arno angen cysur yn fwy na dim y funud honno a gwyddai fod Kelly bob amser yn barod i gysuro pawb. Dyna roedd hi wedi'i gynnig iddo fo'r diwrnod cynt, pan gollodd ei waith. Ond taflu ei chynnig o gysur yn ôl i'w hwyneb a wnaeth o'r adeg honno, a'i gadael am Teleri a'r cocên. Y ffafr fwyaf y gallai ei gwneud â Kelly oedd rhoi lloches dros dro iddi ac yna'i helpu i ddod o hyd i le arall i fyw.

Cododd a mynd i lawr y grisiau i chwilio am dabledi ei fam. Roedd arno angen rhywbeth i'w helpu i gysgu, neu ni fyddai'n dda i ddim i Kelly druan fore trannoeth.

Wrth gyrraedd gwaelod y grisiau daeth yn ymwybodol o sŵn mynd a dŵad y tu allan ar y stryd. Cododd gwr y llenni yn yr ystafell fyw a gweld ei gymdogion wrthi'n brysur yn pacio'u car. Tybed i ble'r oedden nhw'n bwriadu mynd yr adeg honno o'r nos? Mae'n rhaid eu bod ar gychwyn i faes awyr Lerpwl neu Fanceinion neu rywle er mwyn dal awyren i ryw fan gwyn fan draw. Braf iawn wir, meddyliodd. Byddai yntau'n rhoi'r byd am gael cychwyn ar wyliau yn yr haul gyda Kelly a gadael ei ofidiau i gyd y tu ôl iddo y funud honno.

Cefnodd ar y ffenest a mynd at y cwpwrdd lle'r oedd ei fam yn cadw'r aspirins. Gafaelodd mewn paced o Nytol a llyncu dwy dabled. Gyda lwc, byddai'r tabledi'n ei helpu i gael mymryn o gwsg.

Tra oedd yn dringo'r grisiau, bu'n rhaid iddo aros am funud wrth i ôl-gryniad ysgwyd y lle unwaith eto.

11.15 p.m.

Eisteddai Alys yn syllu'n ddi-glem ar ryw ffilm ar y sgrin deledu yn ei hystafell yn y gwesty. Ni allai ddilyn y plot gan ei bod wedi troi'r sain i lawr rhag iddo darfu ar Gwenda, oedd bellach wedi ymgolli yn ei byd bach ei hun gan siglo yn ôl a blaen ar y gwely *king size* a fwriadwyd gogyfer ag Alys a Simon. Ochneidiodd wrth feddwl am y cyfle a gollwyd. Edrychai'r noson cynt, pan berswadiodd Simon hi i beidio â mynd adref at ei rhieni, fel oes yn ôl. Roedd popeth wedi mynd o chwith a hithau wedi treulio'r dydd yn gwarchod gwraig ei chariad, gan geisio'i chysuro yn ei galar.

O'r diwedd, daeth cnoc ar y drws a rhedodd i'w agor. Cyflymodd ei chalon wrth weld Simon yn sefyll yn y coridor o'i blaen. "O, fi mor falch bo ti 'di cyrra'dd. Fi 'di gweld dy ishe di," sibrydodd gan ymestyn i'w gusanu.

"Paid, Alys! Dim rŵan!" meddai yntau, gan ei gwthio i'r naill ochr yn ddiseremoni. "Lle ma Gwenda?"

Roedd difaterwch ei chariad wedi brifo Alys i'r byw a safodd yn fud yn y coridor gan ymladd y dagrau cyn troi'n ôl i'r ystafell. O'i blaen gwelai Simon ar ei liniau wrth y gwely yn igian crio, a'i ben yn pwyso ar lin ei wraig. Ddywedai Gwenda'r un gair, dim ond mwytho'i gorun moel yn dyner a gadael iddo fwrw'i ofid. Roedd y ddau wedi'u hasio'n un yn eu profedigaeth a doedd dim angen geiriau rhyngddynt bellach.

Wrth edrych ar yr olygfa emosiynol, sylweddolodd Alys nad

oedd lle iddi hi yno bellach. Ag ochenaid, estynnodd am ei chôt a'i bag a cherdded o'r ystafell gan gau'r drws yn dynn ar ei hôl.

Ar ôl cyrraedd ei char, eisteddodd y tu ôl i'r llyw a gadael i'r dagrau a fu'n cronni drwy'r dydd lifo'n ffrydiau. Roedd hi wedi bod o dan gymaint o straen. Doedd Simon ddim wedi bod yn deg â hi yn ei gadael yn gyfrifol am ei wraig ar gyfnod mor anodd. Roedd hithau wedi bod yn gymaint o ffŵl yn credu ei addewidion gwag. Sylweddolai erbyn hyn mai dyn hunanol a gwan oedd ei chariad ac nad oedd dyfodol i'w perthynas.

Sychodd ei dagrau a gwasgu botymau ei *sat nav*. Doedd hi ddim ymhell iawn o'r A470. Petai'n cychwyn ar ei hunion, gallai fod adref gyda'i theulu yng Nghaerdydd ymhen rhyw bedair awr.

11.30 p.m.

Sythodd Idris yn ei gadair wrth erchwyn y gwely wedi iddo gael ei ddeffro gan yr ôl-gryniad. Mae'n rhaid fod cwsg wedi mynd yn drech nag o. Sut y gallodd gysgu pan oedd ar Mair ei wir angen? Roedd wedi bod yn eistedd yno ers oriau yn gwylio ac yn gwrando am y newid lleiaf yn ei chyflwr. Ambell waith, byddai'r anadlu gwan yn peidio. Yna, pan fyddai'n credu bod y diwedd wedi dod, byddai ei chorff eiddil yn igian gan ailgychwyn peirianwaith ei chalon a'i hysgyfaint. Roedd o bron â mynd o'i gof. Un funud crefai, "Faint mwy o hyn all dyn ei ddioddef? O Dduw, gad iddi fynd." Y funud nesaf, llifai dagrau euogrwydd i lawr ei ruddiau. Sut gallai fod wedi ewyllysio'r diwedd? Sut gallai gwyno, a Mair yn dal i frwydro mor ddewr am ei heinioes?

Pa mor hir y cysgodd o, tybed? Trawodd gipolwg ar y cloc larwm. Hanner awr wedi un ar ddeg. Gollyngodd ochenaid o ryddhad – dim ond am ychydig funudau roedd o wedi cysgu wedi'r cwbl.

Edrychodd ar yr wyneb gwelw yn gorwedd mor llonydd ar y gobennydd. Beth wnâi o hebddi? Fyddai pwrpas i fywyd ar ôl hyn?

"Idris?"

Gallai daeru ei bod wedi galw ei enw. Mae'n rhaid ei fod yn dychmygu pethau. Ond na, daeth y llais gwan eto. Plygodd yn nes i glywed.

"Idris? Dach chi yna?"

Agorodd y llygaid gwyrddion a syllu'n ddwys arno.

"Dwi yma, 'nghariad bach i."

"Idris, dwi isio gn'eud yn iawn… Wyres Arthur… Ffendiwch hi. Drôr y ddresal…"

"Mi wna i hynny, dwi'n gaddo. Rŵan, peidiwch â blino eich hun, Mair bach."

Cusanodd ei thalcen yn ysgafn.

Rhoddodd hithau ei hebychiad olaf cyn diffodd fel cannwyll.

Edrychodd Idris ar lun ei rieni yng nghyfraith a fu'n crogi dros eu gwely priodasol ar hyd y blynyddoedd. Â dwylo crynedig, tynnodd o i lawr a'i osod wrth ochr y wardrob a'i wyneb tua'r wal. Roedd am dreulio'i noson olaf gyda'i wraig heb i'r ddau hynny edrych i lawr arnynt. Drannoeth, mi fyddai'n rhaid iddo roi gwybod i'r meddyg a'r ymgymerwyr am ei marwolaeth. Byddai'n rhaid iddo hefyd fynd i chwilio am wyres Arthur i Faes y Dref, fel yr addawodd. Ond trannoeth fyddai hynny.

Dringodd yn araf i'w ochr ei hun o'r gwely a pharatoi i gysgu wrth ochr Mair am y tro olaf.

1.00 a.m.

Fel y tybiai Haydn, roedd rhai miloedd ar Ynys Môn wedi gweld darllediad John Selwyn ar newyddion hanner awr wedi deg. Meddyliodd rhai mai pranc oedd yr holl beth ac aethant i'w gwlâu. Ond doedd y rhan fwyaf a glywsai'r darllediad ddim am fentro peidio â gweithredu felly aethant ati ar frys i bacio'u trysorau cyn cychwyn yn eu ceir am y pontydd.

Roedd tagfeydd hir ar y ffyrdd wrth i'r ceir a ymlwybrai'n araf gael eu hatal. Canai rhai eu cyrn yn ddiamynedd. Rhegai eraill. Ond i ddim diben. Gan fod perygl mawr i'r ffawt o dan y Fenai gael ei effeithio gan y pwysedd a gronnai yn sgil yr ôl-gryniadau, gallai daeargryn arall ddigwydd unrhyw funud, gan danseilio'r pontydd. Felly, dim ond hanner dwsin o geir gâi groesi ar y tro, a hynny gyda gosgordd o geir heddlu. Doedd yr awdurdodau ddim eisiau gweld cannoedd o bobl yn cael eu lladd wrth groesi'r pontydd, ond golygai'r penderfyniad fod y ciwiau'n ymestyn am filltiroedd.

Edrychodd Haydn ar rifau digidol cloc ei gar. Un o'r gloch y bore ac roedden nhw filltiroedd o Bont Britannia. Fel roedd pethau'n symud, byddai fwy na thebyg yn olau dydd cyn iddynt allu cyrraedd y tir mawr. Eisoes, roedden nhw wedi bod ar y ffordd ers dwy awr a mwy. Dwy awr hir a diflas. Buasai wedi gallu cerdded yn bellach yn ystod yr amser hwnnw.

Yn sedd y teithiwr, cysgai Catherine yn drwm. Gwyrai ei phen ymlaen nes bod ei gên yn pwyso ar ei bronnau helaeth. Braf iawn, wir, meddyliodd Haydn. Mi fuasai yntau'n hoffi cael anghofio popeth a syrthio i gysgu ar ôl y fath ddiwrnod. Ond roedd yn rhaid i rywun aros yn effro ac ysgwyddo'r cyfrifoldeb.

O sedd ôl y car deuai ambell chwyrniad isel o'r fan lle gorweddai Laura Williams, gan bwyso'i phen ar y Kyffin. Heblaw am honno mi fydden nhw wedi gallu cychwyn yn gynt ac efallai y byddent wedi cyrraedd y bont erbyn hyn, meddyliodd, gan guro'i fysedd yn ddiamynedd ar lyw'r car. Ond Catherine oedd yn iawn, doedd ganddyn nhw ddim dewis ond mynd â'r hen wraig gyda nhw. Efallai y byddai ei phresenoldeb yn talu ar ei ganfed ar ôl iddynt groesi i'r tir mawr. Mi fyddai'n rhaid i'r awdurdodau gael lletty iawn i rywun o'i hoed a'i hamgylchiadau hi. A chyda lwc, efallai y câi Catherine ac yntau eu cynnwys hefyd yn ei sgil. Wedi'r cwbl, roedd hi'n bwysig bod yr hen wreigan yn gweld wynebau cyfarwydd o'i chwmpas.

Roedd ymateb trahaus ei chwaer wedi brifo Haydn i'r byw. Sut gallai Megan eu gwrthod, a phethau cynddrwg arnynt? Roedd yn amau'n fawr a oedd pob ystafell yn ei B&B yn llawn. O'r hyn a ddeallai, roedd y dirwasgiad yn gwasgu ar y busnesau twristaidd fel pob sector arall y dyddiau hyn. Ni synnai daten y byddai gan y gnawes ddigon o le iddynt, petai wedi dymuno hynny. Ac i feddwl ei bod wedi dechrau edliw ewyllys eu mam o bob peth ar amser mor dyngedfennol! Roedd y mymryn arian a gawsai Haydn ar ôl honno wedi hen fynd i drio talu dyledion y siop. Yr unig beth o werth oedd ganddo ar ôl bellach oedd y Kyffin.

Trawodd ei droed ar y *clutch* a rhoi'r car yn y gêr cyntaf fel y gallai ymlwybro ymlaen ychydig lathenni ar ei daith.

Ar ochr Arfon i'r pontydd, tywysai'r heddlu y teithwyr blinedig i'r canolfannau prosesu. Doedd gan y rhan fwyaf ddim cynlluniau ble roedden nhw am fynd yr adeg honno o'r nos, felly penderfynodd llawer barcio'u ceir a chysgu yn y fan a'r lle, gan greu tagfeydd ar y ffyrdd.

I ychwanegu at y prysurdeb, daeth newyddiadurwyr a chriwiau darlledu o bob cwr o Brydain i weld drostynt eu hunain beth oedd yn digwydd ar Ynys Môn. Wrth iddynt gyrraedd y pontydd, fe'u hataliwyd rhag croesi gan aelodau'r fyddin, felly roedd llawer ohonynt wedi parcio eu cerbydau darlledu yn agos i'r canolfannau prosesu a'r gohebwyr wedi disgyn fel pla ar y ffoaduriaid a gysgai yn eu ceir, gan geisio gwasgu pob stori ddirdynnol o'u genau. Dyma'r storïau fyddai'n creu'r penawdau y bore hwnnw.

1 3

Dydd Mawrth

Torrodd y wawr heb i neb sylwi. Cuddiai mynyddoedd Eryri dan gwrlid o niwl trwchus, fel petaent am osgoi edrych ar Fôn yn ei thrallod. Yn awr ac yn y man, siglai'r ddaear wrth i ambell ôl-gryniad nerthol atgoffa dyn o'i gamwedd pan benderfynodd reibio'r Fam Ynys.

Roedd yr hen air yn ddigon gwir – pan ddeuai Mawrth i mewn fel oen, fe âi allan fel llew. Ac roedd y llew yn rhuo'n ddidostur y bore hwnnw, gan boeri gwynt a glaw a chenllysg o'i flaen.

6.39 a.m.

Rywbryd yn ystod y nos bu'n rhaid i'r awdurdodau benderfynu gadael i ragor o geir groesi'r pontydd yr un pryd. Fel arall, byddai wedi bod yn amhosib cael pawb drosodd i'r tir mawr mewn da bryd. Ond er i'r mesurau gael eu llacio, roedd y ciwiau o geir yn dal i ymestyn am filltiroedd ar hyd yr A55 a'r A5, a phob ffordd gefn arall a arweiniai at y pontydd, wrth i fwy a mwy o bobl yr ynys bacio'u bagiau a gadael eu cartrefi. Penderfynodd llawer o bobl ardal Porthaethwy gerdded dros Bont y Borth a chario'u heiddo ar eu cefnau, gan atgoffa dyn o ffoaduriaid yng ngwledydd y Trydydd Byd.

Roedd hyn i gyd wedi digwydd cyn cyhoeddi'r rhybudd swyddogol. Unwaith y byddai hynny'n digwydd, byddai'r ciwiau'n chwyddo i ddwbl os nad tair gwaith eu hyd.

Ar ochr Arfon i'r Fenai roedd hi'n dal i fod yn ferw gwyllt, gyda rhesi hirfaith o'r bobl hynny a fu'n ddigon ffodus i gael croesi'r pontydd yn aros i gael eu prosesu – proses ddibwrpas yng ngolwg llawer o'r ffoaduriaid blinedig, ond roedd yr awdurdodau'n benderfynol eu bod am gofnodi lleoliad holl drigolion Môn er mwyn sicrhau bod pawb yn ddiogel.

Erbyn hynny hefyd, roedd y fyddin a'r Groes Goch wedi cyrraedd ac roedden nhw wrthi'n ddyfal yn gosod pebyll ar dir y Faenol ar gyfer y ffoaduriaid hynny nad oedd ganddynt unlle i fynd. Agorwyd ceginau cawl lle'r oedd gwirfoddolwyr yn cynnig paneidiau o de cryf mewn cwpanau polystyren i bawb oedd eu hangen.

"Mae'r te 'ma fel triog!" oedd ymateb Catherine. "Mi faswn i'n gwneud rwbath am gael paned mewn cwpan tsieina!"

"Blydi hel, taw wir, ddynas, a bydda'n ddiolchgar am be ti'n 'i ga'l," oedd ateb surbwch y person a safai y tu ôl iddi yn y ciw.

Ond doedd dim hwyliau ar Catherine a doedd hi ddim am sefyll yn yfed y te afiach yng nghwmni rhyw garidýms. Cawsai fwy na llond bol ar gael ei thrin fel ffoadur tlawd. Roedd hi'n wraig o sylwedd ac roedd ei gŵr yn ddarpar faer. "Duda rywbeth wrthyn nhw, Haydn. Fedri di ddim gadael i'r bobl goman 'ma siarad fel hyn hefo ni. Duda wrthyn nhw pwy ydan ni."

"Pwy ti'n alw yn goman? Ti ddim gwell na'r un ohonan ni yn fa'ma. 'Dan ni i gyd yn yr un twll."

"Ty'd, Catherine, cariad, fe rown ni'r baned i Mrs Williams – mae hi'n siŵr o fod bron â thagu yng nghefn y car bellach," meddai Haydn gan dywys ei wraig oddi wrth y ciw ger y gegin gawl.

"Ond methu'n glir â deall ydw i pam mae'n rhaid i ni aros yn y fan hyn i gael lloches. Rydan ni wedi cael ein prosesu ers oriau bellach, felly pam na fedrwn ni fynd i chwilio am ryw westy yn rhywle?"

Gwyddai Haydn na allai gelu'r gwir oddi wrth Catherine funud yn hwy. Roedd ganddi hawl i wybod. Roedd o wedi gobeithio y gallasai fod wedi osgoi cyfaddef am eu trafferthion ariannol ar ôl i'r llafnau hynny losgi'r siop yn ulw y diwrnod cynt. Petai popeth wedi dod yn ôl i drefn, byddai wedi gallu anfon cais i'r cwmni yswiriant ac mi fyddai popeth wedi bod yn iawn. Pwy a feddyliai y byddai pethau wedi dod i hyn ac y byddai'n rhaid iddynt adael eu cartref mor ddisymwth? Roedd yn rhaid cael arian i aros mewn gwesty.

"Catherine, aros funud. Ma... ma gen i gyfaddefiad i'w wneud. Ro'n i wedi gobeithio na fuasai'n rhaid i ti gael gwybod, ond..."

Unwaith i'r llifddorau agor, byrlymodd y cyfaddefiad yn un don o enau Haydn – fel roedd eu cyflenwyr yn galw am eu harian; y bygythiadau llys; diffyg cefnogaeth y banc; y posibilrwydd o fethdaliad. "Felly, ti'n gweld, fedrwn ni ddim fforddio aros mewn unrhyw fath o westy. Mae'n debyg bod gynnon ni lai o bres na'r rhan fwyaf o'r bobl 'ma ti'n eu galw'n goman."

Gostyngodd Haydn ei ben gan syllu ar ei draed er mwyn osgoi edrych ar wyneb ei wraig. Ceisiodd ei baratoi ei hun am yr ymateb hysterig a'r cyhuddiadau oedd yn sicr o ddilyn ei gyfaddefiad. Ond ddaeth dim.

Ar ôl munud a deimlai fel oes, daeth ymateb syfrdanol Catherine.

"Haydn bach, pam na fuaset ti wedi dweud hyn wrtha i fisoedd yn ôl? Rwyt ti wedi bod yn ceisio dal dau ben llinyn ynghyd a finna'n dal i fynnu byw'n fras. Petasat ti wedi rhannu dy ofidia, mi faswn wedi gallu dy helpu mewn rhyw ffordd. Mi faswn i wedi torri'r gôt yn ôl y brethyn, dwi'n siŵr o hynny. Ty'd wir, mi fydd y baned yma'n hollol oer cyn y bydd Mrs Williams druan wedi cael profi llymad ohoni. Yna, mi awn ni i weld yr awdurdodau i ofyn am le i aros, gan obeithio y byddwn ni'n ddigon ffodus i gael stafell yn un o neuaddau'r coleg. Dwi'n dallt fod rhai o'r rheini yn *en suite* a phopeth y dyddia yma. Ond os bydd yn rhaid, mi arhoswn ni mewn pabell ar gaeau'r Faenol. Mi fydd o fel bod yn ôl yn Llangrannog erstalwm. Wyt ti'n cofio'r hwyl roedden ni'n arfer ei chael yn y fan'no?"

Edrychodd Haydn yn syn ar ei wraig yn brasgamu yn ôl tua'r car. Pwy fuasai wedi dychmygu y byddai'n derbyn y newyddion mewn ffordd mor gadarnhaol? Am y tro cyntaf ers blynyddoedd, cofiodd beth a'i denodd at Catherine pan welodd hi gyntaf erioed yn ferch ifanc, hwyliog, yng ngwersyll yr Urdd bron hanner can mlynedd ynghynt.

6.45 a.m.

Cododd Idris oddi ar y gwely lle bu'n gorwedd wrth ochr corff ei wraig drwy'r nos. Aeth draw at yr erchwyn pellaf a syllu ar yr wyneb di-liw a orweddai mor llonydd ar y gobennydd. Rhoddodd ei law yn ysgafn ar ei thalcen a synnu wrth deimlo oerni'r corff marw. Roedd Mair wedi'i adael. Dim ond cnawd ac esgyrn oedd ar ôl bellach. Ar ôl iddo ymolchi a newid aeth allan am ei fygyn boreol.

Roedd y tywydd wedi troi yn ystod y nos ac ni allai weld copaon Eryri o'i flaen. Chwythai'r gwynt yn fain a disgynnai peth glaw a chenllysg ar gaeau gweigion Plas Gronw. Cododd goler ei grysbas a sodro'i gap stabl yn dynnach am ei ben. Yna, edrychodd draw at y tyrbinau yn troi'n gyflym yn y gwynt. Roedd ei benderfyniad i osod y rhain ar ei dir wedi costio'n ddrud iddo yn y pen draw. Bellach, doedd ganddo neb i droi ato am gysur a chydymdeimlad yn ei golled.

Taflodd y stwmpyn sigarét a'i sathru i mewn i'r ddaear fwdlyd dan draed. Yna, trodd yn ôl yn araf am y tŷ. Fe ddylai ffonio'r feddygfa er mwyn rhoi gwybod i'r meddyg a'r nyrs am farwolaeth Mair. Cododd y ffôn. Ond cyn iddo ddeialu, trawodd rhywbeth ei lygad. Drôr canol y ddresel – doedd o ddim wedi ei gau'n iawn y diwrnod cynt. Rhoddodd dderbynnydd y ffôn i lawr a chroesi llawr y gegin gan feddwl cau'r drôr. Roedd yn gas gan Mair flerwch. Mynnai gadw'r tŷ fel pin mewn papur bob amser. Yna, cofiodd ei geiriau olaf. Roedd hi am iddo ddod o hyd i wyres Arthur a gwneud yn iawn am holl gamwedd y blynyddoedd. Estynnodd y darn papur newydd â manylion angladd mab Arthur arno. Roedd enw ei wyres a'i chyfeiriad arno hefyd: *Kelly Hughes, Fflat 7A, Maes y Dref, Llangefni.*

Trawodd gipolwg ar y cloc mawr yn ôl ei arfer, heb gofio bod hwnnw wedi stopio ers y daeargryn y diwrnod cynt. Cydiodd yn ei watsh gan sylwi ei bod yn nesáu at saith o'r gloch. Ni fyddai neb yn ateb ffôn y feddygfa am o leiaf awr arall, felly roedd digon o amser iddo bicio i'r dref i weld y ferch. Wedi'r cwbl, dyna roedd Mair am iddo'i wneud.

Stwffiodd y darn papur i'w boced a mynd allan at y car, gan gloi drws y tŷ yn ofalus o'i ôl. Doedd o ddim am i'r nyrs gyrraedd a dod o hyd i Mair cyn iddo fo ddychwelyd.

7.15 a.m.

Deffrodd Kelly wrth glywed sŵn rhywun yn cnocio'n awdurdodol ar y drws ffrynt. Cymerodd eiliad iddi sylweddoli ble roedd hi. Yna, llifodd yr atgofion yn ôl. Daeth cnoc eto – yn uwch y tro hwn. Tybed oedd yr heddlu wedi dod yn ôl i arestio Siôn oherwydd marwolaeth Teleri? Gwell oedd iddi fynd i'w ateb.

Gafaelodd yng ngŵn nos yr ysbyty a'i glymu'n dynn am ei chanol. Aeth i lawr y grisiau ac agor y drws yn betrusgar.

"Chi 'di Mrs Marian Thomas, deiliad y tŷ yma?" holodd rhyw swyddog gan edrych ar ei glipfwrdd.

"Na, tydi hi ddim yma. Mae hi wedi mynd ar ei gwyliau i Ibiza."

"Dwi'n gweld. Pwy ydach chi, 'ta?" Edrychodd ar y clipfwrdd unwaith eto. "Does 'na ddim cofnod o ddynas arall yn y tŷ yma. Dim ond Siôn Thomas, mab y deiliad."

Eglurodd Kelly ei bod wedi cael lloches gyda Siôn ar ôl iddi gael ei gadael yn ddigartref y diwrnod cynt a chymerodd y swyddog y manylion i gyd gan ysgrifennu nodiadau ar gornel ei bapur. Erbyn hyn roedd Siôn wedi cyrraedd y drws ac ategodd bopeth roedd Kelly wedi ei ddweud.

"Iawn 'ta, Mr Thomas a Miss Hughes, rydw i yma efo gorchymyn fod yn rhaid i chi adael Ynys Môn ar unwaith. Mae hyn yn fatar o argyfwng. Tydi hi ddim yn ddiogel i chi aros dim hirach nag sydd yn rhaid. Gallai daeargryn pwerus iawn daro'r ynys unrhyw funud. Os nad oes gynnoch chi gerbyd, mi ddylech fynd at Neuadd y Dref lle mae bysus yn aros i'ch cario chi o'r ynys."

"Na, mae gen i gar," meddai Siôn gan bwyntio at yr hen Fiat bach a safai wrth y palmant.

"Dyna chi 'ta. Dyma i chi daflen yn egluro'r cwbl."

Stwffiodd y swyddog ddarn o bapur i law Siôn cyn astudio'i glipfwrdd unwaith eto ac anelu am y tŷ drws nesaf.

"Waeth i chi heb â chnocio yn fan'na," galwodd Siôn ar ei ôl. "Ma nhw wedi gadael ers yn hwyr neithiwr."

"Diolch, Mr Thomas. Mae'n rhaid eu bod nhw wedi clywed y rhybudd ar newyddion y BBC neithiwr. Mae 'na filoedd wedi gwneud yr un fath."

Ar ôl cau'r drws, aeth Siôn a Kelly i'r gegin i gael golwg iawn ar y daflen a amlinellai'r perygl o ychwaneg o ddaeargrynfeydd a threfniadau'r broses o fudo oddi ar yr ynys.

"Wel," meddai Kelly ar ôl darllen y daflen, "fydda i ddim yn euog o bacio gormod o bethau i fynd hefo fi. Mae fy stwff i i gyd yn y bag plastig 'na roth y nyrs i mi cyn gadael y sbyty ddoe. Mi fydd yn rhaid i mi fynd i brynu rhwbath i'w wisgo ar ôl inni gyrra'dd Bangor. Fedra i ddim aros yn nillad dy fam am byth. Dos di i bacio ac mi edrycha i oes 'na rwbath fedrwn ni f'yta yn y gegin cyn i ni gychwyn. Er, ma gen i ofn mai corn fflêcs neu Weetabix sych fydd hi, gan nad oes 'na lefrith."

7.30 a.m.

"Mae'n rhaid bod fflatiau Maes y Dref o gwmpas fan hyn yn rhywle," meddai Idris wrtho'i hun wrth sefyll o flaen y pentwr mawr o rwbel – y cwbl oedd ar ôl o'r adeilad. Cofiodd iddo glywed rhywbeth am y difrod a wnaethpwyd gan y daeargryn y bore cynt, ond doedd o ddim wedi deall arwyddocâd y newyddion yn iawn gan fod cymaint ar ei feddwl ar y pryd. "Does bosib…"

"Fedra i'ch helpu chi, syr?" torrodd llais ar draws ei feddyliau. "Ddylech chi ddim bod allan yn fan hyn ar hyn o bryd. Mi fuasa'n well i chi fynd i baratoi i adael, a hynny cyn gynted â phosib."

"Mae'n ddrwg gen i?"

"Rydach chi'n ymwybodol o'r gorchymyn i bawb adael Ynys Môn?" meddai'r swyddog gan stwffio un o'i daflenni i law Idris.

"Dwn i ddim am be rydach chi'n sôn. Wedi dŵad i chwilio am fflatiau Maes y Dref ydw i. Mae gen i negas bwysig i rywun sy'n byw yno. Ond mae'n rhaid 'mod i wedi cymryd y tro anghywir ar y stad 'ma yn rhywla. Fedra i ddim yn fy myw gael hyd i'r lle."

"Dyna chi'r fflatia," meddai'r swyddog gan bwyntio at y rwbel, "neu o leia be sy ar ôl ohonyn nhw. Mi syrthion nhw i lawr yn ystod y daeargryn bore ddoe. Glywsoch chi mo'r hanas ar y newyddion?"

"Ond mae'n rhaid i mi ddod o hyd i rywun oedd yn byw yma. Lle mae'r tenantiaid wedi mynd?" holodd Idris â thinc o banig yn ei lais.

"Mae'r rhan fwyaf o bobl un ai ar eu ffordd neu wedi croesi i'r tir mawr yn barod. Mi ddylech chithau fod yn gwneud yr un peth, yn lle sefyllian yn fan hyn."

Dyna oedd y rheswm am yr holl geir 'na oedd yn dŵad i 'nghyfarfod i ar Ffordd Penmynydd felly, meddyliodd Idris. "Ond mae'n rhaid i mi gael gafael ar Kelly Hughes. Roedd hi'n arfer byw yn Fflat 7A."

"Kelly Hughes ddeudoch chi? Dwi'n meddwl y medra i'ch helpu chi. Mi fûm yn siarad efo hi gwta chwarter awr yn ôl."

Edrychodd y swyddog ar ei glipfwrdd a rhoi cyfeiriad cartref Siôn i Idris.

"Cofiwch chi, falla fod Miss Hughes wedi cychwyn erbyn hyn, a dyna ddylia chitha…"

Arhosodd Idris ddim i glywed rhagor o rybuddion y swyddog. Roedd yn rhaid iddo gael gafael ar Kelly cyn iddi adael. Brasgamodd tua'r cyfeiriad roedd y swyddog wedi'i ddangos iddo. Wedi iddo droi'r gornel, gallai weld y tŷ. Cychwynnodd groesi'r ffordd tuag ato ond bu'n rhaid iddo gamu'n ôl wrth i gar Fiat bychan yrru heibio. Rhoddodd calon Idris lam wrth iddo weld wyneb y ferch a eisteddai yn sedd y teithiwr. Y gwallt gwinau a'r llygaid gwyrddion!

"Welist ti'r hen ddyn bach 'na oedd yn trio croesi'r stryd? 'Nes i werthu rhosod coch iddo fo fora Sul. Bechod, roedd o am eu rhoi nhw i'w wraig," meddai Kelly wrth i Siôn wibio allan o'r stad. "Do'n i'm yn sylweddoli mai un o Maes y Dre 'ma oedd o."

Wedi i'r car fynd heibio, croesodd Idris y ffordd at ddrws ffrynt tŷ Siôn. Ond er iddo guro a churo, ddaeth neb i ateb. Roedd o'n rhy hwyr. Roedd Kelly wedi gadael.

Ar ôl dychwelyd i'w gar, edrychodd ar y daflen roedd y swyddog wedi'i gwthio i'w law. Darllenodd rybudd y daearegwyr fod y pwysedd yn cynyddu o dan y ddaear gyda phob ôl-gryniad a bod posibilrwydd y ceid cyfres o ddaeargrynfeydd nerthol iawn yn y dyfodol agos. Darllenodd orchymyn yr awdurdodau y dylid gadael yr ynys ar unwaith.

"Lle rydach chi wedi bod ar hyd y blynyddoedd?" poerodd gan wasgu'r daflen yn belen dynn. "Roedd hi'n amlwg fod hyn yn mynd i ddigwydd yn hwyr neu'n hwyrach. Rydach chi wedi gadael i'r cwmnïau mawr reibio'r hen ynys annwyl 'ma efo'u ffracio. A rŵan dydi hi ddim yn saff i neb aros yma rhag ofn i'r atomfa gael ei dinistrio ac i ymbelydredd ledaenu dros y lle." Lluchiodd y papur allan drwy'r ffenest cyn tanio'r car. "Wel, does 'run o fy nhraed i'n gadael Plas Gronw. Dwi'n gwybod yn well na neb am beryglon ymbelydredd. Adra efo Mair ma fy lle i bellach!"

8.00 a.m.

Roedd ciw hir o gerbydau o bob maint yn ymlwybro'n araf ar hyd ffordd gefn Penmynydd, gan gychwyn a stopio bob hyn a hyn. Daeth car Siôn i stop wrth y lôn gul oedd yn arwain at Blas Gronw.

"Weli di'r tŷ ffarm 'na i fyny'n fan'cw? Hwnna efo'r melina gwynt yn y cae?"

"Ia? Be amdano fo?"

"O fan'na roedd fy nhaid i'n dŵad."

"Ydi'r bobl sy'n byw 'na'n perthyn i chdi felly?"

"Ydyn. Ond 'dan ni 'rioed wedi gneud dim hefo nhw chwaith. Mi fuo 'na ffrae ne' rwbath yn y teulu 'stalwm. Ma Laura Williams wedi bod yn trio 'mherswadio i i gysylltu hefo nhw ers i Dad farw, achos ma ganddyn nhw lwyth o bres a dim plant, medda hi."

"Pam 'nes di ddim 'ta?"

"Dwn 'im. Meddwl ella 'sa Dad a Nain ddim yn licio, ma'n siŵr."

"Ond, Kelly, ella bod nhw'n *loaded*. Ella ma chdi fysa pia'r ffarm rywbryd."

"Wel, does 'na ddim pwynt meddwl am hynny rŵan, nag oes? Dim â phawb yn goro gada'l Ynys Môn!"

"*Hold on*, 'dan ni'n cael symud 'mlaen chydig!"

Wrth i'r Fiat bach ymlwybro ymlaen ychydig lathenni, aeth Plas Gronw a'i holl bosibiliadau o feddwl y ddau wrth iddynt gynllunio beth roedden nhw am ei wneud ar ôl croesi'r bont.

"Ma gen i gefndar yn byw yng Nghaernarfon. Dwi'n siŵr y bysa fo'n gadael i ni aros hefo fo tan y byddwn ni'n cael gw'bod yn well be sy'n mynd i ddigwydd. Mi gysyllta i hefo fo ar ôl i ni groesi'r bont."

"Mi fydd yn rhaid i mi brynu dillad newydd felly, ne' dwn i ddim be fydd dy gefndar yn feddwl ohona i yn nillad dy fam!"

"Ma hynna'n fy atgoffa i. Rhaid i mi drio cysylltu hefo hi yn Ibiza hefyd. Mae'n siŵr nad oes ganddi ddim syniad be sydd wedi digwydd yn fa'ma."

Rai oriau'n ddiweddarach, cyrhaeddodd y ddau ochr Arfon i'r Fenai, ac ar ôl cael eu prosesu aethant ati i weithredu eu cynlluniau.

8.30 a.m.

Cychwynnodd Simon a Gwenda am adref ar ôl noson ddi-gwsg yn y gwesty yn Neganwy. Roedd eu profedigaeth wedi dod â hwy'n agosach ac fe dreuliodd y ddau oriau hir y nos yn rhannu atgofion melys am amseroedd hapusach yn ystod plentyndod Teleri.

Ond wrth yrru tua'r gorllewin ar hyd yr A55, sylwodd Simon ar yr arwyddion yn rhybuddio bod y ffordd ddeuol wedi'i chau wrth Bont Britannia a dyna pryd y cofiodd am y mesurau brys i wagio'r ynys. "Ma gen i ofn na fedrwn ni fynd adra heddiw. Ma nhw wedi cau'r pontydd ac wedi gwagio'r ynys oherwydd y daeargryn 'na bora ddoe."

"Dim ond bora ddoe oedd hynny? Mae'n teimlo fel oes yn ôl."

"Lle awn ni, d'wad?"

"Ma pawb sy'n golygu rhwbath i mi yr ochr yma i'r Fenai bellach. Awn ni i chwilio am westy heb fod yn rhy bell o Fangor a Tel. Gobeithio gwneith y crwner adael i ni ei chael hi yn ôl yn o fuan, 'te. Mae'n gas gen i feddwl amdani'n gorwedd yn y mortiwari oer 'na."

10.00 a.m.

Cyn gynted ag y deallodd Catherine fod eu coffrau'n wag, aeth ati i drefnu popeth ag arddeliad ac erbyn deg o'r gloch y bore roedden nhw a Laura Williams wedi'u cartrefu mewn neuadd breswyl ar lannau'r Fenai.

"Dwn i ddim sut i ddiolch i chi," meddai'r hen wraig. "Rydach chi wedi bod mor dda hefo fi. Be fasa wedi dod ohona i erbyn hyn, dwn i ddim wir!"

"Tewch â sôn, Mrs Williams bach. Mae'r ffaith eich bod chi hefo ni wedi bod o help garw i ni gael lle cystal â hyn."

Yna, trodd Catherine at ei gŵr, oedd wedi bod â'i ben yn ei blu ers ei gyfaddefiad am gyflwr ariannol y busnes. "Rŵan, Haydn, does 'na ddim pwrpas i ni boeni am bethau na fedrwn ni mo'u newid. Gwell o lawer fyddai i ni fanteisio ar y cyfla hwn i orffwys ac i ystyried y dyfodol."

"Ti sy'n iawn. Dim ond gobeithio na fydd yn rhaid i ni aros yma'n hir."

"Wel, mi fydd yn rhaid iddyn nhw adael i ni fynd adra yn hwyr neu'n hwyrach. Mi fydd y myfyrwyr angen eu llety. A, beth bynnag, mi glywais i ar y radio gynna fod y daearegwyr yn deud bod yr ôl-gryniada yn llai nerthol erbyn hyn."

"Gobeithio wir, Catherine, gobeithio wir!"

1.30 p.m.

Ar ôl dychwelyd i Blas Gronw y bore hwnnw, aeth Idris ati i baratoi corff Mair. Ymolchodd hi'n dyner a chribo'i gwallt yn ofalus. Yna fe'i gwisgodd yn ei hoff ffrog sidan las. Gosododd dorch o friallu melyn roedd wedi eu casglu wrth fôn clawdd y weirglodd rhwng ei dwylo gwyn. Camodd yn ôl i edrych arni. Oedd, roedd o wedi gwneud cyfiawnder â hi. Yng ngolwg Idris, edrychai fel y ferch ifanc honno roedd o wedi'i phriodi dros hanner can mlynedd ynghynt.

Aeth i lawr y grisiau a rhoi sgwd i bendil y cloc mawr. Dechreuodd hwnnw dician unwaith eto, gan lenwi rhywfaint ar wacter y tŷ. Edrychodd Idris o'i gwmpas; roedd haen drwchus o lwch ar bopeth, gan nad oedd o wedi cael cyfle i roi trefn ar y lle ar ôl y daeargryn. Aeth ati i lanhau pob twll a chornel o'r hen ffermdy a'i wneud yn deilwng o Mair, a arferai gymryd cymaint o ofal o'i chartref bob amser.

Yna, aeth allan i'r buarth i gael ei smôc olaf. Pwysodd ei freichiau ar giât y gadlas ac edrych ar lafnau'r tyrbinau'n troelli yn y gwynt cryf gan greu digonedd o ynni. Ond i ba bwrpas? Taflodd stwmp ei sigarét a'i sathru dan draed cyn troi yn ôl am y tŷ.

Tynnodd bapur ysgrifennu o ddrôr ei ddesg. Roedd wedi methu dod o hyd i Kelly y bore hwnnw, felly fe wnâi'r unig beth a allai o dan yr amgylchiadau. Fe ysgrifennai lythyr at ei dwrnai yn egluro popeth. Gan fod pawb yn gadael yr ynys, doedd dim posib dweud pa bryd y byddai'r llythyr yn cael ei ddarllen. Yn wir, doedd dim sicrwydd y byddai pobl yn cael dychwelyd. Petai'r atomfa'n cael ei difrodi, gallai fod yn ddegawdau cyn y byddai unrhyw un yn cael dychwelyd a gallai tir Plas Gronw gael ei wenwyno ag ymbelydredd am flynyddoedd i ddod. Pa etifeddiaeth roedd o'n ei chynnig i'r ferch? Seliodd yr amlen a'i gadael ar fwrdd y gegin.

Estynnodd ei wn hela o'r cwpwrdd clo a mynd yn ôl i'r ystafell wely at Mair. Gorweddodd wrth ei hochr a rhoi baril y gwn yn ei geg.

* * *

Chwyrlïodd y gwynt a'r glaw yn ddidostur dros erwau breision Ynys Môn y noson honno. Ar strydoedd gwag y trefi a'r pentrefi, ni welwyd yr un adyn byw heblaw am ambell gi a chath lwglyd a dyrchai i finiau sbwriel i chwilio am rywbeth i lenwi eu stumogau. Roedd pawb wedi gadael, a'r rhwystrau wedi'u gosod ar draws pontydd y Borth a Britannia.

Doedd neb ar ôl bellach i warchod y Fam Ynys, heblaw am lond dwrn o ffermwyr penderfynol a gerddai eu herwau fel y derwyddon gynt yn eu siwtiau atal-ymbelydredd gwyn.

Epilog

Bythefnos yn ddiweddarach, daeth y cyhoeddiad y gallai pawb ddychwelyd i'r ynys. Yn groes i ddarogan y daearegwyr, lleihaodd yr ôl-gryniadau yn eu cryfder a'u nifer, a chyda hynny ciliodd y perygl o ragor o ddaeargrynfeydd.

Bu llawer o gwyno am orymateb yr awdurdodau yn symud pawb oddi ar yr ynys. Costau ac ymyrraeth ddiangen, dyna oedd y cyhuddiadau yn y wasg.

Roedd John Selwyn yn cyfweld Aelod Cynulliad yr ynys yn y stiwdio ym mhencadlys y Gorfforaeth yng Nghaerdydd, lle bu'n teyrnasu ers y noson fawr honno bythefnos ynghynt.

– Beth ydi eich ymateb chi i'r cyhuddiadau yma?

– Diogelwch y cyhoedd ydi blaenoriaeth y Llywodraeth bob amser. Roedd y posibiliadau'n ddifrifol. Doedd gennym ni ddim dewis ond dilyn canllawiau'r mesurau brys. Lle i longyfarch yr amrywiol asiantaethau sydd gennym heddiw ac rwy'n siŵr y cytunwch chi fod yr ymarferiad wedi bod yn un llwyddiannus iawn.

– Ydach chi'n credu bod yna wersi i'w dysgu yn dilyn yr hyn a ddigwyddodd?

– Siŵr iawn. Gall trigolion Môn fod yn gwbl dawel eu meddyliau mai eu diogelwch nhw ydi blaenoriaeth y Llywodraeth bob amser. Ac rydym wedi profi hynny yn ystod yr wythnosau diwethaf.

– Fydd yna newid ym mholisi ynni y Llywodraeth ar ôl hyn?

– Mae'r Llywodraeth am gynnal ymchwiliad trylwyr i'r hyn a ddigwyddodd ar Ynys Môn. Yna fe wneir penderfyniadau ar sail canlyniadau'r ymchwiliad hwnnw.

Yn ddiweddarach, dros baned o goffi yng nghantîn y BBC, rhoddodd John Selwyn ei gwestiwn i'r Aelod Cynulliad – hen ffrind bore oes iddo – unwaith eto.

"Fydd 'na newid ym mholisi ynni y Llywodraeth ar ôl hyn, ti'n meddwl?"

"Na, go brin, John. Mae'r galw am ynni'n cynyddu o flwyddyn i flwyddyn, fel ti'n gwybod."

Yna, gwyrodd y gwleidydd ymlaen yn ei chadair a chydag ochenaid, sibrydodd dan ei gwynt, "Rhyngot ti a fi – a tydi hyn ddim i fynd dim pellach, cofia, *Chatham House rules*, *off the record* a ballu – dwi wedi syrffedu ar yr holl beth. Mae'r Llywodraeth yn barod i blygu i ofynion unrhyw gwmni ynni heb gyfri'r gost i bobl leol."

"Sut medri di aros yn aelod o'r Llywodraeth os wyt ti'n teimlo fel hyn?"

"Dwi wedi gofyn y cwestiwn yna ganwaith i mi fy hun yn ystod yr wythnosa dwytha 'ma, a dwi wedi dŵad i'r casgliad y bydd yn rhaid i mi ymddiswyddo os na fydd pethau'n newid."

"Ga i dy ddyfynnu di ar hyn?"

"Na, ddim eto. Ond dwi'n gaddo, os bydda i'n ymddiswyddo, chdi fydd y cynta i gael gwybod. Yna mi gei di ddarlledu fy marn bersonol i, sef y dylen ni ddysgu parchu tir ein gwlad a pheidio â'i reibio efo'n gorawydd am ynni. Os byddwn ni'n parhau fel cynt, mae gen i ofn y bydd rhywbeth hyd yn oed yn fwy difrifol yn siŵr o ddigwydd yn hwyr neu'n hwyrach."